잘 자요,
라흐마니노프

'OYASUMI RAKHMANINOV' by Shichiri Nakayama

Copyright © Shichiri Nakayama 2011
All rights reserved.
Original Japanese edition published by Takarajimasha, Inc., Tokyo.

Korean translation rights arranged with Takarajimasha, Inc. through
Tuttle-Mori Agency, Inc., Tokyo and Enters Korea Co., Ltd., Seoul
Korean translation rights © 2019 by Blue Hole Six

잘 자요, 라흐마니노프

나카야마 시치리 장편소설

이정민 옮김

옮긴이 **이정민**

출판 및 일본어 전공. 일본 도쿄의 회계사무소에서 인턴십
프로그램을 수료하고 귀국 후에는 일본인 주재원의 전속
통역으로 근무하며 한국어와 일본어의 차이와 사이에 매료
되었다. 현재 재미있고 감동적인 작품을 기획 및 소개하는 데
힘쓰고 있다. 역서로는 『안녕,드뷔시 』, 『날개가 없어도』,
『신의 아이』, 『아침이 온다』, 『언덕 중간의 집』 등이 있다.

잘 자요,
라흐마니노프

1판 1쇄 인쇄 2019년 6월 19일   1판 2쇄 발행 2021년 6월 14일

지은이 나카야마 시치리   옮긴이 이정민
책임편집 민현주   디자인 디자인비따   제작 송승욱   발행인 송호준

발행처 블루홀식스   출판등록 2016년 4월 5일 제 2016-000100호
주소 경기도 파주시 회동길 483-1   전화 031-955-9777   팩스 031-955-9779
이메일 blueholesix@naver.com

ISBN 979-11-89571-06-1 03830

일러두기
본문의 각주는 전부 독자의 이해를 돕기 위한 옮긴이주입니다.

전주곡

시가 2억 엔인 첼로가 완전한 밀실에서 홀연히 사라졌다.

소식을 듣고 악기 보관실로 달려가자 벌써 사람들이 모여 있었다. 그 안을 비집고 들어가니 하쓰네가 문 앞에 서 있었다. 그녀가 핏기 하나 없는 얼굴로 사방을 둘러보다 나를 발견하고 그제야 안도한 표정을 지었다. 그 순간 힘껏 껴안아주고 싶었지만 보는 눈이 많아 그럴 수가 없었다.

"첼로가 없어졌다고?"

애써 침착하게 물었더니 하쓰네도 분위기를 감지했는지 차분히 사정을 설명하기 시작했다.

그녀의 설명은 대략 이랬다. 하쓰네는 며칠 전부터 매일 스트라디바리*의 첼로로 연습을 했다. 어제도 저녁 6시까지 연

---

* 이탈리아 악기 명장 안토니오 스트라디바리(1644~1737)가 제작한 명품 악기. 흔히 스트라디바리우스라고 불린다.

주를 하고 아무 일 없이 첼로를 케이스에 넣은 채 보관실에 들어가 지정된 보관대에 되돌려 놓은 후 그곳에서 나왔다.

"그때에는 첼로가 분명히 있었어. 그렇죠, 아저씨?"

하쓰네의 질문에 경비원 아저씨가 침통한 얼굴로 고개를 끄덕였다.

"어, 그래. 하나하나 자세히 본 건 아니지만, 악기의 위치와 수량도 틀림없었지. 이 아가씨가 마지막이었으니 확실하다고."

"오늘도 첼로를 빌리러 보관실에 들어갔더니…… 보관대에 없었어."

앗, 그렇다는 건.

말을 계속하려던 그때였다.

"조, 좀 비켜, 비키라고!"

저쪽에서 새된 목소리가 들려왔다. 이윽고 인파를 가르고 나타난 사람은 스가키야 교수였다.

"스, 스트라디바리우스를 도둑맞았다는 게 정말 사, 사실입니까!"

그러고는 숨을 헐떡이며 내가 했던 질문을 하쓰네와 경비원에게 되풀이했다. 똑같은 질문을 몇 번이나 받아 무거운 책임감을 느꼈을 터인 경비원의 얼굴이 괴로움과 피로감에 찌들어 있었다. 평소에는 호랑이처럼 무섭던 경비원도 풀 죽은 모습을 보니 지친 중년 남자에 불과했다. 그런데 스가키야 교수가 본격적으로 질문을 퍼붓기 시작했다.

"어제 마지막 입실자와 시간은?"

"이 아가씨이고, 마지막으로 문을 잠근 것이 18시 12분이었습니다. 저는 여기서 대기했다가 20시에 퇴근했고요."

"그때 첼로는 분명히 있었습니까?"

"아가씨가 퇴실한 뒤 눈으로 확인했습니다만, 악기는 지정된 자리에 놓여 있었고 수량도 맞아떨어졌습니다."

"명기 스트라디바리우스인 것을 똑똑히 확인했습니까?"

"저는 감정사가 아니라 악기의 좋고 나쁨까지는 모릅니다. 그래도 매일 봐 와서 모양과 색깔이 다른 것쯤은 분간이 가는데요, 어제도 평소와 다름없었습니다."

"흠. 그럼 오늘은 누가, 언제?"

"아까 8시 25분에 보관실 문을 열었고, 오늘도 이 아가씨가 제일 먼저 왔습니다."

"쓰게 하쓰네, 자네는 매일 아침 일찍 오나?"

"네. 공연 멤버로 뽑히고 나서는 매일 그 시간에 빌리러 와요. 조금이라도 더 오래 연습하고 싶어서 낮에 일단 반납한 시간 외에는 쭉 가지고 다니거든요. 실은 집에 가져가고 싶을 정도예요."

그렇다, 그 말은 사실이었다. 온종일 곁에 두고 싶어 하는 대상이 첼로라는 사실에 질투도 나지만 그것이 다름 아닌 스트라디바리우스라면 어쩔 수 없다.

"없어졌을 때 상황은?"

"평소와 똑같습니다. 오전 7시 30분에 출근, 8시 정각에 이곳에 도착했습니다. 그리고 이 아가씨의 반출 허가증을 확인하고 보관실에 들여보낸 직후 아가씨의 비명인지 놀라는 소리가 들리기에 저도 뛰어 들어갔더니 악기 하나가 지정된 장소에 없었던 겁니다."

"그때 보관실에는 당신과 쓰게 둘만 있었겠군. 잠깐…… 규칙대로라면 그때 쓰게가 빈 카본 케이스를 가져왔을 텐데. 의심하는 건 아니지만 그 케이스는 확인했습니까? 안이 정말 비어 있던가요?"

하쓰네가 눈썹을 추켜세웠다. 나도 교수의 시치미 떼는 얼굴을 후려갈기고 싶어졌다. 말과 달리 완전히 의심하고 있지 않은가.

"실례인 줄 알면서도 곧바로 확인했는데 케이스 안은 텅 비어 있었습니다."

"다시 확인하겠습니다만, 어제 18시 12분부터 오늘 아침 8시 25분까지 보관실에 입실한 사람이 아무도 없었단 말이지요?"

"틀림없습니다. 입, 퇴실 기록은 이 카드판독기가 본사 호스트 컴퓨터에 연결되어 있어 지금 조회 중입니다."

"그럼 다른 출입구는……."

"이것 보세요, 교수님!" 참다못한 경비원이 언성을 높였다.

"보관실은 온도와 습도를 완벽히 관리하는 차원에서 창문은 물론 환기팬도 없습니다. 출입구가 이 문 하나인 데다 문에는 창문도 나 있지 않단 말입니다. 언뜻 평범한 실내로 보이지만 요컨대 은행 금고나 마찬가지라고요. 그런 건 나보다 당신들이 더 잘 알지 않습니까!"

"아니……."

그대로 한바탕 분란이 일어나겠다 싶은 순간 삑삑 하고 전자음이 울렸다. 경비원이 쳇 하고 혀를 차더니 휴대폰을 꺼내 통화하는 사이 스가키야 교수는 기가 차다는 표정으로 굳어 있었다.

상대의 목소리를 듣고 있던 경비원의 얼굴에 다시 괴로운 빛이 감돌았다. 이윽고 통화를 끝낸 그가 기어 들어가는 목소리로 말했다.

"방금 본사에서 연락이 왔는데, 어제 18시 12분부터 오늘 아침 8시 25분 사이에는 카드판독기가 작동한 기록이 없다고 합니다. 그뿐만 아니라." 그렇게 말하고 우리 뒤쪽을 가리켰다. 뒤돌아보니 감시 카메라 렌즈가 우리를 노려보고 있었다. "보이시죠? 이 문의 앞쪽은 저 카메라가 24시간 감시하고 있습니다. 그런데 CCTV를 재생한 담당자의 보고에 따르면 문제의 시간에 보관실에 접근한 사람이 전혀 없다고 합니다. 그러니까…… 요컨대……."

경비원은 거기서 말을 머뭇거렸다.

선뜻 말을 하지 못하는 이유는 알고 있었다. 이론상 있을 수 없는 일이기 때문이다.

밀실. 그렇다, 아무도 침입할 수 없고 탈출할 수도 없는 실내에서 어린아이 크기만 한 악기가 사라진 것이다.

누가 그랬지?

도대체 어떻게?

수많은 의문이 소용돌이치는 가운데 나는 사건의 발단이 된 그날을 떠올렸다.

I   *Affannoso piangendo*
가슴이 아리도록 탄식하며

I

환하게 조명을 받은 무대 위에서 피아노가 왈츠를 추고 있다. 경쾌하게, 서서히 흥을 돋우며 그런데도 우아함을 잃지 않고 화려하게 춤을 추었다.

이어서 론도의 선율이 걷잡을 수 없이 치닫고 오케스트라가 주제를 세 번째로 제시했다.

베토벤 〈피아노 협주곡 제5번 내림마장조 황제〉 제3악장.

나를 포함해 홀을 가득 메운 청중은 반쯤 넋이 나가 무대 중앙에 군림하는 피아니스트를 바라보았다. 오케스트라가 한층 드높이 울려 퍼지는 가운데 피아노가 잠시 침묵하고 있지만 피아니스트의 손가락은 건반 위에 멈춘 채 꼼짝도 하지 않았다. 모두 그 손가락이 언제 건반을 내려칠지 마른침을 삼키고 지켜보고 있었다.

이윽고 손가락이 건반에 닿았나 싶은 순간 그 움직임은 눈으로 좇을 수 없을 만큼 빨랐다. 공기를 잘게 쪼개는 듯한 피아노 소리가 오케스트라를 끌어들이며 마음을 앞질러 간다. 미친 듯이 어지럽게 변하는 조바꿈. 그런데도 쏟아져 나온 음의 알갱이가 일제히 한 방향을 향해 세차게 나아갔다.

　바이올린이 총총거리며 상승과 하강을 반복하자 피아노도 약음과 강음을 되풀이했다.

　덩달아 내 심박 수도 오르내렸다. 아, 이런. 몸이 꿈쩍도 하지 않는다. 마치 소리의 밧줄에 꽁꽁 묶인 것 같았다.

　이윽고 팀파니의 점잖은 리듬을 배경으로 피아노가 점점 차분해졌다. 그러나 청중은 알고 있다. 이것이 마지막 전력질주를 하기 위한 도움닫기에 불과하다는 것을.

　그리고 돌연 피아노가 혼신의 힘을 다해 마지막 악구를 노래하자 오케스트라가 바싹 붙어 두 번의 웅장한 마침표를 찍고 곡을 끝냈다. 아니, 곡을 끝낸 것은 오케스트라가 아니었다. 이 곡의 진정한 지휘자는 쳐올린 손가락을 허공에 정지하고 있는 피아니스트였다.

　가슴속에서 뭔가 소리를 내며 터졌다.

　몇 초의 공백 후 여기저기서 박수소리가 들리더니 이내 파도처럼 밀어닥쳤다.

　나는 반사적으로 자리에서 일어나 손뼉을 쳤다. 당연했다. 지금 일어나지 않는다면 언제 일어난단 말인가. 예의상 습관적으로 치는 기립 박수 수준이 아니었다. 나는 진심으로 이 피아니스트를 칭찬하고 싶었다. 인생에 놓인 여러 가지 선택지 중에 피아노를 선택해 주어 고마웠다. 게다가 이 피아니스트 미사키 요스케는 나, 기도 아키라가 다니는 아이치 음대의 임시 강사다.

분명히 다른 청중도 같은 기분일 것이다. 내 주변 사람들은 하나같이 뺨을 붉게 물들이고 손바닥이 아프리만치 박수를 치고 있었다. 문득 앞줄 5열에 빈 공간이 있음을 알아차렸다. 모두가 쭉 일어서 있는 가운데 아저씨와 여자아이 두 사람만 앉아 있었다. 자세히 보니 아저씨는 흰 지팡이를, 여자아이는 목발을 곁에 두고 있었다. 만약 부녀간이라면 딱하기 짝이 없다. 일어서고 싶어도 그럴 수 없는 것이다.

내 바로 옆에 있는 하쓰네도 일어서서 박수를 치고 있었다. 그러나 표정은 약간 굳어 있다.

"왜 그래?" 하고 물었지만 하쓰네는 고개를 가로저을 뿐 제대로 대답해 주지 않았다.

이 반응은 야유가 아니다. 야유할 때 그녀는 냉소를 머금고 "그래서?" 하고 말하듯 어깨를 으쓱하는 습관이 있다. 그런데 지금은 마치 경쟁 상대의 표창식에 참석하는 것처럼 망연해 하고 있다.

박수는 여전히 계속되었다. 그칠 기미도 보이지 않았다. 청중도 평소와 다른 식으로 연주에 취한 것이다. 바깥세상과 동떨어진 홀에서 비현실적인 세상을 접하고 꿈을 꾸는 듯한 기분 속에 있는 것이다.

현실을 잊기란 지극히 어려운 일이다. 이런 불경기에는 더욱 그렇다. 언제 어디서든 초라한 생활이 고개를 내밀고 번거로운 인간관계가 문제를 일으킨다. 끊임없이 불안과 악의를 내뿜는 대중매체 탓에 길 가는 사람은 아이폰으로, 방에 틀어박힌 사람은 인터넷으로 도망쳐 자신의 껍질을 지키느라 여념이 없다.

그런 답답한 현실을 〈황제〉가 말끔하게 날려 버렸다. 지금 이 홀은 용기와 희망, 그리고 찬가讚歌로 가득 차 있다.

때로 음악이 마법을 보여 줄 때가 있다. 그 마법은 최고의 연주자와 최고의 곡목, 최고의 상황이 우연히 맞아떨어지는 기적적인 순간에만 일어난다.

그 흔치 않은 기적이 지금 일어났다. 기적을 보여 준 연주자에게 청중이 할 수 있는 일은 단 하나뿐이다.

나는 입을 꾹 다물고 있는 하쓰네를 신경 쓰면서도 하염없이 박수를 쳤다.

아이치현 예술극장에서 나왔을 무렵에는 벌써 9시가 다 되어 있었다. 나고야의 번화가 사카에의 중심에 있는 백화점들도 셔터를 내렸고 내일이 월요일이기도 해서 거리를 오가는 사람도 별로 없었다.

밥이나 먹고 가자고 하려다가 그만두었다. 적어도 식욕이 있는 얼굴은 아니었기 때문이다.

"택시 잡을까?"

그렇게 묻자 하쓰네가 고개를 천천히 저었다.

"걸어갈래. 집도 가깝고 얼굴에 난 열도 식힐 겸."

어느덧 5월도 중순을 지나 적당한 습기를 머금은 바람이 불었다. 그녀의 말대로 상기된 뺨을 식히기에 딱 좋았다. 게다가 하쓰네의 아파트는 오스에 있어 여기서 걸어서 20분쯤 걸린다. 밤에 산책 삼아 걷기에도 안성맞춤이다.

"집에서 요리해 줄까?"

"이미 배부른걸. 그런 연주를 들었더니 먹고 싶지가 않아. 괜찮으면 아키라, 너만 먹든가."

이런 식으로 하쓰네는 나를 연하 취급하지만 사실 우리는 동갑내기다. 그녀가 4월생이고 내가 12월생일 뿐이다. 그녀는 고작 8개월이라도 인생 경험에 차이가 있다면서 주도권을 쥐려고 한다. 물론 나도 순순히 따르고 있다. 그게 왠지 편하고, 하쓰네는 언뜻 봐도 여장부 스타일이라 내가 주도권을 쥐면 되레 생뚱맞아 보이기 때문이다.

"아키라는 아까 연주, 어떻게 느꼈어?"

"그야 굉장했지, 안 그래?"

"그렇지……."

"자선 음악회라 별 기대 안 했는데 장난 아니더라. 미사키 선생님 이름은 잡지에서 보고 전부터 알고 있었는데 연주는 들은 적이 없어서 그냥 붙임성 좋은 선생님인 줄만 알았거든. 그런데 깜짝 놀랐어. 임시 강사로 있기에는 아깝던데. 아예 전임이 되었으면 좋겠어."

"매일 모범 연주를 들으려고?"

"최고의 교과서 아니야?"

"난 사양할래. 그런 마약 같은 연주를 매일 듣다가는 몸이든 정신이든 버티질 못할 거야."

"마약?"

"병들거나 지친 사람한테는 특효약이겠지만. 그 연주에는 중독성이 있어. 들을수록 듣고 싶어진다니까. 그 피아노 연주를 듣기 위해서라면 지구 반대편까지 따라가고도 남을걸."

너무 호들갑 아니냐고 하려다가 그만두었다. 그녀의 말투는 진지하기 짝이 없었고 질투처럼 들리기도 했기 때문이다. 하쓰네는 결코 남을 질투하는 사람이 아니다.

잠시 말없이 걷고 있는데 그녀가 걸음을 딱 멈췄다.

"아까 그 말 정정할래."

"어?"

"병들거나 지친 사람뿐만 아니라 건강한 사람한테도 강한 자극제가 될 거야. 왠지 엄청나게 속상해. 열심히 산을 오르는 도중에 저 멀리서 '이리 올라와 봐' 하는 말을 들은 기분이야. 드디어 산 중턱에 왔나 싶었더니 실은 산기슭 근처에서 알짱거린 듯한 기분. 미사키 선생님, 아직 스물 대여섯 살 아니었어?"

"맞아."

"나이는 겨우 세 살 차이인데, 음악성은 하늘과 땅 차이라니."

"비교하기에는 좀 이상하지 않나? 미사키 선생님은 피아노, 하쓰네 씨는 첼로잖아."

"표현력의 문제 말이야. 다루는 악기는 달라도 차이는 분명하다고. 그 연주야말로 청중이 돈을 내고 듣는 연주였어. 우리는 아직 아마추어야."

갑자기 성큼성큼 걷는 그녀에게 끌려가듯 큰길을 걸었다. 낮에는 부티크나 은행이 늘어선 번화가도 지금은 한산해 서둘러 걷는 사람은 우리뿐이었다.

드디어 와카미야오도리에 다다랐다. 일명 백 미터 도로. 진짜인지 거짓인지는 몰라도 나고야가 폐허를 딛고 성장했을 무렵 위급 시에 비행기가 이착륙할 수 있도록 도로를 넓게 닦았다고 한다. 그 탓에 그냥 걸으면 횡단보도를 다 건너기도 전에 신호가 빨간불로 바뀌는 바람에 처음부터 전력 질주를 해야 한다. 이름 그대로 백 미터 달리기다.

평소에는 내 호흡을 읽고 첫발을 맞춰 달리던 하쓰네가 혼자 벌써 몇 미터 앞을 달리고 있었다. 나는 뒤늦게 내달렸다.

"기, 기다려, 같이 가."

"안 돼. 그런 연주를 들었더니 못 기다리겠어."

하쓰네는 주위도 살피지 않고 횡단보도를 달려 나갔다. 중간 지점에서야 겨우 따라잡았다.

"뭘 그리 서둘러?"

"말했잖아, 날 자극했다고. 느긋하게 있을 때가 아니야."

"아무리 그래도."

"날 기다리는 사람이 있어. 이대로 가다가는 늦을 거야."

아아, 하고 나는 그 한마디로 납득이 되었다. 하쓰네를 기다리는 사람은 바로 그녀의 할아버지, 쓰게 아키라다.

쓰게 아키라는 아이치 음대의 이사장이자 학장인 동시에 희대의 라흐마니노프 연주가로 불리는 명 피아니스트다. 국내외에서 획득한 상이 셀 수 없이 많으며 오랫동안 교향악단의 상임 지휘자를 맡기도 했다. 나이가 칠십을 넘었을 때는 상임 지휘자 자리를 후진에게 양보했지만 피아노까지 은퇴한 것은 아니라 현재도 국내 최고령 피아니스트로서 일본 음악계의 정점에 서 있다. 지금은 지위 때문에 그를 거침없이 비평하는 평론가도 없거니와 쓰게 아키라가 건반을 치고 있는 사실 그 자체가 기적이라는 평가까지 존재한다.

할아버지의 음악적 자질을 이어받기를 기대했는지 손녀인 쓰게 하쓰네의 삶은 세 살 때부터 일찍이 음악가의 길을 걷기로 결정되었다. 처음에는 피아노, 다음으로는 바이올린을 배웠는데 어느 날 요절한 천재 첼리스트 재클린 뒤 프레의 레코드를 듣고 감명받아 음악의 동반자로 첼로를 택했다. 다행히 할아버지의 피아노를 자장가 대신 듣던 하쓰네에게 음악을 연주하는 것은 세끼 식사처럼 자연스러운 일이었기에 본인의 의지대로 음고와 음대에 진학했다. 따라서 첼로를 품에 안은 하쓰네의 모습은 마냥 자연스럽고도 편안해 보였다. 음악과 함께 있어 마땅하고 자신의 길은 첼로를 연주하는 것밖에는 없다고 스스로 단정 짓는 식이었다. 언젠가 할아버지인 쓰게 아키라의 피아노를 따라잡을 날을 꿈꾸며.

그런 하쓰네가 지금 조바심을 내고 있다. 아까 그 연주가 내게는 가슴에 닿았지만 그녀에게는 영혼의 심지까지 가닿은 것이다.

"알지? 미사키 선생님이 지금도 신인 소리 듣는 거. 콩쿠르에서 실적을 올리고 아까처럼 어마어마한 연주를 보였는데도 아직껏 병아리 취급이라니. 그게 프로 세계의 현실이지. 내 첼로는 어린애 속임수 수준이야."

"하쓰네 씨답지 않은 말이네. 자신의 적은 오직 자신뿐이라며 남과 경쟁하지 않는다는 게 하쓰네 씨의 입버릇이잖아."

"그래도."

"어린애 속임수라고? 어린애를 속이기가 얼마나 어려운데. 아이들한테는 참을성은커녕 조용히 해야 한다는 최소한의 매너도 없잖아. 초등학교 저학년 한 반을 데려다 놓고 잡음 없이 한 곡을 끝까지 연주하는 게 얼마나 힘든지, 하쓰네 씨도 작년에 학교를 돌아다니면서 지겹도록 깨우쳤잖아."

"아키라, 넌 그런 연주를 듣고도 아무렇지도 않았구나?" 하쓰네가 앞서 걸으며 의심 반 감탄 반으로 말했다.

무심코 한 말이었겠지만 심장에 콕 박혔다.

감히 경쟁 상대라는 생각조차 못했기 때문이다. 그의 자질은 나와 차원이 다른 것이었다.

동요한 기색을 감추고 나도 태연한 척했다.

"하쓰네 씨가 충격을 받은 건 선택지가 하나뿐이어서야."

"그럼 아키라, 네 선택지는 뭔데?"

"베짱이가 안 되면 개미가 되면 돼. 내 선택지는 얼마든지 있어."

새빨간 거짓말이었다.

선택지라는 근사한 것이 있을 리 없었다. 쓰게 가문의 이 아가씨는 지금이 취업 빙하기임을 모르는 걸까. 그리고 베짱이는 어디까지나 베짱이다. 악기를 버리든 날개를 뽑든 개미로 변하지 않는다.

하지만 이 말을 입 밖에 내서는 안 된다. 내뱉었다가는 나 자신을 궁지에 몰아넣게 될 것이다. 나는 끈끈히 들러붙은 불안을 떨치려고 그녀와 함께 길고 긴 횡단보도를 달렸다.

오스에는 음대생 전용 임대 아파트가 여러 채 있다. 충분히 넓고 벽마다 방음재가 시공된 데다 창문도 이중창이라 방음이 완벽하다. 덕분에 마음 놓고 연습해도 소리가 밖으로 새어 나가지 않는다. 대신 월세가 엄청나게 비싸서 나 같은 일반 학생에게는 그림의 떡이다.

원래 하쓰네의 본가는 모토야마에 있다. 사카에에서 지하철 히가시야마선으로 한 번에 갈 수 있고 시간도 20분이 채 걸리지 않는다. 소문에 따르면 과연 쓰게 아키라의 저택답게 모토야마의 고급 주택지 안에서도 빼어나게 훌륭한 저택이라고 한다. 그런데도 하쓰네가 혼자 살기로 결심한 이유는 그녀 나름의 자립심 혹은 뒤늦게 찾아온 반항기 때문이었을 것이다. 심술궂은 말이지만 부모가 월세를 내 주는데 자립심은 무슨, 어설프기 짝이 없다. 게다가 일주일에 한 번은 본가로 돌아간다. 얼마 전에도 "전철로 일곱 정거장만큼의 자립심"이라고 놀려 주었더니 한동안 나를 본체만체했다.

"그럼 푹 쉬어." 그렇게 말하고 발길을 되돌리려는데 그녀가 내 옷자락을 붙잡았다.

"집에 들렀다 가지 않을래?" 대답을 못하고 있자 그녀가 짓궂게 웃었다. "요즘 동네가 뒤숭숭해. 남자 속옷을 걸어 두는 것만으로는 안심이 안 돼. 실제로 남자가 드나든다는 걸 보여 줘야지."

그럼 딱 커피 한 잔만 하기로 하고 그녀의 집에 들어갔다.

변함없이 세련된 곳이었다. 다운라이트와 간접조명에 비친 집에 들어가자마자 아로마 향이 코끝을 간질였다. 모노톤을 테마로 한 벽지. 캐릭터 상품은 하나도 없고 탁상에 10센티미터 크기의 미니어처 악기와 노트북, DSLR 카메라─이 건 종이공예로 만든 가짜지만─등의 소품이 진열되어 있다. 이런 물건까지 인테리어 효과를 내는 건 이 방의 분위기가 워낙 생기가 없어 그럴 것이다.

느닷없이 첼로 선율이 흘러나왔다. 곡은 슈만의 〈트로이메라이〉. 트로이메라이는 꿈이라는 뜻으로, 과연 밤에 연주하기에 걸맞은 선곡이다.

소리가 나는 방향으로 고개를 돌리자 언제 옷을 갈아입었는지 하쓰네가 얇은 셔츠 한 장만 걸치고 몸을 둥글게 웅크린 채 첼로를 앞으로 끌어안고 있었다. 순간 밖에서 보이면 어쩌나 걱정되었지만 그녀가 창문 바로 옆에 있어 보이지 않아 가슴을 쓸어내렸다. 하지만 지금 그녀는 설령 밖에서 보인다 해도 알아차리지 못할 것이다.

〈트로이메라이〉는 원래 슈만이 쓴 피아노 모음곡 중 일곱 번째 곡이다. 하쓰네는 이 곡을 특히 좋아해서 기회만 생기면 반드시 연주한다. 연주가라면 누구나 좋아하는 한 곡이 있게 마련인데, 그 곡을 연주하는 것이 일종의 신경안정제 역할을 한다. 지금 하쓰네에게 꼭 필요한 곡이리라.

곡 자체는 네 소절의 선율이 여덟 번 반복될 뿐이라 기술적으로는 어렵지 않다. 그러나 이 곡은 슈만 특유의 복잡한 구조로 이루어져 있어 표현이나 해석이 만만치 않다.

중음역부터 주화음이 크레센도*로 올라가다 소프라노에서 주제가 동경하는 마음을 노래한다. 이어서 이 단편이 두 번 반복되는데 전부 화음의 그림자에 숨어 메아리친다. 이것이 슈만 특유의 대위법이다.

하쓰네의 보잉**은 우아함 그 자체다. 활로 현을 자애로이 감싸듯 옆으로 크게 긋는 모습에서 불필요한 동작은 찾아볼 수 없다. 왼 손가락은 첼로 내면의 소리에 귀 기울이듯 G현을 부드럽게 어루만진다. 엔드핀***을 통해 바닥에 진동이 전해지며 방 전체가 나직하게 울렸다. 첼로의 음역은 인간의 목소리에 가장 가깝다. 어머니의 자장가처럼 나를 잠의 세계로 안내하듯 반 각성 신경을 위무한다. 마치 어머니의 태내에서 흔들거리는 기분이다. 중간부에서 주제가 포르티시모****로 재현되어 드높이 울려 퍼지지만, 내 귀에는 포근한 바람의 감촉으로 와닿았다.

마지막 세 번째 소절은 포르테*****로 들어가서 서서히 느슨한 템포로 바뀌었다. 저음부에서 나타난 주제의 단편이 안개처럼 피어오르다 사라진다.

하쓰네가 현에서 활을 떼고 가볍게 한숨을 내쉬더니 뒤늦

---

*   crescendo, 점점 세게 연주.
**   bowing, 현악기에서 활을 쓰는 방법, 운궁법(運弓法)이라고도 한다.
***   end pin, 첼로를 바닥에 고정하는 막대로, 첼로 몸체의 밑에 붙어 있다.
****   fortissimo, 매우 세게 연주.
*****forte, 세게 연주.

게 내가 있었다는 사실을 깨닫고 "아아" 하고 내뱉었다.

"미안, 저쪽 세계에 갔었거든."

"괜찮아. 나도 같은 세계에 있었으니까. 오히려 내가 있다는 걸 잊고 몇 곡 연속으로 연주했어도 되었을 정도야. 나한테도 최고의 안정제거든."

"안정제라." 그녀가 입술을 살짝 삐죽였다. "하긴, 미사키 선생님의 마약에 비하면 내 연주는 기껏해야 신경안정제 정도겠지."

"그런 뜻이 아니잖아. 미사키 선생님을 완전히 가상의 적으로 삼았나 보구나?"

"지금은 가상의 적이지만, 곧 호적수가 되어 보이겠어."

자극제라니 정말 정확한 표현이라 생각한다. 밤이 깊어 가는데 그녀의 눈에는 생기가 넘친다. 이대로 놔두면 아침 해가 뜰 때까지 첼로에서 손을 떼지 않을 것이 틀림없다.

"있잖아." 순간 그녀의 눈빛이 달라졌다. "자고 갈래?"

첼로를 옆으로 치운 그녀의 셔츠 속으로, 왼쪽 가슴부터 명치에 걸친 희미한 멍 자국이 보인다. 이는 첼리스트 특유의 멍 자국인데, 그 부위로 1년 내내 악기를 받치기 때문에 거뭇한 자국이 생기고 만다. 그 멍 자국을 보고 나는 그녀의 할아버지가 문득 떠올랐다.

"……미안. 내일 아침 일찍 수업이 있어서. 이제 가야겠다."

"……저기, 벌써 몇 번째 거절인지는 말 안 할게. 아키라,

혹시 게이야?"

"어엿한 이성애자야."

"그런데 왜?"

"위대한 음악가의 자녀인 만큼 아무래도 망설여져. 왠지 클라라 슈만에게 구애한 브람스가 존경스럽네."

밖으로 나와 아파트를 올려다봤다. 어둠 속에서도 세련된 건물이라는 것이 한눈에 보임은 물론 입주자의 계급까지 훤히 보였다. 지하에 완비된 넓은 주차장에는 하쓰네의 미니밴이 주차되어 있다. 여기서 학교까지는 전철로 두 정거장 거리인데, 어린아이 키만 한 첼로를 운반해야 하니 만원 전철에 치이거나 계단을 오르내릴 것도 생각하면 단연 차에 싣는 편이 악기도 안전하다. 하쓰네는 오직 첼로를 가지고 다니기 위해 미니밴을 구입했다. 그런 경제적 기반이 뒷받침되어 그녀가 첼로를 다룰 수 있는 것이다. 나처럼 가난한 음대생은 다리와 전철에 의지하는 수밖에 없다.

조금, 아주 조금 질투심이 싹텄다. 남의 지갑을 부러워하는 것만큼 한심한 일도 없지만, 지갑 속은 언제나 현실과 짝을 이룬다. 누구나 되고 싶은 사람, 하고 싶은 일을 꿈꾸기 마련이다. 그 꿈은 셀 수 없이 많지만 꿈의 실현을 막는 것은 언제나 돈이라는 현실이다.

질투심의 원천이 지갑 속에만 있는 것은 아니었다. 아까 하쓰네가 한탄했던 음악적 재능의 격차. 그것은 고스란히 그녀와 나 사이에도 대입할 수 있는 말이었다. 나는 그 연주를 듣고도 큰 충격을 받지는 않았다. 왜냐하면 애초에 그런 훌륭한 연주와 겨루어 볼 생각을 하지 않았기 때문이다. 역량의 차이 같은 것이 아니다. 나와는 차원이 다른 자질이었다. 음악의 신은 결코 공평하지 않다. 웃을 만한 사람에게는 웃어 주지만 그 밖에 다른 사람에게는 아예 눈길조차 주지 않는다. 그렇게 선택받은 사람은 말을 음표로, 목소리를 선율로 바꿔 청중에게 선보이고 당연히 보수를 받는다. 미사키 선생님은 말할 것도 없고 하쓰네 역시 노력하면 그런 인생을 살 수 있을 것이다.

하지만 이는 극히 일부 사람에게만 해당하는 이야기다. 세상에 음악으로 성공하길 바라는 사람이 대체 얼마나 될까. 나처럼 음대에 다니는 사람, 다니지 않는 사람, 다닐 수 없는 사람, 레코드 회사에 데모 테이프를 열심히 보내는 사람, 길거리에서 기타를 치는 사람, 전문 학원에 다니는 사람, 노래방에 뻔질나게 드나드는 사람. 그런데 대중 앞에서 실력을 발휘하도록 허락된 사람은 수백 명 중 한 명이다. 아니, 거기서 그치지 않는다. 예를 들어 한 해에 데뷔하는 가수가 4백 팀을 훌쩍 넘는다고 하지만 그중 1년 후, 2년 후에도 살아남은 팀은 손에 꼽을 정도다.

사람은 누구나 한 번쯤 현실에서 꿈을 꾼다. 어떤 사람은 운동에, 어떤 사람은 문학에, 그리고 어떤 사람은 나처럼 음악에 대한 꿈을. 연습에 연습을 거듭하고 시련을 겪고 또 겪는 나날. 그러다 서서히 자신의 역량을 깨닫는다. 자신의 손이 어디까지 닿을지 깨우친다. 그리고 대부분의 사람은 포기하고 다른 길을 걷기 시작한다. 하지만 남은 사람은 계속 발버둥치면서 목표 지점이 멀어지는 것을 지켜보는 수밖에 없다. 가슴에 품었던 꿈이 그대로 곪아서 그 사람의 영혼을 썩게 만든다.

터벅터벅 왔던 길을 되돌아가 사카에에서 지하철을 타고 나고야역으로 향했다. 이 구간이 일본에서 세 번째로 붐비는 구간이라더니 벌써 몸을 옴짝달싹하지 못하게 되었다. 가장 붐비는 구간에서 그 지역에 사는 음대생은 대체 어떻게 대처하고 있을지 상상해 봤다. 늘 악기 케이스를 휴대하기 때문에 좌석에 앉거나 케이스를 선반에 올려놓지 않으면 혼잡함 속에서 악기를 지킬 수 없을 것이다.

나고야역에서 나고야 철도로 갈아타도 귀갓길은 여전히 혼잡하다. 머리 위 송풍구에서 나온 온풍을 맞았더니 졸음이 몰려온다. 솔직히 이대로 전철 안에서 자고 싶은 마음은 굴뚝같지만 그럴 수도 없는 노릇이다.

이윽고 니시비와지마역에 도착했음을 알리는 안내 방송이 흘러나왔다. 문이 천천히 열린다.

니시비와지마는 쇼나이강 옆에 있는 오래된 주택지다. 시내에서 가깝다는 장점 때문에 오래된 동네인데도 새 입주자가 있다. 낡은 연립주택과 세련된 신축 아파트가 무질서하게 들어서 있는데, 나는 이 어수선한 분위기가 싫지 않다.

내가 사는 곳은 상점가를 지나서 모퉁이에 있는 지은 지 10년쯤 된 분리형 원룸인데, 벽이 두꺼워 방음 성능이 뛰어나다. 사실 방음과 월세만으로 결정한 집이나 마찬가지다.

우편함을 살펴보니 취업 정보지 두 권이 들어 있었다. 보내 달라고 한 적도 없는데 내 이름과 주소를 어떻게 알았을까. 개인 정보를 사고파는 사람이 있다는 건 알고 있었지만 마치 내 어려운 형편을 들킨 것 같아 결코 기분이 좋지 않았다. 잡지를 아무렇게나 꺼내자 사이에서 편지 봉투가 떨어졌다. 보낸 사람은 내가 다니는 음대로, 내용물은 어렴풋이 알 것 같았지만 일단 뜯어 봤다.

학번 20063475 비르투오소과 4학년 기도 아키라 님께

미납금 납입 요청(2차)

전략前略

더욱 발전하시기를 바랍니다. 얼마 전 수업료 납부액 부족에 대해 안내를 드렸습니다만, 여전히 납입되지 않아 대학으로서 대처하기가 어렵습니다. 따라서 이 요청서를 받으신 후 신속히 납입 또는 연락해 주시길 바랍니다.

1학기 수업료 2,220,000엔

입금액 950,000엔

미납액 1,270,000엔

이상 부족액에 대하여 6월 말까지 납입해 주십시오.

아이치 음악대학 학생과

나는 가볍게 한숨을 짓고 청구서를 주머니에 집어넣었다. 돈 없는 사람한테 더욱 발전하라니 기가 막힌다.

방에 들어가자 바이올린은 정해진 장소인 책상 옆에 잘 세워져 있었다. 마땅히 있을 자리에 있는 것을 보니 왠지 안심이 되었다. 늘 갖고 다녀서 신체의 일부 같다고나 할까. 사람들로 북적이는 곳에 다녀오느라 한나절이나 떨어져 있었더니 역시 마음이 불편했다.

바이올린을 케이스에서 꺼내자 바니시 향기가 물씬 풍겼다. 나는 이 냄새를 좋아한다. 바니시라 하면 흔히 니스 냄새를 떠올리지만 그런 공업용 자극취가 아니라 바이올린 바니시에는 다양한 염료와 향료가 배합되어 있어 마치 향수 같은 냄새가 난다. 실제로 이 바니시 칠의 완성도에 따라 울림이 좌우되는 까닭에 전 세계 바이올린 장인들은 그 배합에 세심한 주의를 기울인다.

바이올린의 넥neck을 쥐고 훌쩍 들어 올리자 턱받침 부분이 왼쪽 턱에 착 감겼다. 활대stick에 엄지를 갖다 대자 중지와 함께 자연히 동그랗게 말렸다. 여기에 약지가 더해져 활을 받친다.

이 바이올린에는 치칠리아티라는 이름이 쓰여 있다. 이탈리아의 젊은 명공 알레산드로 치칠리아티가 오래전에 끊긴 페라라파Ferrara派의 전통을 현대적 감각으로 되살린 명품이다. 공명판*은 20년 이상 건조시킨 원목만 사용해 개성이 강한 소리를 낼 수 있다.

이 바이올린은 5년 전에 어머니가 선물해 주신 것이다. 가격표에 2백만 엔이라고 표시되어 있던 것이 기억난다. 바이올린은 분수 악기라고 불리는데, 신체 크기에 맞춰 '몇 분의 일 사이즈'로 나뉘어 있기 때문이다. 요컨대 성장에 따라 상위 단계로 교체해야 하는 탓에 다른 악기보다 비용이 훨씬 많이 든다. 이 치칠리아티는 나의 네 번째 바이올린이자 어머니가 사 주신 마지막 바이올린이었다. 어머니가 "이게 마지막이란다" 하고 말씀하셨을 때 왠지 쓸쓸해 보였다. 앞으로의 삶에 남은 시간이 얼마 없음을 알고 계셨던 것이다.

내가 철들었을 무렵부터 어머니 곁에는 늘 클래식 음악이 있었다. 라디오, CD, TV에서 하루라도 음악이 흐르지 않은 날이 없었다. 클래식을 자장가 삼아 듣고 자란 내가 바이올린을 손에 든 것은 자연스러운 흐름이었다. 젊어서 바이올리

* 　바이올린의 앞판.

니스트였던 어머니도 그렇게 받아들였다.

어머니는 내가 대학에 입학한 해에 돌아가셨다.

나는 활을 들어 올렸다. 재질은 브라질나무인 페르남부쿠, 흑단. 활털은 지난달 갓 교체해서 윤기가 흐른다.

무의식중에 켜기 시작한 곡은 파가니니의 〈바이올린 협주곡 제2번 나단조〉 제3악장 〈종鐘에 부치는 론도〉. 어머니가 좋아하셨던 곡이라 수없이 연주했더니 내 레퍼토리가 되었다. 하쓰네의 신경안정제가 〈트로이메라이〉라면 나의 그것은 〈종에 부치는 론도〉일지도 모른다.

물 흐르듯이, 그러면서도 예리함을 유지한 채.

그런데 세 소절을 연주한 뒤 활이 딱 멈췄다.

손가락이 포지션* 이동을 따라가지 못한 것이다.

음이 완전히 엇나갔다. 마치 바이올린의 울음소리처럼 들렸다.

왜 하필 너 따위가 연주하는 거지? 하고 나를 거부하는 것처럼 들리기도 했다.

딱히 놀라지도 않았다. 이유는 스스로도 진저리가 나도록 명백하기 때문이다. 연습 부족이다. 아르바이트를 하고 집에 오면 피곤해서 곧바로 자는 경우가 많았다. 최근에는 활을 건드리지도 않는 날마저 있었다. 생활이 꿈을 좀먹는다. 그

---

*   바이올린 지판 위에 왼쪽 손가락을 놓는 위치.

것이 가난한 음대생의 숙명이라 해도 연습의 기본은 반복과
고찰이다. 생활과 꿈, 하나만 열심히 해도 부족한데 둘 다 게
을리 하면 발전은커녕 퇴화하는 것이 자명한 이치다.

동시에 찾아온 회한과 한심함에 나는 느릿느릿 활을 내려
놓았다.

이튿날 나는 곧장 학교 학생과를 찾아갔다. 창구 직원에게
청구서를 내밀자 그녀가 학번과 이름을 뒤쪽에 전달하고 나
서 입실을 허락했다. 나는 조심스럽게 문을 열었다.

안에 들어가자 초로의 남자가 창가에 놓인 소파에서 나를
기다리고 있었다. 색이 다 바래고 귀퉁이가 해져 뼈대가 드
러난 싸구려 소파 때문에 그 남자까지 괜히 천해 보였다. 팔
토시만 끼면 초등학교 잡역부라 해도 믿을 만한 풍모였다.
목에 건 직원증에 쇼노라고 쓰여 있었다.

"무슨 용건인가?"

처음에 청구서를 냈는데 이제 와서 왜 또 묻는지. 그 한마
디로 나는 이 수업료 담당자의 성격이 여간 고지식하고 집요
한 게 아님을 확신했다.

대학교 수업료는 선납이 원칙이다. 요컨대 미납이나 금액
부족은 다른 형태의 빚이라는 소리다. 이런 건 부모나 누가
가르쳐 주지 않아도 본능적으로 익히는 것이리라. 나는 필요
이상으로 몸을 움츠리고 상황 연기를 신청했다.

"몇 월까지?"

"그건…… 아르바이트비를 모아서 낼 테니 졸업할 때까지 기다려 주셨으면 합니다."

"그런데 2학기에는 당연히 2학기 수업료가 발생하는데?"

"네……저도 아는데요…….'

"아르바이트비로 마련한다는 것도 좀. 보통 4년제 대학이라면 또 모를까, 우리 학교에서는 거의 불가능할 텐데? 3학년 때까지는 잘 내더니 갑자기 어떻게 된 건가?"

쇼노가 대뜸 태도를 바꾸더니 다리를 꼬고 나를 흘겨봤다. 이 녀석한테 돈을 빌린 것도 아닌데 왜 이런 취급을 받아야 할까.

"집에서 경제적인 지원이 끊겼습니다."

"저런, 부모님은 뭘 하시나?"

"전통 여관을 하십니다. 1학년 때까지는 어머니가, 어머니가 돌아가신 후로는 할아버지가 보내 주셨는데 그마저도 올해 2월에 끊겼습니다."

"흐음. 하긴, 워낙 불경기다 보니."

말과는 달리 동정이라고는 전혀 느껴지지 않는 말투였다.

"그러니 기다려 주십시오."

"아니, 기다리는 건 내가 아니라 학교이지 않나. 1학기 수업료 납부 기한은 4월 말, 연기해 봤자 최장 6개월이 규칙이거든."

"어떻게 좀 안 될까요?"

"규칙은 규칙이니까. 자네가 장학생이었다면 이야기는 달라지겠지만, 그건 4월에 이미 틀이 잡혔고."

"겨우 한 학기분 못 냈는데……."

"그 한 학기분이 크다는 거지. 자네 한 명이라면 또 모를까 워낙 불경기라 수업료를 미납하는 학생들이 눈에 띄게 증가하고 있어. 우리는 다른 학교에 비해 단가가 커서 더 타격이 크지. 앞으로 저출산 때문에 학생 수가 현저히 감소할 텐데, 지금부터라도 미납금을 없애지 않으면 학교도 운영이 위태로워진다고."

"최장 6개월이라고 하셨는데, 만약 10월까지 전액을 납부하지 못하면 저는 어떻게 되는데요?"

"그야 더 이상 학교에 있을 수 없으니 퇴학당하는 수밖에 없겠지."

"퇴학은……."

"너무하다고? 세상 사람들 기준에서 보면 수업료를 미납한 쪽이야말로 너무하지. 교육도 공짜는 아니니 말이야. 교육만 받고 대금을 내지 않다니 먹튀나 다름없지 않은가."

수업료 체납 때문에 먹튀 소리를 들을 줄이야. 나도 모르게 당황한 표정을 지었는지, 쇼노가 의기양양하게 입꼬리를 올리며 내게 최후의 통첩을 날렸다.

"어쨌든 기한은 10월 말이네. 그때까지 정확히 127만 엔을 납입하게."

 무거운 마음으로 비르투오소과 강의실로 향했다. 그곳에
는 늘 보던 학생은 물론 보기 드문 얼굴도 있었다.

 "여어, 아키라. 오랜만."

 맨 먼저 나를 발견한 사람은 트럼펫을 전공하는 아사쿠라
유다이였다. 마지막으로 봤을 때와 똑같은 복장인 가죽점퍼
에 부드러운 검은색 중절모, 어울리지 않는 입수염까지 그대
로였다.

 "오랜만이라니…… 내가 할 소린데. 오늘은 무슨 바람이
불어서 왔어?"

 "야. 난 학생, 여기는 내 강의실. 필연적 이유. 이상."

 시치미를 떼고 그렇게 대답했지만, 쑥스러움을 감추려 하
는 것이 훤히 보이도록 눈동자를 이리저리 굴리고 있었다.

 유다이가 한동안 학교에 오지 않은 건 담당 교수와 대판
싸웠기 때문이다. 본인은 '음악적 해석의 차이'라고 잡아뗐
지만 사건의 진상은 아마 훨씬 단순한 일일 것이다.

 "그나저나 다들 참 성실하기도 해. 거의 매일 출석하다
니 말이야."

 "꾸준한 것도 재능의 하나거든."

 "그것도 맞는 말이긴 한데, 내가 원하는 재능은 아니라서.
내가 원하는 건 꾸준한 게 아니라 순간의 폭발이거든."

"폭발? 그게 뭔데?"

"구태의연한 음악의 파괴와 재구축. 악보대로 연주하는 것의 부정. 교과서 연주법에 대한 이의 제기. 앨버트 아일러가 말했잖아, 파괴하라고."

"유다이, 너 호출 당했지?" 하고 옆에서 클라리넷 전공인 고야나기 유키가 끼어들었다.

"네 성격에 궁지에 몰리지 않으면 움직이려 하지 않잖아."

"무슨 근거로 그런 말을 해?"

"아직 5월인데 벌써 학점이 모자랄까 봐 걱정되는 거잖아. 이 상황에서 호출 당하면 너 아니라 다른 누구라도 쫄 게 뻔하다고."

"시끄러워, 고야나기. 건방 떨지 말고 얌전히 클라리넷이나 불어. 어차피 성실하게 출석하고 우수한 성적을 남겨 봤자 졸업 후의 생활이 보장되는 것도 아니잖아."

그 한마디로 강의실 분위기가 얼어붙었다. 마주 보고 있던 유키도 순식간에 표정이 굳었다.

"다들 취업과에서 들었잖아. 음악 관련 구인은 없다는 말. 즉 우리가 지금 하고 있는 건 취업에 아무런 도움도 안 된다는 거야."

유다이 역시 도중에 분위기가 바뀐 것을 알아차렸는지 시선이 불안하게 흔들렸다. 하지만 입 밖으로 나온 말을 참을 만큼 그에게는 자제심이라는 게 없었다.

"이제 와서 설명할 것도 없지만, 계산이 빠른 녀석이라면 이 학교 졸업하는 녀석들 중 몇 명이나 음악으로 먹고살지 입학 시점에서 벌써 깨달았겠지. 확실한 건 학장의 손녀랑 기악과 쁘치코 헤밍*, 바이올린의 이루마 정도. 나를 포함한 어중이떠중이들이 남는 거지."

자포자기한 말투였지만 그가 언급한 이름에는 설득력이 있었다. 쓰게 하쓰네, 흔히 쁘치코 헤밍이라 불리는 피아노 전공생 시모스와 미스즈, 그리고 바이올린 전공생 이루마 히로토. 이 세 명에게는 공통점이 있는데, 모두 음악가 집안에서 태어났으며 많은 콩쿠르에서 입상했다는 점이다. 특히 콩쿠르 싹쓸이라고도 불리는 시모스와 미스즈는 웬만한 피아노 콩쿠르에는 꼭 얼굴을 내민다. 지금은 6월에 열리는 아사히나 콩쿠르에 응모했을 것이다.

입에 담아서는 안 되는 진실을 내뱉은 당사자는 겸연쩍음을 험악한 말투로 얼버무리려고 상황을 더 악화시키고 있었다. 그러나 한번 뚫린 입은 좀처럼 닫힐 기미가 보이지 않았다. 이런 말버릇이 담당 교수와의 균열을 일으킨 것이다. 본인도 그걸 알고 있을 텐데 이런 습관은 하루아침에 고쳐지지 않는다. 유다이는 모두에게 치명타를 날릴 작정인지 다시 뭔가를 말하려고 했다.

---

* 일본 피아니스트 후지코 헤밍의 이름을 딴 별명. 우리나라에서는 '리틀 ○○○' 식으로 별명을 붙이지만 일본에서는 '쁘띠(petit)'를 조합해 만든다.

그때였다.

강의실에서 유일하게 혼자 아무 상관없다는 듯 제 할 일을 하던 오보에 전공생 가미오 마이코가 유다이 앞을 가로막아 섰다.

"너랑 똑같이 취급하지 마."

눈썹 하나 까딱 않고 내뱉은 모진 말에 나는 깜짝 놀랐다. 평소에는 결코 이렇게 모난 말을 하는 아이가 아니다. 늘 초연하고, 침몰 직전의 타이타닉호 갑판에서도 우아하게 홍차를 마시면서도 한편으로는 영악하게 첫 구명보트에 올라탈 만한 아이다. 그런 그녀가 눈에 띄게 과민한 반응을 보인 것이다.

이유는 명백하다.

그녀도 불안한 것이다.

그 불안이 전파되었는지 유다이가 더 입을 놀리기 시작했다. 불안에 사로잡히면 말이 많아지는 법이다. 말하는 도중에는 불안이 느껴지지 않기 때문이다.

"그런데 이 학교를 고른 단계에서 다들 성실한 직장인이 될 생각일랑 아예 없었잖아. 지금껏 한눈팔지 않고 오직 음악의 길만 걸어왔지. 그런데 만약 음악으로 먹고살지 못하게 되면 어떻게 될까, 하는 걱정도 머리를 스쳤을 거야. 제대로 된 자격증이나 기술도 없으니까 잘해 봐야 비정규직, 안 되면 백수. 예술가를 꿈꾸며 달려온 결과가 세상에서 배척당하는 거지."

"유다이, 이제 그쯤에서 그만—."

"야, 고야나기. 너도 예외는 아니잖아. 아니면 생각하기도 겁나서 내내 모르는 척한 건가?"

유키는 순간 말문이 막혔지만 이내 반격에 나섰다.

"그러는 너는 어떤데!"

"못 들었어? 아까 나를 포함해서, 라고 말했잖아. 나한테 정장이 어울릴 것 같아? 안심해. 낙오자가 된다면 내가 제일 먼저일 테니."

그 자리에 있던 사람들이 하나둘씩 유다이에게 등을 돌리기 시작했다. 무안해졌는지 유다이도 독설을 그만두었다.

하지만 모두 알고 있었다.

그들은 유다이에게 등을 돌린 것이 아니다.

현실에 등을 돌린 것이다.

나도 남들처럼 위기감을 느꼈다. 집에서 경제적 지원이 끊기기 전 어느 날 취업과를 찾아갔지만 거기서 얻은 정보는 희망이나 호기심이 아닌, 절망과 불안이었다.

취업과 사무실 벽에는 졸업생들이 취직한 곳이 쭉 열거되어 있었다. 밤베르크 교향악단, 로열 체임버 오케스트라, 일본 필하모니 교향악단, 도쿄 교향악단, 극단 사계, 신국립극장 합창단, 해상자위대 음악대, 가와사키시 소방음악대…….

그러나 이는 맞선의 신상서 같은 것으로, 작년 취업 실적은 과거의 영광과 거리가 멀었다.

연주 관련 단체에 취직한 사람은 겨우 여섯 명이었다. 그 열 배 이상을 교육 관련 단체가 차지하고 있다. 그리고 구색 갖추기일 뿐인 음악계 기업이 몇 군데, 나머지는 건축이나 금융 같은 일반 기업의 이름이 열거되어 있었다. 물론 취업을 택하지 않은 사람도 있는데 그들은 미국과 유럽의 음악대학으로 유학을 떠났다. 하지만 그런 경우는 정말 손에 꼽을 정도다. 또 당연하게도 이 리스트에 들어 있지 않은 사람이 대부분이다. 마치 처음부터 여기에 없었다는 듯이.

요컨대 이것이 우리 음대의 취업 현실이다. 음악가를 꿈꾸었지만 대부분 도중에 좌절하고 입학 당초와는 완전히 다른 방향의 직장에서 음악 이외의 직무 능력으로 생활비를 벌고 있다. 취업과 담당자에 따르면 올해는 작년보다 더 상황이 안 좋다고 한다. 바꿔 말하면 엄청난 재능과 운, 그리고 연줄이 없으면 음악으로 먹고살기란 거의 불가능하다는 것이다.

게다가 우리 비르투오소과의 특수한 사정도 한몫 거들었다. 이 대학에는 기악학과, 성악학과, 작곡학과, 음악학과, 음악교육학과, 그리고 비르투오소학과, 이렇게 여섯 개의 학과가 있다. 비르투오소란 '음악의 명수'나 '예술적 기술이 뛰어난 사람'을 의미하는 이탈리아어로, 그 이름대로 프로 연주가를 꿈꾸는 학생에게 실기 중심의 커리큘럼을 제공하는 학과다. 교양과목이 16학점뿐이라 다른 학과라면 보험처럼 취득해 두는 교원자격증도 취득할 수 없다. 즉 전공을 다른 방향으로 살릴 수 없는 꽉 막힌 상황이다.

우리는 그 단순한 진실을 무려 4년에 걸쳐 학습했다. 4년이나 바쳤기 때문에 무서워서 정면에서 직시할 용기를 잃고 말았다. 등을 돌린 것은 그런 이유에서다.

오후 수업은 솔페주*로 시작되었다. 결국 악보 읽기나 다름없어 실기에 비해 따분하기 짝이 없는 내용이다. 게다가 수업 직전의 강의실 분위기도 말이 아니었다. 절망의 구렁을 억지로 들여다보게 하는 독설을 실컷 들은 탓에 수업에 집중할 수 있으리라는 예감은 털끝만큼도 없었다.

그런데 강의실 문을 열고 들어온 사람은 평소의 담당 강사가 아니라 학과장 스가키야 교수였다.

"다들 조용."

스가키야 교수의 표정이 어딘지 자랑스러워 보였다.

"오늘 솔페주 시간을 조금 빌려서 비르투오소과 여러분에게 공지할 사항이 있습니다."

설마 저 득의만면한 얼굴로 "여러분의 취직은 절망적입니다" 하고 말할 리는 없을 터.

---

* 음악의 기초 교육으로 시창력, 독보력, 청음 능력을 기르는 훈련.

"우리 학교의 정기 연주회가 올해도 10월에 열릴 예정인데, 학장님이 참여하시는 곡목이 결정되었습니다. 라흐마니노프의 〈피아노 협주곡 제2번〉입니다."

어디선가 후우, 하는 한숨 같은 소리가 새어 나왔다. 〈협주곡 2번〉은 난이도 높은 라흐마니노프의 악곡 중에서도 특히 고도의 기교가 요구되는 피아노곡이다. 또한 협주곡 작가로서 라흐마니노프의 명성을 확립하게 한 가장 인기 높은 협주곡이기도 하다.

쓰게 아키라 학장이 참여하는 연주곡은 정기 연주회의 하이라이트다. 전성기 때는 한 달에 수차례씩 연주를 소화한 마에스트로도 세월의 무게를 이기지 못해 최근에는 무대에 서는 횟수가 부쩍 줄었다. 그러나 자신이 학장으로 있는 음대 연주회에만은 반드시 출연한다. 그리하여 국내외 수많은 팬에게 이 연주회는 1년에 한 번 쓰게 아키라의 연주를 감상할 수 있는 황금 티켓이 되었다.

그 희소한 연주회에서 희대의 라흐마니노프 연주가라 불리는 거장이 피아노 협주곡의 최고 걸작 중 한 곡을 연주한다고 한다. 티켓 한 장에 도대체 얼마의 프리미엄이 붙을까.

그러나 가장 우리의 관심을 끈 것은 다음 한마디였다.

"또 이번 연주회 멤버는 성적순이 아닙니다. 교내, 아니 정확히는 기악학과와 여기 비르투오소학과 내에서 오디션으로 결정합니다."

네에? 하고 대놓고 술렁이는 소리가 났다. 반응을 확인한 스가키야 교수가 더 득의양양한 표정을 지었다.

"왜, 왜 올해만 그렇게 하는데요?"

"작년까지는 성적 우수자를 대상으로 미리 선발했는데, 이 사회에서 올해는 더 폭넓게 뽑았으면 좋겠다는 의견을 냈습니다."

"말도 안 돼⋯⋯."

"오디션은 한 달 후, 자세한 내용은 추후 게시판에 붙이겠습니다. 평소 학습 성과를 발휘할 수 있는 절호의 기회입니다. 여러분, 적극적으로 응모해 주십시오."

그러나 TV 시청자 선물 같은 멘트를 듣고 있는 학생은 벌써 아무도 없었다.

이것은 거미줄이라고 나는 생각했다.

이 정기 연주회에는 쓰게 아키라의 귀중한 음악회라는 것 외에 다른 측면도 있다. 연주회 당일에는 국내외 음악 관계자가 죄다 모인다. 거장의 연주를 꼭 듣고 싶다는 관계자가 많은 것도 당연하지만 대학 측이 그런 저명인사에게 미리 티켓을 배포한다. 그리고 관계자 앞에서 재능 있는 젊은 연주가들이 실력을 선보인다. 요컨대 이 연주회는 교외 음악 관계자에게 오디션 역할을 해낸다. 게다가 교내에서 선발된 학생이라 해도 실질적으로는 솔리스트인 쓰게 아키라가 뽑는다. 바꿔 말하면 거장이 보증한 것이나 마찬가지라 학생에게 이만큼 유리한 카드도 없다. 실제로 과거의 정기 연주회에서 학장 뒤에서 연주한 학생 중 많은 학생이 프로 오케스트라에 입단했다.

지옥의 밑바닥에서 절망에 허덕이는 죄인들에게 내려온 가느다란 거미줄 하나. 그것은 확실히 천상의 세계로 연결되어 있다.

느닷없이 찾아온 기회에 나는 어김없이 들떴다. 실은 비공식이긴 하지만 학장이 선발한 멤버에게는 또 하나의 특전이 있다. 멤버 중에서 콘서트마스터로 임명되면 준장학생 대우를 받아 2학기 수업료가 전액 면제되는 것이다. 게다가 내 경우에는 1학기 미납분의 납부 연기라는 덤까지 붙는다. 장래의 꿈과 함께 당장 해결해야 할 수업료까지. 학교 측에 미납금 독촉을 받은 입장에서 눈에 불을 켜고 달려들기에 충분한 미끼다. 기분 탓인지 심장까지 쿵쾅거렸다.

교수의 말대로 쉬는 시간에 본관 1층으로 가자 게시판에 오디션 요강이 붙어 있었다. 그 앞에 사람들이 모여 있었다.

아이치 음대 정기 연주회 출전자 선발회

<곡목> 라흐마니노프 피아노 협주곡 제2번

선발 일시: 6월 12일 9시, 본교 제2홀

플루트 3명

오보에 3명

클라리넷 2명

바순 2명

호른 4명

트럼펫 2명

테너트롬본 2명

베이스트롬본 1명

튜바 1명

팀파니 1명

베이스드럼 1명

심벌즈 1명

제1바이올린 8명

제2바이올린 8명

비올라 6명

첼로 6명

콘트라베이스 4명

피아노: 쓰게 아키라

선발 대상자: 기악학과, 비르투오소학과

선곡은 자유. 단 제한 시간은 15분.

모집 인원은 총 55명이다. 보통 오케스트라는 60명 내외로 구성되는데 쓰게 학장의 지시로 이보다 약간 적게 구성한 것이리라. 기악과와 비르투오소과를 합하면 140명쯤 되니 경쟁률이 대충 2.5 대 1쯤 되려나. 아니, 악기에 따라서는 전공 인원이 다르고 피아노는 제외되므로 실제 경쟁률은 더 낮을 것이다.

"이거…… 가능성 있겠는데." 같은 생각을 했는지 내 뒤에서 유다이가 중얼거렸다.

"유다이, 응모하려고?"

"주어진 기회를 헛되게 하는 건 스스로에 대한 배신이야."

"얼씨구, 아까랑 다르게 꽤 적극적인 발언이네." 바로 옆에서 유키가 진지한 분위기에 훼방을 놓으려 했지만 유다이는 거들떠보지도 않았다.

"그러는 아키라는 어쩔 거야?"

"내가 트럼펫을 불지 않은 걸 신에게 감사하라고."

"오오, 자신감이 대단한데? 하긴, 바이올린은 선발 인원이 열여섯 명이나 되니, 딱 두 명만 뽑는 트럼펫에 비하면 확률이 높네."

"그래도 콘서트마스터는 한 명이야." 그렇게 대답하자 유다이가 눈을 부릅떴다.

"네가…… 콘서트마스터? 그건 자신감이 아닌데."

"그럼 뭔데?"

"과신."

"과신이든 망상이든 이번에는 이기고 말겠어."

유다이가 나를 뚫어지게 쳐다봤다.

"아키라, 무슨 일이야? 네가 그렇게 욕심 부리는 거 처음 보는 것 같은데."

"주로 경제적인 이유. 설명 끝."

"아…… 그렇구나."

유다이는 그것만으로 납득했다. 유다이를 포함해 친한 친구들은 내 사정을 잘 알기 때문이다. 그러나 그때 잘 알지 못하는 인물이 참견했다.

"헝그리 정신이라. 존경스럽긴 한데 내 스타일은 아닌걸."

그 여성스러운 말투의 주인공이 얼굴에 여유를 처바르고 우리를 보고 있었다. 스마트한 얼굴에 요즘 유행하는 테가 얇은 안경을 쓰고 평가하는 듯한 눈빛을 하고 있었다.

"이루마……군."

"이야기하는 건 처음이네. 난 이루마 히로토."

"아, 나는 기도 아―."

"콘서트마스터 노리나 본데 나도 오디션에 참전할 거거든. 잘 부탁해."

"이루마, 네가 왜 콘서트마스터에 집착하는 건데? 넌 입학했을 때부터 지금껏 장학생이었잖아."

"주로 정신적인 이유랄까. 설명 끝."

"아니, 설명이 부족한데. 정신적인 이유? 바이올린이라면 네가 일등이라는 거 누구나 아는 사실이야. 그런데도 굳이 확인하는 차원에서 네 실력을 과시하겠다는 건가?"

"경연 대회에서는 경쟁을 하고 오디션에는 도전해야지. 그런 탐욕스러움과 서로의 실력 차이를 끊임없이 과시해 두는 집요함. 그 두 가지가 일등을 지키는 비결인걸." 이루마 히로토는 그 말을 남기고 곧바로 가 버렸다.

외국 소설을 읽으면 '누군가 내 무덤 위를 걸어간다'라는 표현을 접할 때가 있다. 지금까지는 그냥 그런가 보다 했지만 이제야 비로소 그 의미를 실감했다.

이루마 히로토의 어머니는 세계적인 바이올리니스트이며 그 역시 국내 콩쿠르에서 수차례 상위 입상한 우리 음대의 기대주다. 여자형제 사이에서 자란 탓에 여성스러운 말투가 남아 있지만 일단 활을 잡으면 정열적이고 힘찬 연주를 들려준다. 지금까지는 과가 달라서 멀리서 소문과 연주만 들었는데 지금 이 순간 분명히 나의 장벽이 되었다. 그것도 엄청나게 어려운 장벽이.

솔직히 그를 경쟁상대로 생각하지 않은 탓에 나는 완전히 당황했다. 그러고는 암담한 기분이 들었다. 뜻밖에 귀한 보물을 발견했건만 그 주위에 식인 호랑이가 어슬렁거리는 꼴이다. 라이벌로 여기는 것 자체가 주제넘게 느껴진다. 저, 왠지 깔보는 듯한 시선도 그의 입장이라면 당연한 것 같다는 생각이 든다.

하지만.

싸우기도 전에 백기를 들 생각은 없었다. 콘서트마스터로 뽑혀 쓰게 아키라 곁에서 바이올린을 켜는 내 모습. 잠깐 떠올렸을 뿐인 그 광경은 다시는 지울 수 없을 만큼 매력적이었다.

"여전히 재수 없는 놈이라니까. 너를 아주 한껏 비웃던데."

아니, 그렇게까지는 아니었다.

"저 정도 도발이면 당연히 응할 거지?"

대답하려는데 뒤에서 "물론, 응해야지" 하는 목소리가 들렸다.

뒤돌아보니 하쓰네가 서 있었다.

"물론이라니, 왜 하쓰네 씨가 결정하는 건데?"

"내가 결정한 게 아니라 그 사람의 가능성이 결정한 거야. 아키라, 잘 들어. 내 첼로와 아키라의 바이올린, 그동안 사중주로 연주한 적 많잖아. 그런데 이번 같은 대편성은 처음이야. 게다가 할아버지의 피아노 뒤에서!"

"그래서?"

"이루마 히로토가 뭔 상관이야. 재능을 인정받을 기회인데. 그것도 가장 인정받고 싶은 사람한테. 같이 해 보자. 되자, 콘서트마스터!"

이 도도한 발언은 이미 재능을 인정받은 자만이 할 수 있는 말이라 나는 적잖이 머쓱했다. 그녀는 오디션에 나가서 떨어질 생각은 아예 하지 않는 걸까?

그러나 조금만 생각하면 알 수 있다. 두 학과를 합해도 첼로를 연주하는 사람은 15명. 그중 기술도 실적도 하쓰네는 단연 뛰어나다. 게다가 심사 결정권은 그녀의 공연을 바라 마지않는 학장이 쥐고 있다. 그러니 뽑히지 않을 리 없다.

"뭐, 서로 최강 최악이긴 하지. 한쪽은 국내 콩쿠르 단골, 한쪽은 담당 교수한테 찍혀서 콩쿠르 출전 경험도 없는 말뼈 다귀."

"유다이, 넌 가만히 있어."

"아니, 유다이 말이 맞아. 난 어디서 굴러먹던 말뼈다귀인 지 모를 녀석이야. 이루마는 적어도 경주마인 서러브레드고. 그런데 아직 해 본 적은 없지만 경마에는 뜻밖의 결과라는 게 있잖아."

2

"기도 짱, 3번에 돈가스 정식 2인분!"

"기도 짱, 여기도 나왔어. 7번에 철판 안심 2인분 부탁해!"

주방의 활기찬 목소리에 나는 접시를 들고 가게 안을 이리 저리 돌아다녔다. 테이블에 접시를 놓자마자 새 손님의 주문 을 받고 주방으로 달려갔다가 다시 접시 나르기를 반복했다. 특히 오후 5시부터 9시까지는 숨 돌릴 틈도 없이 이런 상태 가 계속된다. 한 번도 본 적은 없지만 도박장도 이런 식으로 굴러가지 않을까.

야바초 지역에 있는 오래된 돈가스 가게. 내가 아르바이트를 하는 곳이다. 학생과 교직원인 쇼노에게 설명한 대로 입학했을 때는 집에서 생활비며 학비를 보내 주었지만 올해 할아버지가 쓰러지신 뒤로는 지원이 끊겨 나는 즉시 가난한 학생의 대열에 끼었다. 당시 예금통장에는 몇 천 엔뿐이었고 금전적으로 기댈 만한 사람도 없었다.

그리하여 급하게 아르바이트를 구해야 하는 처지가 되었다. 교수에게 묻자 거품경제가 한창이었을 무렵에는 나고야 항에서 출항하는 호화 유람선에서 음대생이 피아노 연주 아르바이트를 하기도 했다지만 지금은 딴 나라 이야기로, 여객선은커녕 집배*에서도 전혀 음대생을 찾지 않는다고 한다.

가난한 음대생의 이상적인 아르바이트에는 몇 가지 필요조건이 있다. 첫째, 통학용으로 끊은 전철 정기권으로 다닐 수 있는 곳에 있을 것. 둘째, 수업이 끝나고 할 수 있는 일. 셋째, 석식이 제공되는 가게. 넷째, 가급적 시급이 센 일. 이 네 가지 조건을 전부 충족한 곳이 바로 이 돈가스 가게였다. 면접을 볼 때 네 번째 조건인 시급을 듣고 나는 귀를 의심했다. 근처 햄버거 가게 점장이 아르바이트 모집 벽보를 떼고 싶을 만한 금액이었기 때문이다. 그런데 실제로 일해 보니 되레 박봉이라는 생각이 들 만큼 눈코 뜰 새 없이 바쁜 가게였다.

---

*   지붕 모양의 덮개를 갖춘 배.

돼지고기 기름과 된장소스, 튀김용 기름이 한데 섞인 냄새가 처음에는 코를 찔러 숨쉬기도 힘들었지만 지금은 익숙해졌다. 아무리 가혹하고 비참해도 일상이 되면 둔해진다.

이렇게 아무 생각 없이, 아무 느낌 없이 네 시간을 보내고 마지막 손님을 배웅하자 나는 늘 그랬듯이 잠시 멍하니 앉아 있었다.

그때 누군가 내 어깨를 두드렸다. 뒤돌아보니 주인아저씨가 서 있었다.

"기도 짱, 그 이야기 생각 좀 해 봤나? 시간 연장하는 거 말이야."

그제야 생각났다. 지금은 네 시간만 일하는데, 주 3회라도 좋으니 여섯 시간으로 늘리자는 이야기였다.

"죄송해요, 역시 안 되겠어요. 레슨 시간이 너무 빠듯하거든요. 갑자기 새 과제 같은 것도 생겼고요."

"도저히 안 되겠나?"

그가 마음씨 좋아 보이는 얼굴로 거듭 부탁하는데도 나는 거절할 수밖에 없었다.

"그런가, 안타깝군. 기도 짱은 빠릿빠릿하고 손님 접대도 잘해서 다들 칭찬이 이만저만이 아닌데."

"그렇게 말씀해 주셔서 정말 고마운데요."

"아르바이트인 게 내키지 않으면 정사원은 어떤가?"

"네?"

"기도 짱, 지금 4학년이잖나. 벌써 채용이 확정된 곳이라도 있어? 아니면 1지망이 확실한가?"

"그게……."

대답을 못하고 있자 주인아저씨가 내 옆에 앉았다.

"기도 짱, 이 돈가스 가게 주인인 나를 어떻게 생각하나?"

"사장님은…… 성공하신 분이죠. 창업한 가게가 잘돼서 지점도 많이 생겼고요."

"성공한 사람이라, 그건 좀 다른데. 어렸을 때부터 돈가스 가게를 여는 게 목표였던 것도 아니고. 어린이는 어린이 나름대로, 스무 살 청년은 그 나름대로 꿈이나 희망이 있지. 나는 그런 대담하고 무모한 공상을 하나씩 내려놓고 가장 현실적인 길을 택했지. 그다음엔 노력과 인내와 운이었어. 이 세 가지만 있으면 어떻게든 되는 법이거든. 그런데 노력도 인내도 운도 사용법이라는 게 있어. 예를 들어 다 늙은 내가 지금 야구단에 입단하려고 테스트를 받으러 가 봤자 몸만 상하고 돌아올 게 뻔하지 않나."

"음대생의 꿈이 대담하고 무모하다는 말씀인가요?"

"세상의 수많은 악담 중에 가장 불쾌하지 않은 것이 문외한이 하는 말이지. 근거도 없이 어림짐작으로 떠들어 대니까. 그래도 불쾌하면 화를 내도 돼."

"음악으로 먹고산다는 것이 공상 같다는 건 진작 알고 있었어요."

"그럼, 물론 알고 있었을 테지. 당사자가 모를 리가 있나. 그런데 납득은 못한 것 같군."

나는 반박할 수 없었다. 그 말이 맞았기 때문이다.

"욕조에 따뜻한 물을 받다 보면 물이 쫄쫄 나와도 언젠 가는 한가득 차서 천국에 온 기분을 맛볼 수 있지. 아니, 어쩌면 누군가 도움의 손길을 내밀어 줘서 순식간에 가득 찰지도 몰라. 하지만 그건 덧없는 희망에 불과하다고. 실제로는 긴 시간 동안 물이 차갑게 식어 버리고, 욕조 바닥에는 큰 구멍이 뚫려 있을지도 몰라. 결국 감기에 걸려 후회하지. 아, 이럴 줄 알았으면 욕조에 모은 만큼 차라리 몸에 끼얹을걸."

"……뼈아픈 말씀을 하시네요."

"좋은 약은 입에 쓰다고 하지 않나. 특히 본인이 깨달았을 때 정곡을 찔리면 꽤 아프지. 뭐, 내가 듣는 입장이었으면 벌써 주먹부터 나갔겠지만."

"폭력은 질색이거든요."

"하하하. 하긴, 자네한테는 어울리지 않는군. 다만 억울한 기분은 나도 잘 알아. 사람들은 자신의 한심함을 깨달아도 반성하기는커녕 남의 탓으로 돌릴 생각만 하지. 그게 훨씬 편하거든."

"전부 자업자득이다, 이 말씀이네요?"

"옛날에는 고등실업자라는 게 있었지. 일정한 직업도 없이 자유롭게 사는 사람을 뜻하는 말이었어. 일본도 참 대단한

나라인 게 몇몇은 일하지 않아도 먹고살 수 있었다니까. 아무리 불경기라 해도 말이야. 그런데 여기서 30년 장사해 보니 이번 불경기는 차원이 다르다는 게 피부로 느껴져. 지독하게 깊고 무거운 불황이라고. 이제 직업 없는 사람을 먹여 살릴 만한 여유는 없어. 이 근처를 어슬렁거리는 노숙자들만 봐도 알 수 있지."

그 광경은 이제 드문 것도 아니었다. 시라카와 공원이나 오스 거리에서 생활하는 사람들. 복장은 깔끔하고 젊은 사람도 많다. 하지만 신발이나 배낭이 너덜너덜하고 눈에 생기가 없는 것으로 보아 노숙자임에 틀림없다.

"이것도 옛날이야기인데, 살 곳이 없는 녀석들도 지금만큼 있었지. 그런데 저렇게 젊은 녀석은 없었다고. 딱히 범죄자도 게으름뱅이도 아닌데. 불과 어제까지만 해도 번듯한 직장인이었던 녀석이 하룻밤 사이에 길바닥에 나앉았다니까. 처음에는 나도 괜히 오지랖 부리느라 그중 한 젊은이를 붙잡아서 지인에게 소개해 줬지. 지인이 가마고리*에서 농사를 짓는데 좀 써 달라고 부탁했어. 그 사람은 아직 삼십 대라 체력도 있어 보였거든."

"훈훈한 이야기네요."

"훈훈하기는 얼어 죽을. 그 젊은이가 사흘 만에 내뺐지 뭐

---

* 아이치현 남동부 미가와만에 접한 관광·항만 도시.

가. 자기 적성에 맞지 않다나 뭐라나 메모를 써 놓고 야반도
주를 했지. 정확하게 사흘간 급료 대신 금고에서 3만 엔을
훔쳐서 말이야. 소개한 내 체면이 뭐가 되었겠나? 떠도는 소
문에는 결국 원래 있던 공원에서 다시 노숙자로 지낸다고 하
더군. 그 후 나는 실업자를 달리 보게 되었어. 불경기는 어쩔
수 없지만, 실업률이 높은 건 반드시 불경기 때문만은 아니
야. 월급의 8할은 참고 버티는 값이라는 걸 모르는 녀석들이
많아진 탓도 있다고."

"훈훈한 이야기가 아니네요."

"좋은 약이 입에 쓴 것처럼 진실은 귀에 쓴 법이지."

"그렇게 쓴 약은 아무도 안 먹어요."

"안 먹으면 병이 악화될 뿐이야. 세상에서 자신의 불우한
처지를 한탄하는 녀석들은 거의 좋은 약 대신 꿈을 먹고 살
더군. 마치 맥*처럼 말이야."

"맥……."

"다들 자기 자신은 특별하다고 생각하지. 가수를 꿈꾸는
사람, 운동선수를 꿈꾸는 사람, 오직 자신은 다른 수많은 사
람들과 다르다고 말이야. 그런데 세상에 특별한 사람은 아무
도 없어. 자신을 알고 있는 녀석과 모르는 녀석만 있을 뿐이
지. 자네는 과연 어느 쪽이려나?"

---

*   중국 설화 속에 등장하는, 꿈 혹은 악몽을 먹는 동물.

연주는 특별한 것이 아니다. 어디까지나 선택의 문제다. 그것이 정답이라는 걸 아는 한편으로 완전히 반대 주장을 펼치는 나 자신이 어딘가에 있었다.

"하고 싶은 것만 하려 들지 말라는 말씀인가요?"

"직업 선택의 자유라는 말이 있어. 알고 보면 자유라는 말처럼 수상쩍은 단어도 없지. 프로야구에서 자유계약선수가 뭘 뜻한다고 생각하나? 다른 구단과 자유롭게 계약할 수 있는 선수일까? 아니야, 필요 없으니 방출당하는 셈이라고. 그런데 기도 짱, 우리 돈가스 가게가 도쿄에 지점 낸 거 알지?"

"네. 땅값 비싼 긴자라면서요?"

"덕분에 긴자점도 슬슬 일손이 부족하게 됐어. 어찌나 바쁜지 사원 교육도 제대로 못하는 상황이라고. 그래서 즉시 투입할 수 있는 정사원을 보내 달라고 하던데, 우리도 본점 체면상 우수한 인재를 파견해야지, 안 그런가? 이래저래 설교 같은 소리만 늘어놓았는데, 진짜 하고 싶었던 말은 그거야. 지금 당장이 아니라도 좋으니 잘 생각해 보라고."

주인아저씨가 미안해하며 그 말을 남기고 가 버렸다. 나는 괜히 화가 났다. 굳이 말하지 않아도 나도 현실을 충분히 안다. 생각할수록 주인아저씨가 괘씸했다.

그는 분명히 나를 칭찬했다.

내게 기대 또한 걸었다.

하지만 조금도 기쁘지 않았다. 왜냐하면 칭찬받고 싶은 재능이 아니기 때문이다. 그 재능에는 기대를 걸어 본 적이 없기 때문이다.

이튿날 예정된 시각보다 늦게 순서가 돌아온 레슨실에 들어가자마자 나는 아끼는 악기를 꺼냈다. 지금부터 한 시간 동안 방음이 완비된 이 레슨실에서 오직 연습에만 매진할 것이다.

콩쿠르 실적은 물론 이루마 히로토와 나의 가장 큰 차이는 표현력에 있다. 몇 번인가 그의 연주를 들었는데, 단순히 손재주만 좋은 나와 달리 그의 연주에는 힘이 있었다.

그의 연주는 소리에 감정과 무게가 실려 있었다. 멜로디에 이야기가 담겨 있고 생명이 깃들어 있었다.

우선 이루마 히로토의 수준을 따라잡아야 하지만 그 거리가 아득히 멀다. 그래도 어쨌든 앞으로 나아갈 수밖에 없다. 멈춰 서서 생각하면 공포가 일었다. 손을 멈추면 찾아오는 정적에 거부반응이 일었다. 바이올린을 끼고 활을 긋는 동안에는 불안을 느끼지 않아도 된다.

오디션 과제로 파가니니의 〈종에 부치는 론도〉를 선택한 것은 내가 생각해도 정답인 것 같다. 악보대로 연주하는 것 자체가 힘든 곡이다. 파가니니는 결코 연주자를 편하게 놔두지 않는다. 바이올린을 켜는 순간 자연히 집중하게 된다.

이를테면 더블스톱이 그렇다. 더블스톱은 두 현을 동시에 그어 화음을 만드는 주법으로, 단음보다 훨씬 화려한 소리가 난다. 그런데 파가니니의 곡은 더블스톱을 극도로 빠른 패시지*로 연주해야 한다. 그리고 플래절렛은 또 어떠한가. 왼손으로 현을 누르는 대신 배음 위치에 손끝을 살짝 대면 현 본래의 진동음이 억제되고 배음만 울린다. 높고 맑은 소리가 나오지만 그 대신 이걸 왼손 피치카토**로 연주해야 한다. 둘 다 고도의 기교와 유연하고 긴 손가락을 필요로 해서 연주라기보다는 곡예에 가까운 운동이다. 어떤 연주 부분에서는 더블스톱과 플래절렛을 동시에 소화해야 한다. 지도 교수의 눈에도 들지 못하고 콩쿠르 출전 경험도 없는 학생이 점수를 따려면 이런 연주로 눈에 띄는 수밖에 없다. 마치 실력 없는 체조 선수가 마음이 급해서 난이도 D 기술에 도전하는 것이나 마찬가지였지만 내게 선택의 여지는 없었다.

니콜로 파가니니는 열세 살 어린 나이에 바이올린에서 배워야 할 모든 것을 배우고, 그 후 자작 연습곡을 통해 새로운 연주 기법과 특수한 주법을 고안해 낸 작곡가다. 당연한 결과로 그가 만든 곡은 일반적인 운궁법으로는 도저히 소화할 수 없었다고 한다. 또한 파가니니는 쇼맨십 기질도 다분해서, 연주회에서 일부러 현을 하나씩 끊어 나가다 마지막에 G현 하나만 가지고 곡을 완벽히 연주했다는 일화도 있다. 요

---

*   passage, 선율 사이를 높거나 낮은 방향으로 급하게 진행하는 부분.
** 현을 손끝으로 튕겨서 울리는 주법.

컨대 타고난 곡예사라고 할 수 있다. 그뿐만 아니라 다른 사람이 자신의 기교를 따라하지 못하도록 모든 악보를 혼자 관리했다. 반주를 담당할 오케스트라에는 연주 직전에야 악보를 나눠 주었고, 연주회가 끝나자마자 회수했다. 파가니니는 오케스트라와의 연습 때도 솔로 연주를 하지 않았기 때문에, 단원들은 무대 위에서야 그의 솔로 파트를 들었다고 한다. 상황이 이러해 후세에 와서 음악가들이 온갖 고생을 거듭해 오선지에 악보를 옮겼지만, 과연 파가니니의 오리지널에 얼마나 근접할까. 아마 이를 아는 사람은 파가니니 본인밖에 없을 것이다.

심보가 고약한 파가니니의 시선을 받으며 활을 긋는 데 열중했다. 바이올린은 왼쪽 손가락 각도가 조금만 달라도 음정이 달라진다. 따라서 포지션을 이동할 때 피아노보다 훨씬 섬세하게 움직여야 한다. 단숨에 이동하지 않고, 가령 1번 손가락*에서 다음 포지션의 3번 손가락으로 건너뛸 때 중간에 제3포지션의 1번 손가락 중간음을 넣는다. 그리고 서두르지 않는다. 저음에서 고음으로 크게 이동할 때도 빠른 동작으로 켜면 이동한 음이 강조되고 만다. 활의 속도에 맞추는 것이 중요하다.

---

*   1번 손가락은 검지, 2번은 중지, 3번은 약지, 4번은 새끼손가락을 가리킨다. 0번은 '개방현'이라고 하는데 엄지로 현을 짚지 않고 바이올린을 받친 상태에서 활을 긋는 것을 뜻한다.

론도의 주제를 반복해서 연습하고 있는데 느닷없이 레슨실 문이 열렸다.

놀라서 활을 멈추자 갑자기 나타난 침입자가 나를 힐끗 쳐다봤다. 정면에 서 있는 그 사람은 남자 못지않게 체격이 건장한 여성 피아니스트였다.

"시, 시모스와 씨."

"시모스와 씨는 무슨! 뭘 꾸물거리고 있는 거야. 벌써 10분이나 늦었잖아. 이제 내 차례이니 빨리 나와."

"아니, 내 앞 사람도 10분 늦게 나왔거든."

"알 게 뭐야. 자, 끝났어, 끝났다고!"

시모스와 미즈즈가 대뜸 나를 밀어젖히더니 피아노 앞에 걸터앉았다. 이렇게 되면 그녀를 옮길 수 있는 것은 견인차뿐이다.

미즈즈美鈴라는 이름은 아름다운 방울을 뜻하는데, 나는 그녀만큼 이름과 외모가 어울리지 않는 사람을 본 적이 없다. 뒤로 세게 잡아당겨 묶은 머리는 언뜻 보기에도 푸석푸석하고, 의지가 강해 보이는 눈썹은 다듬지도 않았다. 음험해 보이는 눈과 매부리코, 꾹 다문 입술, 그리고 위풍당당한 덩치. 마치 중세 시대의 마녀 혹은 여자 레슬링 선수 같았다. 그녀가 복도를 걸어가면 반대쪽에서 오던 사람이 헉 소리를 내며 구석으로 홱 피한다는 소문도 아주 거짓은 아닌 듯하다.

"5분만 더 하면……."

소극적이나마 저항한 보람도 없이 그녀는 벌써 건반 뚜껑을 열고 악보를 펼치고 있었다. 내 말은 귓등으로도 안 듣는 것이다. 방약무인하기로 정평이 난 그녀는 레슨실에 학부장이 들어왔을 때도 방해되니 나가라는 듯이 무시한 채 건반만 두드렸다고 한다.

그녀 나름대로 필사적인 노력을 한다고 생각한다. 우리가 정기 공연에 출연해 프로 오케스트라 스카우터의 눈에 들려고 애쓰는 것 이상으로 그녀는 아사히나 콩쿠르는 물론 수많은 콩쿠르에서 실적을 쌓으려는 것이다. 오케스트라에 상임하지 않는 피아니스트는 아무래도 솔로 활동이 중심이 되기 때문에 자신의 이름에 훈장을 달아야 한다.

내가 바이올린을 케이스에 담을 여유도 없이 단념하고 문으로 향한 순간, 그녀의 첫 음이 내 등에 날아와 꽂혔다.

쾅!

그 자리에서 한 발자국도 움직일 수 없었다.

칼끝처럼 날카로운 금속음. 틀림없는 종의 음색. 바로 리스트의 〈파가니니 주제에 의한 대연습곡 제3번─라 캄파넬라〉였다.

단순한 우연일지 아니면 그녀의 의도일지 모르겠으나, 그 곡은 방금 내가 연주한 〈종에 부치는 론도〉 그 자체였다. 아니, 정확히는 파가니니가 작곡한 바이올린곡을 그를 존경한 리스트가 피아노곡으로 편곡한 이른바 형제 같은 곡이다. 주제는 약간 다르지만 전체적인 곡조는 완전히 다른 작품이다.

그나저나 이 압도적인 표현력 차이는 뭘까. 파가니니는 거리에 울려 퍼지는 교회 종소리에서 영감을 얻어 이 곡을 만들었다고 한다. 바이올린으로 종소리를 표현하려면 플래절렛과 몸통의 반향을 이용하면 되지만, 그래도 피아노의 타건에는 비할 바가 못 된다. 피아노가 단연 종의 음색에 가깝다.

아니, 악기의 성질에서 오는 차이가 아니다. 속상하지만 인정할 수밖에 없다. 이 차이는 틀림없이 연주자의 역량에 의한 것이다. 주제 선율을 들으면 확실히 알 수 있다. 참으로 구슬프고 그러면서도 힘 있는 소리였다. 고작 음 하나일 뿐인데 가슴에 와서 깊숙이 꽂히고 그동안 잊고 지낸 고독과 애수를 불러일으켰다. 내 손끝에서는 아무리 발버둥쳐도 이런 음이 나오지 않는다. 우리 음대에 다니는 학생은 전공이 뭐든 제1부전공으로 피아노를 배우기 때문에 지금 그녀가 연주하는 곡의 난이도는 직접 운지를 보지 않아도 알 수 있다. 원곡인 바이올린곡에서도 저렇게 큰 포지션 이동을 한다. 피아노라면 2옥타브 이상일 텐데 그걸 또 고속으로 소화하고 있다. 하지만 그녀가 기교를 부린다는 티는 전혀 나지 않고 그저 감정만 느껴질 뿐이었다.

시모스와 미스즈의 평판은 결코 좋지 않다. 그런데도 주변 사람들이 그녀를 인정할 수밖에 없는 까닭은 이 피아노 연주 때문이다. 화장기가 없든 방약무인하든 이 연주 앞에서 그런

부정적인 평가는 산산조각이 되어 날아가 버린다.

이것이야말로 예술의 마성이리라. 연주자가 자신의 마음을 담아 곡을 연주한다는 말이 있지만, 자아내는 음색과 연주자의 인격은 전혀 별개다. 성격파탄자가 성인聖人 같은 음악을, 분변성애자가 천사 같은 음악을 창조해 내기도 한다.

미사키 선생님의 연주를 들었을 때는 차원이 다른 자질이라는 평계가 있었다. 하지만 시모스와 미스즈와 이루마 히로토는 나와 동갑인 데다 비슷한 환경에서 공부한다. 그런데 나와 그들 사이에는 얼버무릴 수 없는 거리가 있다. 그때 하쓰네를 얽어맨 절망과 초조함이 지금은 나를 좀먹고 있었다.

아직도 〈라 캄파넬라〉의 애조 띤 선율이 가슴을 쥐어뜯는다. 그런데도 당장 레슨실에서 나가라며 나를 압박하는 것이 뼈저리게 느껴졌다. 나는 어깨를 축 늘어뜨리고 문손잡이를 돌렸다.

복도로 나가자 학생들의 조용한 술렁거림과 다양한 악기 소리가 들려왔다. 그 왠지 모를 편안한 소란함이 내게 약간의 냉정을 되찾게 해 주었다.

그때 창밖에서 한바탕 바람이 불어왔다.

오른손에는 바이올린을, 왼쪽 겨드랑이에는 케이스를 끼고 악보는 손가락 사이에 살짝 끼웠을 뿐이라 속수무책이었다. 악보가 페이지를 펼치며 공중에 흩날렸다. 순간 나는 균형을 잃고 앞에 가던 사람에게 부딪쳤다. 엎어지겠다! 싶은 순간에도 바이올린만은 꼭 껴안았다.

"어이쿠!"

엎어지던 나를 그 앞사람이 잡아 주었다.

그 사람도 갖고 있던 악보 다발을 떨어뜨려 바닥은 순식간에 알록달록한 악보로 도배가 되었다.

"미안하구나!" 하고 그 사람이 먼저 말했다. "손은? 손은 괜찮나?"

"네, 아무렇지도 않아요. 죄송해요, 제가 조심성 없이 구는 바람에."

허리를 숙이고 악보를 주워 모으는 동안 곁에 둔 바이올린을 향한 뜨거운 시선이 느껴졌다. 고개를 들자 눈을 반짝이며 바이올린을 들여다보고 있는 그 사람은 바로―.

"미사키 선생님……!"

"좋은 거 쓰는구나. 그거 알레산드로 치칠리아티지?"

"아, 네." 나는 고개를 끄덕이며 신기하게 생각했다. 물론 그 말이 맞지만 본체와 케이스에는 제작자의 이름이 새겨져 있지 않기 때문이다.

"정말 아름다운데. 악기가 이 수준까지 도달했으면 그 자체로 미술품이라 할 수 있지. 이거 한 대와 그랜드피아노 한 대가 같은 값이라니, 좀 약오르지만 직접 실물을 보니 인정할 수밖에 없겠어."

마치 보석을 이리저리 살펴보는 부인처럼 눈에 동경의 빛이 가득하다.

"악기 장인은 얼마나 행복할까. 수많은 작곡가가 그랬듯이 작품에 영혼을 깃들게 해서 수백 년씩 살아올 수 있으니 말이야. 연주자는 그 안에 깃든 목소리에 귀를 기울이며 그들과 함께, 그 말과 목소리를 음악으로 바꿔 나가지."

"저…… 보기만 했는데 어떻게 아세요?"

"아, 특징이 있거든. 바니시의 광택 정도도 그렇고, 특히 이 퍼플링과 스크롤 세공은 그만의 독특한 모양이니까. 아, 그런데."

미사키 선생님이 대뜸 내 왼손을 잡았다.

"손도 아름답네."

내 손을 들여다보는 그 눈동자야말로 일본인에게는 드문 푸른빛을 띤 다갈색이라 매우 아름다웠다. 남자인 나조차 가슴이 살짝 두근거릴 지경이었다. 그래서 되레 화가 났다. 내 손가락을 칭찬하는 사람은 아무도 없다. 하쓰네가 내 신체 중에서 가장 남자다운 부분이라며 겨우 농담이나 할 정도다.

"그런 말씀 마세요. 아름답다니, 어디가요? 굳은살투성이에 뼈만 앙상한데요."

"그렇지. 열심히 연습하는 연주자의 아름다운 손이지. 뱅어처럼 미끈한 손가락보다 훨씬 가치가 있어……. 아, 실례. 아직 내 소개를 하지 않았군. 미안. 2월부터 임시 강사를 맡고 있는 미사키 요스케라고 한다."

꾸벅 숙이는 머리를 보고 어디까지 진심인지 의심이 들었다. 소개 같은 것은 필요 없다. 교내에서는 물론 음악 관계자 중 이 사람을 모르는 사람은 없지 않을까.

"저는 비르투오소과 4학년 기도 아키라입니다."

"그럼 잘 부탁한다, 기도 씨."

"기도 씨라뇨, 기도 군이라고 부르셔도 돼요. 아니면 그냥 편하게 부르세요. 선생님과 학생이잖아요."

그러자 미사키 선생님이 난감한 표정으로 머리를 긁적였다. 그 모습을 보고 나는 기분이 조금 풀렸다. 실은 전부터 이 선생님이 상대의 지위나 성별에 관계없이 '씨'로 부른다는 것을 알고 있었다. 특히 학생을 대할 때 기껏해야 네 살 차이인 까닭에 선생이랍시고 어깨에 힘주기가 오히려 창피하다고 했다는 것이다.

"그건 그렇고, 아까 레슨실에서 꽤 격렬한 〈라 캄파넬라〉가 들리던데, 자네 아는 사람이 연주한 건가?"

"아는 사람이긴 하죠, 기악과 시모스와 씨였거든요."

"아, 그 유명한……."

거기까지 말하고 말끝을 흐렸다. 그다음 이어지는 말은 분명히 삐치코 헤밍이라는 별명이었을 것이다.

"안에 들어가셔서 제대로 들어 주시면 어떨까요? 미사키 선생님이라면 아무리 시모스와 씨라도 자세를 바로잡고 연주할지도 모르잖아요."

"아니, 안 그러는 게 좋을 것 같군." 미사키 선생님은 단호히 거절했다. "흥미롭긴 한데, 그러면 적의 동정을 살피는 것이나 다름없으니 안 되지. 게다가 지금 그녀에게 필요한 건 기술적인 충고가 아니거든."

적의 동정을 살피다니 무슨 말일까 싶었지만 마지막 말이 더 신경 쓰였다.

"저런 연주에 더 필요한 게 있다는 말씀이세요?"

"그녀는 뭘 그리 겁내는 걸까."

"겁내다니…… 시모스와 씨가요?"

"날카로운 음색은 가시를 연상케 하더군. 결국 그녀는 고슴도치야. 그런데 알고 있나? 몸을 단단한 갑옷으로 무장한 동물들은 대체로 겁이 많다는 거. 겁쟁이라서 적에게 몸을 지키기 위해 전투적인 겉모습을 갖추었지. 시모스와 씨의 격렬한 피아노도 그와 비슷하다고 생각해. 아마 작곡자의 의도까지 넘어서 말이야. 그런데 방향이 달라. 음 하나하나가 듣는 이의 가슴에 날카롭게 꽂히긴 하지만 딱 거기까지더군. 그동안 잊고 지낸 감정을 불러일으키며 마음을 뒤흔들지만 그 이상은 간섭하지 않지. 따라서 한 곡이라면 또 모를까, 두 곡 세 곡, 10분 20분 듣고 있으면 정신이 피폐해지지. 듣는 이는 물론 연주자까지."

"그럼 바람직하지 않은 건가요?"

"연주하는 본인이 그런 음악을 원하느냐에 달렸지…….

아, 이러면 안 되는데. 내게 남의 연주에 이러쿵저러쿵 말할 자격은 없지. 미안하지만 방금 그 말은 잊어 줘."

"선생님, 왜 기악과나 비르투오소과를 담당하지 않으신 거예요? 선생님이라면 음악학과보다 그쪽이 훨씬."

"난 아마추어니까. 같은 비르투오소를 꿈꾸는 사람들에게 조언을 하다니, 오만을 넘어서 염치가 없지. 나도 아직 배워야 할 것이 많거든. 음악학은 오히려 지식을 흡수하기 위해 담당한 셈이지."

그 〈황제〉를 연주한 사람이 아마추어라면 우리는 대체 뭐란 말인가. 이런 걸 두고 은근히 무례하다고 하는 것 같은데. 확인하려고 미사키 선생님의 눈동자를 정면에서 응시했지만 그 눈동자는 유연한 빛을 내뿜을 뿐, 비아냥대거나 오만한 느낌은 없었다.

"기도 군도 정기 공연 오디션에 나가나?"

"네? 아, 네. 일단은요."

"흠." 미사키 선생님이 콧김과 함께 말하더니 나를 보고 웃었다. "급한 일 없으면 지금 같이 어디 좀 갈까?"

"네? 어디를요?"

"미술관."

말이 끝나기도 전에 선생님은 이미 내 팔을 붙잡고 있었다. 악력이 느껴지지 않는 상냥한 손. 그런데 신기하게도 그 손은 거역을 허락하지 않는 동시에 나를 몰아붙였다. 나는 영문도 모른 채 선생님 뒤를 따라가게 되었다.

본교사 건물 3층, 도서관과 시청각실을 지나서 미사키 선생님이 걸음을 멈추었다.

악기 보관실이었다. 문 앞에는 체격 좋은 초로의 경비원이 뒷짐을 지고 우뚝 서 있었다. 바로 옆 벽에는 두 개의 계기가 설치되어 있는데, 하나는 온도계, 또 하나는 습도계다.

우리 학교는 소위 명기라고 불리는 악기를 법인으로서 많이 보유하고 있는데, 가끔 저명한 연주가에게 빌려줄 때를 제외하고는 여기서 보관한다. 실내 온도와 습도가 늘 일정하게 유지되어 습기나 경년 변화에 따른 노화를 최대한 방지하고 있다.

"자네는 벌써 여러 번 와 봤나?"

입학식 날 딱 한 번이라고 대답했다. 그것도 악기 보관실 밖에서 흘끗 살펴본 정도였다. 보관되어 있는 악기를 생각하면 엄중한 경비는 당연하지만, 이렇게 문턱이 높아서야 좀처럼 찾아오고 싶은 마음도 들지 않는다. 경비원이 상주하는 데다 전자자물쇠까지 설치되어 있다. 문 정면에는 보란듯이 감시 카메라까지 달려 있다. 실제로 학장도 이곳에 입실하려면 경비원의 체크와 IC칩이 내장된 직원증이 필요하다.

경비원의 시선을 받으며 미사키 선생님이 목에 걸고 있는 직원증을 벽의 카드판독기에 대자 붉은 램프가 녹색으로 바뀌더니 문이 소리도 없이 열렸다.

작은 문에 비해 실내는 널찍했다. 직사광선으로 인한 색바 램을 방지하기 위해서인지 창문 하나 없었지만 그 대신 천장 이 높아 답답한 느낌은 없었다.

대용량 에어컨을 쓰는지 내내 가동 중일 텐데도 소음이 거 의 나지 않았다.

실내의 벽 쪽과 가운데에 튼튼한 진열대가 짜여 있고 악기 가 종류별로 진열되어 있었다. 클라리넷, 바순, 색소폰, 호른, 오보에. 눈앞에 있는 모든 악기가 반짝반짝 빛나 보였다. 그 중에는 가격을 따지기 전에 현재로서는 보기 힘든 고악기古 樂器도 있었다. 과연 미사키 선생님의 말대로 이곳은 악기의 미술관이다. 그런데 미사키 선생님은 거침없이 들어와 현악 기가 모여 있는 오른쪽 끝으로 성큼성큼 걸어갔다. 이때부터 나는 가슴이 두근거리기 시작했다.

"이거, 자네라면 알겠지."

미사키 선생님이 한 바이올린을 가리켰다.

알다마다. 바로 밑에 놓인 이름표를 봐도 이 명기에 대해 들어 본 적이 없는 바이올린쟁이는 당장 활을 놓고 고향으로 돌아가는 편이 낫다.

《Antonius Stradivarius Cremonensis Faciebat Anno (1710)》

명기 스트라디바리우스.

실물을 보는 건 처음이었다.

"전설의 명공 안토니오 스트라디바리. 그가 만든 바이올린은 천이백 대로 알려졌지만 현존하는 것은 그 절반이지. 현재 시중에는 모양과 크기를 충실히 복제한 스트라드 모델이 넘치고 있는데, 이건 틀림없는 오리지널이야. 스트라디바리로 바이올린이라는 악기는 진화의 최종 형태까지 도달했어. 그가 죽은 지 3세기 이상 지났는데도 그 후 제작된 수많은 바이올린은 전부 이 명품을 표준으로 삼고 있지."

알고 있다. 스트라디바리우스의 제작 시기는 악기의 특징에 따라 세 가지로 분류되는데, 그 마지막 시기인 롱 모델의 몸통 길이가 표준규격이 되어 지금도 전 세계 장인이 충실히 지키고 있다. 어쨌든 수많은 악기 중에서 이만큼 에피소드가 풍부한 악기도 드물 것이다. 억 단위를 훌쩍 넘는 가격도 그렇고, 현대 과학으로도 다 해명할 수 없는 소리의 비밀, 악기가 스스로 자신을 소유하는 데 걸맞은 연주자를 찾아 전 세계를 유랑한다는 거의 괴담 같은 이야기까지 있다.

아니, 그런 이야기가 무슨 상관이랴.

내 두 눈은 정면에 우뚝 솟은 옛 악기에 못 박혔다. 눈 한 번 깜짝 할 수 없었다.

그것은 바이올린 모양의 보석이었다.

스트라디바리가 바이올린 앞판 재료로 선택한 것은 이탈리아 피엠메 계곡에서 생산되는 붉은 가문비나무다. 곧게 뻗은 나뭇결 위로 바니시가 수십 번 덧칠되어 있는데, 이 바니시에는 수지와 용제 외에도 곤충 등의 동물성 단백질도 포함되어 있다고 한다. 그 오묘하기 짝이 없는 배합이 호박석보다 깊고 윤기 있는 아름다운 색채를 자아낸다.

앞판 양쪽에 뚫린 f자 모양의 울림구멍은 바이올린 몸통 속의 공기 진동을 크게 해 현이 내는 음을 강하게 하는 역할을 한다. 특히 스트라디바리우스는 아래쪽 울림구멍의 위치와 그 윗부분의 몸통 길이가 1 대 1.6의 황금비율로 되어 있다. 이는 고대 그리스의 인체 조각에 적용된 가장 조화롭고 아름다운 몸과 다리 길이의 비율이다. 그래서일까. 이 f자가 어찌나 아름다운지 사람이 인공적으로 만들었다는 사실이 도무지 믿기지 않았다.

무엇보다 그 균형과 비율은 절로 감탄이 나올 만큼 우아하고 아름다웠다. 여신상을 연상케 하는 유려한 곡선. 완벽한 균형. 치수가 1밀리미터라도 다르면 붕괴될 것 같은 위태로운 균형 위에 성립된 기적적인 형태.

"치칠리아티도 좋지만, 이걸 보고 있으면 빨려 들어갈 것 같지."

"역사와 가격이 백 배 이상 차이 나는데, 어떻게 비교가 되겠어요?"

"그럼 내친 김에 소리도 비교하면 어떻겠나?"

"네?"

"미술품인 건 확실한데, 스트라디바리도 누군가 연주해 주길 바라는 마음에서 만들었으니. 자."

미사키 선생님이 진열대에서 스트라디바리우스를 조심스럽게 꺼내더니, 혼란스러워하는 나에게 건네주었다.

"잘 받쳐야지. 괜히 떨어뜨렸다가는……."

협박하는 말에 나는 황급히 바이올린 넥을 다시 쥐었다. 어깨와 턱 사이에 바이올린을 고정한 순간 피부에 이상한 감촉이 전해졌다. 넥을 쥔 왼손과 뒷면 아치에 닿은 위팔이 서서히 반응하기 시작했다.

이것은 단순히 나무로 만들어진 물건이 아니다. 체온이 있는 생물이다. 숨을 쉬고 뭔가를 생각하는 그런 존재다.

"개방현으로 G현을 연주해 봐."

나는 지시받은 대로 활을 G현에 얹었다. 현은 요즘에는 보기 드문 거트현이었다. 거트현은 양의 창자에서 뽑은 섬유를 꼬아 만든 것으로, 습도와 조명의 온도에 영향을 받아 느슨해지긴 해도 스틸현보다 크고 풍부한 음색을 낸다.

팔꿈치 각도를 올려 현에 밀착하듯 활을 그은 순간이었다. 엄청난 소리가 왼쪽 고막을 꿰뚫었다.

말도 안 돼.

바이올린에서 이런 소리가 나올 리 없다.

왼 손가락을 사용하지 않는 G음. 그런데도 여러 개의 음소가 겹치면서 실내에 놀라우리만치 큰 음량이 울려 퍼졌다. 힘 빼고 가볍게 보잉을 했을 뿐인데, 마치 성냥개비 하나

를 그었더니 화염방사기에서 불꽃이 뿜어져 나온 느낌이었
다. 그나저나 참으로 풍요로운 소리였다. G현의 떨림이 옆의
D현을 공명시키고, 단 하나의 음이 이토록 가슴을 울렁이게
하다니. 악기 전체를 찌르르 떨게 하는 유기물 특유의 소리.
역시 이 바이올린은 피가 흐르는 생물이다. 당장에라도 노래
하고 싶어 온몸이 근질근질한 것이다.

악기 보관실 밖에서도 들렸을 것이다. 경비원이 헐레벌떡
뛰어 들어왔다. 문이 자동으로 닫힌 상태라 충분히 방음되었
을 텐데, 그런데도 소리가 밖으로 새어 나갔으니 상당한 굉음
이었음에 틀림없다. 순간 미사키 선생님이 내 손에서 바이올
린과 활을 가로채 자신이 켜고 있었던 것처럼 자세를 잡았다.

"미, 미사키 선생님. 실례지만 사용 허가는?"

"아, 죄송합니다. 저도 모르게 켜 보고 싶어졌거든요. 바로
되돌려 놓겠습니다."

경비원은 선생님이 스트라디바리우스를 보관대에 갖다 놓
는 것을 확인한 뒤 투덜거리면서 돌아갔다.

"아무래도 쓰게 학장의 연주에 관심이 쏠리겠지만, 사실
정기 연주회에는 볼거리가 하나 더 있지. 여기 진열된 수많
은 명기의 경연 말이야. 이번 곡목은 라흐마니노프의 〈피아
노 협주곡 제2번〉. 오보에, 클라리넷, 트럼펫…… 그리고 물
론 스트라디바리가 제작한 이 바이올린과 첼로도 등장하지.
콘서트마스터로 뽑힌 사람이 이 스트라디바리우스를 연주

하는 거다."

아, 그랬다. 스트라디바리는 바이올린 외에도 비올라와 첼로를 오십 대쯤 제작했다. 첼로 연주자로는 하쓰네가 뽑힐 확률이 높다. 만약 나도 뽑힌다면 두 대의 스트라디바리우스를 둘이서 연주하게 된다. 그것도 쓰게 아키라의 피아노 뒤에서 반주로. 이는 하쓰네가 흥분한 것과는 다른 이유로 내 마음을 쥐고 놔주지 않았다.

손바닥에 아직 그 감촉이 남아 있었다. 마치 생물에 닿은 듯한 흔적. 미사키 선생님이 바이올린을 가로채던 순간, 분명히 내 손가락은 그것을 놔주려 하지 않았다.

다시 한번 만지고 싶다.

다시 한번 이 손가락으로 연주하고 싶다.

가슴속에서 뭔가 부글부글 끓어오르기 시작한 순간 시선이 느껴졌다. 뒤돌아보니 미사키 선생님이 장난기 어린 눈으로 웃고 있었다.

"그런데 자네의 과제곡은?"

"파가니니의 〈종에 부치는 론도〉를⋯⋯."

"그렇군. 열심히 하도록. 그런데 무언가를 할 때 '일단'이란 말은 하지 않도록 하거라. 결과야 뻔하지만 친구가 나가자고 해서, 혹은 분위기에 휩쓸려서 오디션에 나가 봤다는 말. 그건 졌을 때를 대비해 변명을 준비한 것처럼 들리거든. 이런 경쟁에서는 투쟁심을 노골적으로 드러내지 않으면 쟁취할 것도 쟁취하지 못해. 괜히 쿨한 척 해 봐야 아무도 칭찬해 주지 않는다고."

그 말을 남기고 미사키 선생님은 복도 저쪽으로 가 버렸다. 그 후에는 속내를 홀랑 들켰다는 부끄러움과 신기한 상쾌함이 남았다. 어느새 시모스와 미스즈의 연주에서 받은 충격은 흔적도 없이 사라져 있었다.

3

아르바이트가 끝난 뒤 연습 장소로 향했다. 물론 돈이 없어서 따로 연주실을 빌리지는 못하고 요즘 들어 다니기 시작한 노래방으로 갔다. 니시키 3번가에는 밤 9시가 넘으면 심야 할인이 적용돼 한 시간에 3백 엔인 노래방이 있다. 당연하게도 방음 설비가 갖추어져 있어 이웃의 항의를 받을 염려도 없다. 음대생의 숨겨진 인기 연습실인 셈이다. 일전에 같은 과 학생이 노래방 이야기를 해 주었을 때는 웬 호들갑이냐며 대수롭지 않게 흘려들었지만, 그날 스트라디바리우스의 소리를 들은 뒤 나는 그곳을 전용 연주실로 삼기로 했다.

아무튼 그동안 뒤처진 것을 만회하기 위해 1분이라도 더 바이올린을 연주하고 싶었다. 그렇게 하려면 24시간 영업하는 저렴한 연주실이 무조건 필요했다.

최소한의 음료와 간식, 마이크 스탠드를 주문하고 노래방에 틀어박혔다. 마이크 스탠드를 주문했을 때 점원이 순간 의아해하는 표정을 지었지만 꼭 필요하기에 거를 수 없었다.

오케스트라 악기는 넓은 무대에서 소리를 내야 반사음을 확인할 수 있기 때문에 소리를 정확히 포착한다는 점에서 밀실은 연습에 적합하지 않다. 바이올리니스트는 연주 자세 때문에 자연히 왼쪽 귀로 소리를 포착하는데, 그 소리는 활이 현을 문지르는 직접음일뿐 청중의 귀에 닿는 소리와는 매우 다르게 들린다. 따라서 원래는 홀의 벽에 맞고 튕겨 나온 소리를 오른쪽 귀로 들어야 하지만, 개인 연습에 홀을 사용할 수 있을 리가 없다.

그리하여 고육지책으로 노래방의 에코 기능을 이용하는 것이다. 바이올린의 정면에 마이크를 두고 에코 효과를 최소로 낮추면 홀의 잔향음과 비슷한 효과를 낼 수 있다. 물론 실제 반향음은 아니지만 아무것도 없는 것보다는 도움이 된다.

마이크를 스탠드에 끼우고 첫 음을 켜 봤다. 무향실 같은 환경이기 때문에 직접음은 벽에 흡수되고 마이크를 통한 소리가 약간의 에코와 함께 스피커에서 새어 나온다. 잔향 시간은 1초를 조금 넘는다. 다른 방에서 누군가 히라이 켄의 노래를 목청껏 부르고 있지만 신경 쓰일 만큼 시끄럽지는 않다. 좋다, 충분하다.

이윽고 나는 내 파트너인 바이올린에 활을 그었다.

어깨와 턱이 뻐근해져 시간을 확인하자 연습을 시작한 지 네 시간이 훌쩍 지나려 하고 있었다. 벌써 날짜도 바뀌었다. 슬슬 집에 가야겠다.

요즘은 매일 아르바이트를 일찍 끝내고 곧장 노래방으로 온다. 집에 도착해서 침대에 쓰러지는 시각이 새벽 3시가 넘어서이니 실질적인 수면 시간은 네 시간이다. 무모하게 덤벼들고 있다는 것은 충분히 안다. 하지만 이렇게라도 하지 않으면 이루마 히로토를 이기지 못한다.

멤버로 뽑히는 명예와 프로 오디션의 계기, 학비 면제, 그리고 쓰게 아키라와 한 무대에 서는 영광스러움. 그런 여러 가지 혜택도 그 소리를 연주할 수 있다는 기쁨 앞에서는 전부 빛이 바랬다. 학생과를 찾아가 직원 앞에서 느낀 수치심도 열등감도 싹 사라졌다. 그 명기를 끌어안고 활을 그을 수만 있다면, 끼니를 제때 챙기지 못하고 자거나 쉬지 못해도 연습에는 전혀 문제될 것이 없다. 스스로도 어처구니없다고 생각한다. 하지만 한 번 활을 그어 본 오른손과 현을 짚었던 왼손의 감촉을 떠올리면 더 이상 냉정히 있을 수 없게 된다. 마치 마약 같았다.

그런데 스트라디바리우스를 다시 손에 쥐려면 콘서트마스터가 되는 것 말고는 방법이 없다. 결국 이루마 히로토를 이겨야 한다. 그래서 내가 택한 방법은 수없이 연주해 와서 익숙한 〈종에 부치는 론도〉를 무조건 완벽하게 소화하는 것이다. 종합적인 면에서는 내가 이길 가능성은 없다. 보잉 하나만 봐도 그의 정확하고 힘찬 솜씨에 나는 발밑에도 미치지 못한다. 하지만 단 한 곡의 완성도를 겨룬다면 연습에 따라 승기가 보일 것이라 생각했다.

그러는 사이 한 가지 깨닫게 되었다.

가끔은 무모하게 구는 것도 좋다는 것이다. 원래 좋아서 시작한 바이올린이었으니 꼬박 대여섯 시간 동안 연주해도 그만두고 싶은 적은 없었다. 힘들긴 해도 고통스럽지는 않았다. 그리고 연습하면 하는 만큼 실력이 향상되는 것을 실감할 수 있었다. 정감보다는 기교가 앞서는 곡이므로 당연히 반복 연습이 결과로 이어진다. 얼마 전부터는 내 연주를 녹음한 것을 듣고 군데군데 만족할 만한 수준에 이르렀다.

혼자 밀실에서 네 시간이나 있었으니 분명히 가벼운 산소 결핍의 상태였으리라. 바이올린을 케이스에 넣고 문을 연 순간 놀랍도록 신선한 공기가 흘러 들어왔다.

건강에 해로운 짓을 하고 있었네, 하고 생각하며 방에서 나오자 마침 옆방에서 나온 사람과 머리를 부딪치고 말았다.

"죄송합니⋯⋯."

두 사람 입에서 나온 말이 서로 얼굴을 마주한 순간 동시에 쏙 들어갔다.

"유키 쨩."

"아키라!"

놀란 뒤에 서로의 손으로 시선이 갔다. 유키도 클라리넷 케이스를 들고 있었다.

"……그럼 아키라, 너도 여기서 연습하는 거였어?"

"생각하는 건 다 똑같네."

유키도 시내에 방을 빌려서 통학하고 있다. 나와 비슷한 처지인 것이다.

"이럴 때 기숙사에 사는 애들은 좋겠다. 지하실에서 연습 마치고 올라오면 바로 잘 수 있잖아. 우리는 이제 집에 가서 밥 먹고 샤워하고 내일 학교 갈 준비도 해야 하는데……."

"아니, 나쁘게만 생각할 것 없어. 기숙사는 서로 연습실 차지하려고 난리인 데다 시간도 밤 10시까지잖아. 우리가 더 자유롭고 좋지 않아?"

"있지, 아키라. 자유만큼 가혹한 말도 없어."

하마터면 웃음이 터져 나올 뻔했다. 설마 유키가 돈가스집 주인아저씨와 똑같은 소리를 할 줄이야.

"자유는 구속받지 않는 걸 뜻하잖아."

"구속받지 않는다는 건 그 어떤 것에서도 보호받지 못하고 보장도 없다는 뜻이야. 다시 말해 그냥 방치된 사람이라는 거지. 오히려 관리당하는 편이 안심이 되는 경우가 꽤 많거든."

제법 함축적인 말이었기에 나는 반격을 시도했다.

"오호라, 즉 연애에도 적용되는 말이네."

"무슨 소리야?"

"유키 짱은 관리당하길 원하는 쪽이잖아. 아, 새삼스럽게 말할 필요는 없나. 보기만 해도 그냥 알겠던데."

"내, 내가 뭘."

"다 알고 있어. 당사자인 유다이만 모를걸."

그 이름을 입 밖에 내자 유키가 입을 다물었다. 정색하고 부인하지 않는 것이 유키다웠다. 굳이 얼굴을 들여다볼 생각은 없지만 분명히 새빨갛게 물들었을 것이다.

"……말하면 죽을 줄 알아."

"까딱 잘못하면 비르투오소과는 전원 사망이겠네. 아니, 어쩌면 기악과랑 음악교육과 몇 명도 포함해서 대학살 당하려나."

"입 다물어."

"예예."

우리는 한동안 말없이 니시키 거리를 걸었다. 이 부근은 술집이 죽 늘어선 환락가인데 이 시간에는 거의 모든 가게가 불을 끄고 동네 전체가 잠들어 있었다. 그 거리를 걷는 두 사람은 어둠 속을 설치고 다니는 야행성 동물이나 다름없었다.

"그나저나 아까 방치된 사람이라고 말한 거, 꽤 훌륭했어."

"그만하라니까! 아키라, 너 보기보다 끈질기다. 어둡고 의뭉스러운 데가 있어."

"그게 아니라, 실은 전에 아르바이트하는 가게에서 들은 말하고 미묘하게 연결되었거든. 우리 모두 방치된 사람이구나 싫어서."

나는 주인아저씨와 나눈 대화 내용을 그대로 알려 주었다. 왜 유키에게 털어놓았는지 깨닫지도 못한 채 말이다. 아마도 평소처럼 쾌활하고 과격한 말로 웃어넘기길 바랐을 것이다. 그러나 이야기를 끝까지 들은 유키는 예상과 달리 고개를 푹 숙이고 있었다.

"유키 짱?"

"너 말이야, 역시 의뭉스러워. 정작 너만 그걸 몰라. 제일 고약한 유형이지. 말짱한 얼굴로 사람 복부에 보디블로를 날리잖아, 심지어 연타로."

"내가 혹시 기분 상하게 했어?"

"기분 상하는 정도가 아니라 가슴을 도려내는 것 같아. 너 말이야, 내가 지금 취업에 열 올리는 거 알지?"

"응. 유키 짱은 뭘 해도 눈에 띄니까. 그래서 전적戰績은?"

"듣고 쫄기나 해. 40전 0승이야."

"0승이라고?"

"비르투오소과도 영어가 필수과목이잖아. 나 되게 열심히 해서 영검* 1급도 땄거든. 작년에는 컴퓨터 자격증도 땄고. 조금은 취업에 도움이 될 줄 알았지. 우리 학교 나름 인지도도 있고 말이야. 쉽게 붙을 줄 알고 여기저기 면접 보러 다녔

---

* 　실용영어기능검정의 준말. 고교 및 대학 입학, 취직 및 승진 등 다양한 분야에 활용되는 일본의 대표적인 영어 능력 시험.

는데, 결과는 폭망. 내가 얼마나 세상 물정을 몰랐는지 깨달았어. 세상은 내가 예상한 것보다 훨씬 불경기라, 영어 좀 하는 클라리넷 연주자를 원하는 회사는 없더라."

"지원한 곳은 음악 관련 회사야?"

"음악 기획사, 악기 제조사, 음반 회사, 유명한 기업은 전부 돌았어. 다 떨어져서 고민 끝에 음악 관련 회사말고 보험, 상사, 은행, IT, 방송국, 출판사, 호텔에도 지원했어. 여기서도 우수수 떨어졌지. 이제 찬밥 더운밥 가릴 때가 아니다 싶어서 유통, 외식, 서비스도 기웃거려 봤는데 역시 안 되더라. 내가 자격증을 왜 땄나 싶을 만큼 하나도 도움이 안 돼. 자격증은 발바닥에 붙은 밥풀이라는 말이 괜히 있는 게 아니었어."

"무슨 뜻이야?"

"많을수록 좋긴 한데 따도 실속이 없다는 거지. 스무 군데 떨어졌을 때 오빠한테 울면서 하소연했더니 그러더라."

"울면서 하소연…… 네 성격에 의외네."

"어떤 성격이든 매일같이 '유감스럽지만'으로 시작하는 불합격 통지를 받으면 좌절하게 돼 있어. 번번이 면접관 앞에서 '이 회사의 사풍이 제게 가장 적합하다고 생각합니다' 하고 얼굴에 한껏 미소를 장착하고 나 자신한테 거짓말까지 해가면서 면접을 봤거든. 처음에는 얼마나 고역이었는지 몰라. 그런데 더 싫은 건 거짓말에 익숙해지는 나 자신이었어."

"거짓말은 여자의 무기 아니었나?"

"자신한테 하는 거짓말은 정신을 좀먹는 법이야." 유키가 내뱉듯이 말했다. 이것도 평소 유키답지 않은 말투였지만 나는 모른 척했다.

그 굳세던 유키가 어깨를 축 늘어뜨리고 있어 먼저 말을 걸기 어려웠다. 나 자신이 처한 상황도 만만치 않았다. 취직은커녕 무사히 졸업이나 할 수 있을지 모르겠다. 오디션 결과에 따라 어떻게 처신할지 생각해야 한다. 유키보다 내 상황이 더 심각했다.

"지난 4년간, 난 뭘 한 걸까." 목소리 톤이 꽤 낮아졌다. "클라리넷을 더 잘 연주하고 싶어서, 〈랩소디 인 블루〉의 솔로를 멋지게 소화하고 싶어서 얼마나 연습했는지 몰라. 입술이 아프고 껍질이 벗겨져도 계속 불었어. 과제도 해냈고 지루한 솔페주 수업에도 빠짐없이 출석했어. 그 결과가 40전 0승이라면 지난 4년간 나는 아무짝에도 쓸모없는 도움닫기를 반복해 온 셈이잖아."

나 또한 가슴을 도려내는 심정으로 그녀의 말을 듣고 있었다. 아무짝에도 쓸모없는 도움닫기를 반복해 온 것은 나도 마찬가지였다. 결코 경기장에 나가지 못하고 벤치 구석에서 묵묵히 스트레칭만 하는 운동선수. 이토록 무의미하고 얄궂고 안타까운 일도 없다. 하지만 가장 뼈에 사무친 말은 다음 한마디였다.

"나…… 세상에 쓸모 없는 사람일까?"

'그렇지 않아!' 하는 비명 같은 말이 목구멍까지 올라왔다.

하지만 결국 입 밖에 내지 못했다.

유키는 말은 그렇게 해도 총명한 여자다. 주변 사람에게는 물론 자기 자신에게 더 똑 부러지게 행동한다. 그런 사람에게 어설픈 위로는 통하지 않는다. 그랬다가는 유키에게 되레 잘 알지도 못하면서 함부로 말한 사람의 경박함을 동정받을 것이다.

나와 유키는 춥지도 않은데 몸을 잔뜩 움츠리고 어두운 길을 터벅터벅 걸었다.

오디션 날인 6월 12일은 순식간에 다가왔다.

시험장인 제2홀은 실내악과 독주 등 소규모 연주용으로 지어진 홀로, 잔향 시간이 짤막하게 설정되어 있다. 관람석은 3백 석. 관람석 의자 오른쪽 팔걸이에 B5 용지 크기의 받침대가 설치되어 있어 간단한 메모를 할 수 있다. 이것이 채점대인 것은 더 말할 필요도 없다.

오디션 참가자는 무대 가장자리에 대기했다가 악기별 출석 번호순에 따라 불려 나간다. 이 단계에서 나는 바이올린 참가자가 32명이라는 것을 알게 되었다. 물론 이루마 히로토도 있다. 이 중 절반인 16명이 뽑히니 경쟁률은 2 대 1이다. 아니, 정확하게 짚고 넘어가자. 이런 경연 대회나 채용 시험에서 경쟁률을 운운하는 건 순간의 안심을 위한 행위에 불과하다. 공평한 2 대 1이 아니라, 상위 16명의 우수한 사람이 뽑힐 뿐이다. 경쟁률에는 아무런 의미도 없다.

아침 9시부터 시작된 오디션이 중간에 점심시간을 가진 뒤 벌써 3시가 넘었다. 심벌즈부가 끝나고 드디어 우리 순서가 돌아왔다. 출석 번호는 이름 알파벳순이라 내가 1번 타자가 되었다. 심지어 이루마 히로토의 앞이다. 그는 내 존재 따위는 안중에도 없는 모습으로 대기 중이었다.

신경 쓰지 마, 하고 되뇌어도 시선이 절로 그에게 향했다. 평소와 다름없는 스마트한 얼굴에 초조함이나 긴장감은 손톱만큼도 보이지 않았다. 엄숙히 활을 긋기만 하면 된다는 표정은 자신감이라기보다는 확신에 찬 것처럼 보였다. 이런 초연한 태도를 보면 얄밉거나 부럽기에 앞서 감탄스럽다.

"그럼 바이올린 부문 첫 번째. 기도 아키라."

에이, 될 대로 되라지.

나는 자리에서 일어섰다.

오늘에 이르기까지 할 수 있는 모든 것을 했다. 생각할 수 있는 모든 것을 시도해 봤다. 어젯밤에는 마지막 연주를 녹음해서 확인하고 스스로 납득하기까지 했다.

심호흡을 한 번 하고 나서 허리를 곧게 펴고 무대로 향했다. 회사에 면접을 보러 갈 때도 이런 기분이지 않을까. 걸음을 내딛자마자 후회가 들었다. 이러면 평소와 똑같지 않은가. 탁탁, 발소리를 내며 씩씩하게 걸었으면 좋았을 것을.

무대 중앙에서 인사를 하고 고개를 들자 심사위원들이 보였다. 맨 앞줄부터 세 번째 줄까지 나란히 앉은 그들은 전부 12명이었다. 마치 죄인을 살리거나 죽일 수 있는 배심원 같다고나 할까. 왼쪽 끝에서부터 학무부장, 연주부장, 총무부장, 스가키야 학과장을 비롯한 학과장 6명, 그리고 쓰게 아키라 학장.

당신과 한 무대에 서기 위해 이곳에 왔다.

우리 같은 일반 학생이 학장의 얼굴을 직접 볼 수 있는 기회는 입학식과 졸업식, 그리고 정기 연주회뿐이다. 그것도 멀리서 말이다. 이렇게 가까이서 보는 건 처음인데 새삼 경외감이 들었다. 올해로 72세일 터인데 감히 노인이라고 하기가 송구할 정도다. 결코 큰 체격이 아닌데도 나란히 앉은 사람들을 압도하는 존재감이 있었다. 부드러운 눈빛 너머로 깊은 눈동자가 엿보이고 깊게 팬 주름은 늙었다는 증거라기보다 연륜의 무게를 연상케 한다. 마치 그에게만 스포트라이트가 비친 듯했다. 그 어떤 신체 부위보다 젊음과 강인함을 뽐내는 거대한 두 손은 무릎 위에서 까딱까딱 손가락을 움직이고 있었다.

아니, 스포트라이트는 하나 더 비치고 있었다. 쓰게 아키라 학장의 바로 옆에서 미소를 머금고 자연스럽게 앉아 있는 사람, 임시 강사 미사키 요스케였다.

"자네, 준비되었는가?"

나는 황급히 바이올린을 쥐고 자세를 잡았다.

"그럼 파가니니의 〈바이올린 협주곡 제2번〉 제3악장 〈종에 부치는 론도〉. 다치바나 선생님도 준비되었습니까?"

오케스트라 반주를 맡은 다치바나 강사가 나를 향해 고개를 살짝 끄덕였다.

숨을 깊이 들이쉬고 바이올린 현에 활을 갖다 댔다.

론도, 알레그로 모데라토*, 나단조 8분의 6박자. 나는 종소리를 묘사한 높은 음을 냈다. 이 애절한 선율이 론도의 주제다. 곧바로 피아노 반주가 주제를 반복한다. 여기는 제대로 론도 형식**을 갖추고 있다. 다만 파가니니의 바이올린곡은 그가 자신의 화려한 기교를 선보이기 위해 쓴 곡이기 때문에, 협주곡이긴 해도 다른 관현악은 전주와 간주 외에는 단순히 반주 역할만 한다. 내가 이 곡을 과제로 선택한 이유 중 하나가 바로 그것이다.

이어서 라단조의 새로운 모티프***가 나타난다. 론도 주제의 중간부다. 자리를 내주듯 반주가 모습을 감추고 잠시 바이올린의 독주가 이어진다. 풍성하게 구성된 플래절렛으로 선율이 총총거리며 상승한다. 어두운 정열이 끓어오르는 가운데 바이올린이 홀로 춤을 춘다.

---

*   allegro moderato, 적당한 빠르기로 연주.
**   순환 부분을 가진 악곡 형식의 하나로, 주제부 사이에 삽입부가 되풀이되는 형식.
*** motif, 음악 형식을 구성하는 가장 작은 단위. 둘 이상의 음이 모여 선율의 기본이 되며 소절을 이룬다.

이 곡은 고독의 노래다. 떠나보낸 누군가를 그리워하며 불 꺼진 거리를 헤매는 노래다. 그날 그렇게 느꼈기 때문에 나는 이 곡을 줄곧 연주했다. 하쓰네와 이야기를 나누었을 때도, 아르바이트 동료들과 술을 마시며 떠들었을 때도 마음속에는 항상 이 선율이 흐르고 있었다.

끊어질 듯 끊어지지 않는 음. 이따금 피아노가 굽이치듯 휘감겨 오지만, 이내 멀찍이 떨어져서 고독한 춤을 바라본다. 같은 선율이 반복되는 것도 잠시 또 다른 선율이 반복된다. 마치 곡 전체가 흔들리는 듯한 인상을 준다. 곡에 맞추기 위해서가 아니라 바이올린 소리가 울려 퍼지게 하기 위해 나도 몸을 흔들었다.

곡조가 서서히 빨라지기 시작하자, 올림활과 내림활을 되풀이하는 오른손도 속도를 더했다. 이윽고 주제가 돌아오고 형식적인 반주가 더해지며 론도가 일단 끝난다.

나단조로 조바꿈한 바이올린이 확 달라진 분위기로 부드럽게 노래하기 시작했다. 이 부주제 또한 반복을 거듭한다. 처음에 스타카토와 분산화음을 넣은 뒤, 라단조의 새로운 모티프를 제시하고 다양하게 변조하면서 반복해 간다. 샤미센*과도 비슷한 떵떵 소리로 상승과 하강을 거듭한다. 아직 악장의 절반도 연주하지 못했는데 오른쪽 위팔이 저려 오기 시

---

* 일본의 대표적인 현악기.

작했다. 당연하다. 연주를 시작한 뒤 오른손 보잉은 단 한 번도 속도를 늦추지 않았기 때문이다. 아니, 속도가 빠르기만 한 것이 아니다. 여기서부터 더블스톱을 해야 하기에 속도는 물론 각도의 미묘한 조절과 변화가 필요하다. 정해진 건반을 치면 되는 피아노와 달리 바이올린의 포지션은 눈짐작과 감각이 전부다. 눈과 귀, 손끝과 팔, 그리고 턱과 쇄골의 감각을 총동원해 현의 음을 포착해야 한다.

더블스톱을 두 번 반복하자 이어서 론도의 주제부가 재현된다. 여기서도 바이올린은 플래절렛을 아낌없이 사용해 휘파람 같은 최고음으로 천장을 내찔렀다.

갑자기 반주의 성대한 팡파르가 울렸다. 포코 메노 모소*, 사장조의 제2부주제로 들어가는 신호다. 숨 돌릴 틈도 없이 세 번의 더블스톱과 빠른 분산화음을 조합한다. 이어서 왼손 피치카토, 옥타브 반음계, 눈앞이 아찔하리만치 어지러운 더블스톱까지 구사한다. 아마 파가니니가 가장 과시하고 즐겼을 기교의 극치. 쏟아져 나오는 음은 완만하게도, 긴박하게도 들리지만 결코 무너뜨려서는 안 된다.

연습할 때 이 부분에서 실수를 많이 했다. 그런데 신기하게도 오늘은 팔과 손가락 모두 평소보다 더 잘 움직인다. 마치 파가니니가 내 몸에 빙의한 듯이 난이도 높은 연주를 거

---

*   poco meno mosso, 조금씩 느리게 또는 평온하게 연주.

뜬히 소화해 냈다. 치칠리아티가 그 어느 때보다 애절하게 울고 있다.

떨어질 듯 떨어지지 않는 선율의 줄타기, 자칫하면 불협화음이 되기 쉬울 만큼 서로 얽힌 현과 현이 삐걱거리며 상승해 간다.

마지막 부분에 이르자 오른손은 이중 플래절렛, 왼손은 피치카토로 서로 전혀 다른 움직임을 극한의 속도로 갈마들며 연주해 간다. 옆에서 보면 말도 안 되는 곡예 연주처럼 보일 것이다. 곡예사 기질을 타고난 작곡자의 의도를 유감없이 표현했다고나 할까. 하지만 양팔의 힘도 한계에 다다랐음을 알 수 있었다.

팔이 무겁다.

저린다.

힘이 들어가지 않는다.

그래도 조금만 더 하면 된다.

트릴*이 어우러진 하향 반음계를 타고 부주제부를 간신히 소화해 내고 마지막 론도 주제를 장조로 연주했다. 그러자 잠잠했던 피아노가 끼어들어 바이올린과 포개지면서 짧은 코다**를 향해 치닫는다.

---

* trill. 어떤 음을 연장하기 위해 그 음과 2도 높은 음을 교대로 빨리 연주해 물결 모양의 음을 내는 장식음.
** coda. 악곡이나 악장의 끝부분.

어깨가 끊어질 듯 아프다.

이제 한 소절만 더 하면 끝이다.

바늘구멍을 통과하는 듯한 집중력을 손끝에 전달한다.

마지막 한 음을 켰다. 그 음이 허공을 가로질러 곧장 내 귀로 돌아왔다.

순간 허탈감에 사로잡혔다. 기력과 체력이 몽땅 바이올린에 흡수된 듯한 기분이다. 그래도 해방감과 만족감이 있었다. 미사키 선생님의 충고를 가슴에 새기고 '일단'이 아니라 '투쟁심을 노골적으로 드러내서' 연주했다. 쓰게 학장과 미사키 선생님을 앞에 두고 긴장감이 좋은 방향으로 작용해 준 덕분인지, 연습 때도 도달하지 못했던 높은 곳에 오를 수 있었다. 더 이상의 연주는 내게 무리다.

당연히 박수는 없었다. 반사적으로 학장을 쳐다봤지만 명상하듯 눈을 감은 얼굴에서 아무것도 엿볼 수 없었다.

"질문이 있네만" 하고 기악과 이시쿠라 학과장이 손을 들었다. "공연 곡목이 라흐마니노프 협주곡인 것은 알고 있겠지? 그런데 굳이 파가니니를 고른 이유가 뭔가? 라흐마니노프 곡에도 〈슬픔의 삼중주〉나 〈바이올린과 피아노를 위한 두 개의 소품〉이 있네만."

화려한 기교로 주목을 받기 위해, 그리고 늘 연주해서 익숙한 곡이기 때문에. 이유는 그 두 가지였지만 이시쿠라 학과장을 만족시킬 만한 대답은 아니었다.

대답을 못하자 이번에는 미사키 선생님이 손을 들었다.

"비르투오소의 원점이 아닐까요?"

"네?" 이시쿠라 학과장이 웬 뚱딴지같은 소리냐는 눈빛으로 쳐다봤다. "그게 무슨 말씀이신지……."

"파가니니가 자신의 기교를 최대한 살리기 위해 협주곡을 만든 것처럼, 라흐마니노프 역시 자신의 초절기교를 주축으로 작곡을 했습니다. 쇼팽과 리스트도 마찬가지였죠. 짐작건대 비르투오소라 불리는 연주가의 천성 같은 것이 아닐까요? 방금 말씀하신 두 작품의 주역은 피아노입니다. 바이올린은 조역 같은 인상을 지울 수가 없지요. 그런 곡을 선택하기보다 차라리 초절기교의 진수를 선보일 수 있는 〈종에 부치는 론도〉를 연주하는 것은 제법 훌륭한 착안점이라고 생각하는데요…… 어떠신가요, 학장님."

갑자기 학장에게 이야기를 넘기는 바람에 주위에 앉아 있던 교수진 모두가 눈을 부릅떴다. 정작 학장은 조금도 당황하지 않고 오히려 그 질문을 기다렸다는 듯이 입을 열었다.

"그렇지. 라흐마니노프 역시 비르투오소인 이상 초절기교는 그가 음악을 표현하는 데 필요한 최소한의 조건이었네. 고국 러시아를 떠나 타국의 음악을 접한 라흐마니노프가 여러 음악가 중 파가니니에 주목해 그 주제에 의한 광시곡을 쓴 것은 결코 일시적인 충동이 아니었을 걸세. 애초에 그처럼 뛰어난 음악가가 아무 공감도 없는 타인의 악곡을 편곡하다니 도저히 있을 수 없는 일이지. 방금 그 선곡은 나도 몹시 흥미로웠네."

단정 짓는 그 말투에 이시쿠라 학과장의 얼굴이 돌처럼 굳더니 고개를 숙였다. 무리도 아니다. 라흐마니노프에 관해서라면 세계 최고 권위를 자랑하는 인물의 말이다. 거역할 수 있는 사람은 아무도 없다. 나로서는 예상도 못한 칭찬이라 기쁘기보다는 당혹스러운 기분이 컸다.

"흠, 그럼 수고했네. 이제 내려가도 좋아. 그럼 다음으로 바이올린 두 번째, 이루마 히로토."

그 이름을 신호로 나는 무대에서 내려갔다. 뒤에서 탁탁하고 시원시원한 발소리가 다가왔다. 아아, 저렇게 걸었으면 좋았을 것을.

"곡은 파가니니의 〈24개의 카프리스〉 제24번."

곡명을 듣고 나도 모르게 눈이 휘둥그레졌다.

〈24개의 카프리스〉는 바이올린의 명수 파가니니의 집대성이라 할 수 있는 곡집이다. 특히 24번은 1번부터 23번에 걸쳐 사용된 온갖 기교를 곳곳에 배치한, 초절기교의 카탈로그 같은 곡이다. 파가니니 본인도 집대성이라는 말을 의식했을 것이다. 생전에 바이올린 독주 악보가 출판된 것은 이 작품이 유일하기 때문이다. 그리하여 24번은 리스트와 브람스 등이 앞다투어 피아노곡으로 편곡했다. 그중에서도 학장이 언급한 라흐마니노프의 〈파가니니 주제에 의한 광시곡〉은 일찍이 유명했다. 이로써 내 연주는 그의 연주에 앞서 분위기를 띄우는 역할을 한 셈이고 학장의 발언은 그럴싸한 사전 설명이 된 것이나 다름없다.

이루마 히로토가 양발을 좁게 벌린 뒤 활을 그었다.

송곳 같은 첫 음이 하늘을 가른다.

나는 다시 눈을 휘둥그렇게 떴다.

참으로 구슬픈 소리였다. 바이올린이 울고 있다. 현과 활로 빚어내는 소리가 아니라 바이올린 자체가 목청을 쥐어짜서 우는 것처럼 들렸다.

불과 열두 소절밖에 안 되는 주제. 처음 네 소절이 반복되고 후반에도 동일한 리듬으로 계속된다. 지극히 단순해서 더 인상적인 선율. 애수와 비애가 이 소절에 응축되어 있었다.

그리고 여기서부터 열한 번의 변주가 시작된다. 제1변주는 8분음표의 가파른 언덕을 오르내린다. 그의 왼손이 빠른 속도로 현을 짚는다. 모든 패시지의 스타카토를 오직 활 하나의 올림활과 내림활로 연주해 낸다. 마치 망치로 두드리듯 강하고 또렷한 음.

입이 딱 벌어졌다.

살타토. 파가니니가 고안한, 작은 스타카토 음을 결코 틀리지 않고 무한히 켤 수 있는 연주법이었다. 활을 쥔 오른손을 몸에 밀착시키는 형태야말로 그것이었다. 파가니니는 팔의 진폭을 거의 이용하지 않고 손목으로만 보잉을 조절했는데,

이루마 히로토가 하필이면 파가니니의 연주 자세를 무대 위로 고스란히 가져온 것이다.

제2변주는 16분음표의 레가토 변주. 마치 미로를 미친 듯이 헤매는 기분이다. 활이 뱀처럼 구불거리며 오르내린다.

제3변주는 옥타브의 이중음. 완만한 음울함이 가슴속 깊이 숨어든다.

제4변주는 다시 레가토. 누군가에게 쫓기는 듯한 긴박감에 등골이 오싹했다. 같은 주제인데도 곡상이 어지럽게 바뀐다. 그 다채로움이 카프리스 24번의 골자로, 음악의 가능성을 화려한 선율로 증명하고 있다.

나는 곡상의 변화에 거의 현기증을 느끼면서 절망을 맛보았다. 같은 파가니니인데도 불구하고 이 폭넓고도 깊은 표현력에는 도저히 상대할 수 없었다.

제5변주에서는 넓은 음역을 미친 듯이 날뛰며 주제가 변용되어 간다.

제6변주는 이중음의 하모니가 비극을 연주한다. 날카로운 음이 듣는 이의 가슴에 콕콕 박힌다.

이루마 히로토는 다음 변주로 옮길 때마다 몇 초간 뜸을 들이더니 양발의 간격을 살짝 바꾸었다. 그 잠깐의 휴식이 새로운 변주에 대한 기대를 한껏 높였다. 전부 계산된 행동인 것이다.

제7변주는 16분의 셋잇단음표에 의한 경쾌한 멜로디. 절박감이 마음을 옥죄어 온다.

제8변주는 세 현을 동시에 짚어 화음을 만드는 삼중음에 의한 중후한 음색. 깊은 슬픔이 하늘에 닿도록 노래한다.

그리고 제9변주. 왼손 피치카토와 오른손 아르코(현을 손가락으로 뜯어서 연주)를 번갈아 가며 연주하는 가장 어려운 기교다. 그 와중에 멜로디는 무너지지 않고 주제의 애절함을 명확히 전달하고 있다.

이때 나는 패배를 확신했다. 나는 임시방편으로 곡예 같은 주법에 특화된 곡을 선보였지만, 그는 한층 높은 수준의 초절기교로 습격해 왔다. 기교의 종류 및 완성도가 나보다 훨씬 뛰어날 뿐만 아니라 가장 중요한 폭넓은 선율과, 종잡을 수 없이 빠르게 변화하는 정감을 적확히 그려 냈다.

제10변주, 고음역의 레가토. 가장 가는 E현이 고독하게 노래한다. 아무도 없는 포장도로에 홀로 서서 조용히 시간이 흐르기를 기다리는, 그런 스산한 광경이 머릿속에 떠오른다.

그러나 제11변주에서 분위기가 백팔십도로 달라졌다. 폭넓게 도약하는 이중음이 사납게 일어선다. 절절하기까지 한 정열이 나약한 마음을 꿰뚫는다. 그대로 피날레에 돌입해 단숨에 4옥타브까지 치닫는 아르페지오*가 가슴을 요란하게 뒤흔들었다.

---

*   arpeggio, 화음을 동시에 연주하지 않고 아래에서 위로 또는 위에서 아래로 연주하는 기법.

화려함을 유지한 채 마지막 음이 하늘로 사라졌다.

예기치 않게 심사위원들 사이에서 감탄의 한숨이 흘러나왔다. 박수 치는 이는 없지만 그것이 최대의 찬사임은 말할 것도 없다. 이루마 히로토가 그 찬사를 한 몸에 받듯이 눈을 감고 무대에 서 있었다.

내 완패였다.

시모스와 미스즈의 연주를 들었을 때보다 더 깊은 절망감이 가슴속에 가라앉았다. 역시 평범한 사람은 아무리 발버둥 쳐 봐야 그들처럼 선택받은 사람을 당해 내지 못한다.

쓰게 학장과 미사키 선생님의 모습을 살짝 살폈더니 두 사람은 얼굴을 마주하고 담소를 나누고 있었다. 내용은 짐작할 수 없으나 적어도 방금 연주를 혹평하는 표정은 아니었다. 오히려 그 반대다.

나는 그 자리에서 도망치듯 홀을 빠져나왔다.

오디션 합격 발표는 이틀 후였다. 결과가 눈에 빤히 보였지만 습관처럼 본교사 건물 1층으로 향했다. 그런데 구름같이 모여든 사람들 틈을 비집고 게시판 앞에 선 나는 거기서 믿을 수 없는 것을 목격했다.

제1바이올린 — 기도 아키라(콘서트마스터), 고쿠보 사키, 시모무라 료코, 다구치 미호, 난바 구니히로, 히에지마 료, 후나쓰 유키나, 야지마 가즈에 입을 반쯤 벌리고 있자 뒤에서 누군가 말을 걸어 왔다. 뒤돌아보니 미사키 선생님이 서 있었다.

"축하한다. 보란 듯이 콘서트마스터를 차지했구나."

순간 정신이 퍼뜩 들었다. 그렇다. 내가 지휘자와 오케스트라 사이를 중개하고 오케스트라를 단결시키는 역할을 맡은 것이다. 황급히 다른 멤버도 확인했다.

오보에―가미오 마이코, 다카기 다이세이, 야마자키 마유미

클라리넷―고야나기 유키, 사이토 나미

트럼펫―아사쿠라 유다이, 시노하라 쇼지

첼로―가네마루 유스케, 쓰게 하쓰네, 데즈카 미사, 나쓰메 유사쿠, 후지이 마아코, 마키모토 리나

세상에, 아는 얼굴들이 다 모였네. 첼로의 하쓰네와 오보에의 가미오 마이코는 당연하다 쳐도 유다이가 뽑힐 줄은 몰랐다. 반대로 유다이 입장에서는 내가 콘서트마스터로 뽑힌 것이 청천벽력의 소식일 테지만.

아니, 그보다 더 예상 밖의 결과가 있었다.

이루마 히로토의 이름이 어디에도 없었던 것이다.

미사키 선생님은 축하 인사를 건넨 뒤 주머니에 양손을 찔러 넣고 냉큼 인파를 빠져나갔다. 나는 다시 사람들 틈을 비집고 선생님 뒤를 따라갔다. 미사키 선생님은 물고기도 아닌데 밀려드는 인파 속을 아무런 저항도 없이 시원스럽게 헤엄

쳐 나갔다. 그래서 따라잡는 데 시간이 조금 걸렸다.

"선생님, 잠깐만요."

"왜 자네가 뽑혔는지 궁금해서?"

이 사람은 어떻게 남의 생각을 꿰뚫고 있는 걸까. 나는 고개를 끄덕끄덕했다.

"합의제니까. 물론 다양한 의견이 나왔지. 특히 콘서트마스터는 오케스트라 중에서도 가장 중요한 자리이니 말이야. 짐작대로 가장 유력한 사람은 이루마 씨로, 기교와 곡의 해석 면에서도 높은 평가를 받았어. 콩쿠르 실적이야 말할 것도 없지. 뭐, 마지막에는 늘 그렇듯이 다수결로 결정한 거야. 그래도 표결에 들어가기 전에 학장님이 한 말씀 하셨지만."

"학장님이요?"

"이건 비밀인데, 학장님이 이루마 씨의 걸음걸이에 이의를 제기하셨어."

"걸음걸이······요?"

"그래. 연주의 기본 중의 기본은 자세이지 않나. 걸음걸이를 보면 연주자의 자세, 더 나아가서는 어떤 연주를 할지도 대략 알 수 있는 법이지. 이루마 씨는 탁탁 발소리를 내며 걸었어. 한편 자네는 발소리를 죽이고 걸었어. 학장님은 이 차이가 크다고 지적하신 거야. 그 점에 주목하다니, 괜히 쓰게 아키라가 아니구나 싶었지."

"저, 무슨 뜻인지 잘 모르겠는데요."

"발소리가 나지 않았던 건 자네가 발뒤꿈치부터 닿게 걸었기 때문이야. 발뒤꿈치에서 발끝으로 체중이 쓱 이동한 거지. 이루마 씨의 경우는 발 전체를 동시에 닿게 걸은 탓에 그런 소리가 났던 거고. 자, 바이올리니스트의 기본자세는 선 자세다. 쇄골부터 몸 전체를 진동체 삼아 현의 음을 확산시키기 위해서인데, 연주 중에 연주자가 몸을 앞뒤 좌우로 흔드는 것도 그 확산 정도를 조절하고 있기 때문이야. 그런데 여기서 발이 문제가 돼. 왼손으로 넥을, 오른손으로 활을 쥔 불안정한 자세로 더욱이 몸까지 흔들지. 그 자세를 장시간 유지하려면 몸의 받침점을 발뒤꿈치에 둘 필요가 있어. 뒤로 돌아 보면 금방 알겠지만, 인체는 방향을 바꾸거나 중심을 이동할 때는 반드시 발뒤꿈치가 받침점이 돼. 그리고 발뒤꿈치로 체중을 단단히 받치고 있으면 허리가 안정되어 불안정한 자세도 오랫동안 견딜 수 있지. 요컨대 기본이 되어 있다는 거다."

생각지도 못한 것이었다.

"그런데 이루마 씨는 그 가장 중요한 발을 심하게 다친 것이 아닐까, 하고 학장님이 말씀하신 거다. 그래서 놀란 스가키야 학과장이 당사자에게 물었더니, 학장님 지적대로 얼마 전에 계단을 헛디뎌서 발목을 심하게 삐었다고 하더구나."

나는 말문이 막혔다.

"전치 4주라던데. 통증을 참고 숨겼던 거지. 그가 〈24개의 카프리스)를 선택한 것도 짧은 곡의 간격마다 서 있는 위치를 바꾸면 발뒤꿈치의 부담을 줄일 수 있기 때문이야. 그런데 학장님께 그런 잔꾀는 통하지 않았어. 물론 연주회가 열리기 전에는 다 낫겠지만, 바이올린 연주뿐만 아니라 오케스트라 단원들을 이끌고 스케줄 조정까지 해야 하는 콘서트마스터의 역할을 생각하면 부담이 너무 크다는 말씀을 하셨지. 더욱이 이루마 씨는 콩쿠르를 앞두고 있기도 하고. 그런데 무엇보다 연주자에게 무리를 가해서는 안 된다는 학장님의 말씀이 결정적이었어. 그래서 이루마 씨가 콘서트마스터로 뽑히지 않은 거다. 그 소식을 그에게 알렸더니 멤버가 되는 것 자체를 거부하더구나."

"아니, 왜요?"

"스트라디바리우스를 연주하지 못한다면 참가할 의미가 없다나 뭐라나. 애초에 오디션에 참가한 것도 스트라디바리우스가 목적이었던 모양이야."

"좋다 말았네요." 가슴속에 부풀어 올랐던 우월감이 오므라들었다. "역시 연주 실력으로 이긴 게 아니었어요."

"그렇지. 그래도 자네가 인정받은 건 사실이야." 타이르는 듯한 말투에 정신이 퍼뜩 들었다. "경쟁 상대가 발목을 다친 건 확실히 운이었어. 하지만 운은 노력한 자에게만 미소를 짓지. 굴러온 호박이라는 속담이 있는데, 노력의 맛을 모르는 자는 호박의 진정한 맛을 깨닫지 못해. 노력해서 실력을 길렀기 때문에 운이 굴러온 거다. 그러니 비하해서는 안 돼. 일단 뽑힌 사람은 뽑힌 이유를 생각할 필요가 없어. 반대의 경우는 필요하지만. 그런데 그보다 더 시급한 건 자네가 실력을 더 향상시키는 거다. 아직 이루마 씨를 넘어선 것이 아니니 말이야. 그리고 지금 당장 관리부로 가서 스트라디바리우스의 반출 허가를 받아 올 것."

아, 스트라디바리우스! 그렇다. 내가 공연 멤버가 되고 싶어 한 큰 이유가 바로 그것이었다. 게다가 이제 준장학생 대우를 받으니 학비 미납으로 퇴학당할 염려도 없어졌다. 쓰게 아키라와 영광스러운 무대에서 합주할 수 있다. 하지만 무엇보다 그 깊은 호박색 몸체와 생물 같은 소리. 그것을 지금부터 본 무대가 열리는 날까지 이 팔에 품을 수 있다.

나는 대답도 하는 둥 마는 둥 하고 관리부를 향해 달음박질했다.

그로부터 하루하루가 과장되게 말하면 꿈같은 나날이었다. 앙상블이나 솔페주를 하기 전에 악기를 손에 익히는 단계에서 시험 삼아 연주한 것이었지만, 미래와 세상에 대한 불안도 스트라디바리우스를 연주하는 동안에는 깨끗이 잊을 수 있었다. 그저 장난감을 갖고 노는 세 살배기 아이나 마찬가지인 셈이지만, 그것이 진실이니 어쩔 수 없다.

피가 끓고 가슴이 뛴다는 표현이 있는데, 스트라디바리우스를 연주하고 있으면 정말 혈액 온도가 올라간 듯한 착각이 들었다. 양팔의 근육이 필요 이상으로 긴장하는 것도 알 수 있었다.

실제로 소리를 내면 낼수록 이 악기가 생물처럼 느껴졌다. 자신의 목소리를 충실히 실체화해 주는 연주자를 내내 찾아 다녔다고 생각하면 안타까운 마음이 들었다. 거짓이라 생각되면 개방현으로 모든 현을 켜 보면 된다. 단 하나의 음인데도 다양한 뉘앙스와 색채로 변화해 갔다. 이것이 생물이 아니고 무엇이란 말인가.

이런 명기를 포르쉐나 페라리에 비유하는 사람도 있다. 면허가 있는 사람이라면 그럭저럭 운전할 수 있지만, 머신의 성능을 유감없이 이끌어 낼 수 있는 사람은 극히 한정되어 있다는 뜻이다. 그 말이 맞다고 생각한다. 소름 돋는 선율을 자아내면서도 나는 내 형편없는 기술을 원망했다. 기술을 더 향상시켜라, 감정 표현을 더 풍부하게 하라고 악기가 요구하는 것이 피부와 뼈를 통해 느껴졌다. 어쨌든 상대의 잠재력과 가능성이 너무 크다. 그야말로 초보 운전자가 관자놀이에 핏대를 세우며 F1 머신을 모는 것과 같다.

생물이기 때문에 취급도 신중히 해야 했다. 습도 하나만 따져도 50퍼센트를 넘으면 벌써 소리가 답답해진다. 버팀 막대라고 불리는 가는 막대가 0.1밀리미터 어긋나면 울림의 균형이 무너진다. 실내 온도와 습도를 확인하는 것은 물론 보관 장소와 진동에도 민감해졌다.

이렇듯 귀한 아가씨라 당연히 운반에도 세심한 주의가 필요했다. 관리 체제라고 거창하게 말해도 될 정도다. 우선 고강성 카본 케이스를 가지고 악기 보관실로 향한다. 거기서 경비원에게 반출 허가증을 제시하고 입실했다가 악기를 케이스에 넣어서 퇴실한다. 사용 후에도 마찬가지로 케이스에 수납한 상태로 보관실로 가져갔다가 실내에서 꺼낸 다음 정해진 보관대에 놓고 마지막으로 경비원이 눈으로 확인하면 끝난다. 귀금속 수준의 철통 보안을 하지만 값어치를 생각하면 당연히 납득이 된다.

연습할 때 바이올린 교수가 지도해 주었지만 솔직히 성가셨다. 미흡하거나 필요한 점은 전부 스트라디바리우스가 가르쳐 주었기 때문이다. 나는 그 목소리가 시키는 대로 숨 쉬고 활을 그으면 되었다.

그러나 이런 나와 스트라디바리우스의 밀월은 오래가지 못했다.

어느 날 같은 장인이 만든 첼로가 보관실에서 홀연히 사라졌기 때문이다.

II   *Angoscioso spiegando*
불안감이 뭉게뭉게 피어오르듯

I

밀실. 그렇다, 아무도 침입할 수 없고 탈출할 수도 없는 실내에서 어린아이만 한 악기가 사라졌다.

왠지 섬뜩하고 부조리한 당혹감이 보관실 앞을 안개처럼 자욱하게 감쌌다. 감쪽같은 마술을 눈앞에서 보면 으레 그렇듯 분노와 의심은 뒤늦게 찾아온다. 그것은 스가키야 교수도 마찬가지인 듯했다.

"그런 일이…… 가능할 리 없어. 경비원이 상주하는 데다 24시간 체제로 감시 카메라가 돌아가지 않나!"

"하지만 실제로 이렇게."

"아무튼! 보관실은 일시 봉쇄할 거요."

우리 앞이라 그런지 스가키야 교수가 짐짓 명령조로 말했지만 마음속 동요는 끝내 감추지 못했다. 그는 시선을 이리

저리 헤매며 안절부절못했다.

"현장 보존과 조사가 필요하겠군요. 이사회에서 결론이 날 때까지 입실을 금지하겠습니다."

"입실 금지라니요? 그럼 스트라디바리우스는."

"당연히 보관실에 있는 악기는 조사가 끝날 때까지 반출 불가입니다."

"맙소사! 스트라디바리우스를 연주하려고 콘서트마스터가 되었다고요……."

"어디까지나 긴급 조치일 뿐, 계속 그렇다는 게 아닙니다."

스가키야 교수는 현장 보존이라고 말하면서 정작 자신은 보관실 안으로 허둥지둥 들어갔다.

겹겹이 둘러싼 구경꾼들은 기다린 보람도 없이 경비원에게 내쫓겼다. 발길을 되돌리며 불안해하는 사람 반, 재미있어 하는 사람이 반이었다. 나는 찜찜한 마음으로 하쓰네와 강의실로 돌아갔다.

그나저나 누가 그랬을까?

도대체 어떻게?

스트라디바리우스로 연습을 할 수 있든 없든 다음 날은 첫 대면을 겸한 솔페주 수업이 예정되어 있었다. 강의실에 선발 멤버들이 모였지만 지도를 맡은 스가키야 교수는 좀처럼 나타날 기미가 보이지 않았다. 아니, 제시간에 왔다 한들 집중해서 뭘 할 수 있는 분위기가 아니었다. 강의실은 벌집을 쑤셔 놓은 듯 온통 야단법석이었기 때문이다.

"역시 돈 때문이겠지." 먼저 말을 꺼낸 사람은 유다이였다. "아닌 게 아니라, 오래전에 같은 해에 제작된 스트라디바리우스가 크리스티스 경매장에서 4억 엔에 낙찰되었거든. 지금은 당시의 반값으로 떨어졌다고 하는데, 그래도 2억 엔이잖아. 싸게 팔아도 한밑천 잡는 거지."

2억 엔. 소리 내어 말해 보면 단 3음절의 단어인데, 겨우 학비 백만 엔을 못 내서 걱정이 이만저만이 아니었던 나로서는 그 가치를 뼈저리게 실감할 수 있었다. 아니, 더 단순하게 나의 애기愛器 치칠리아티 백 대와 맞먹는다고 계산하면 그 금액이 주는 중압감에 새삼 짓눌리는 듯하다. 당시 2백만 엔이었던 치칠리아티를 손에 넣기 위해 어머니가 얼마나 고생하셨던가. 어머니는 자신의 물건은 뭐 하나 사지 않고 결코 넉넉지 않은 형편에 조금씩 저축한 돈을 몽땅 털었다. 그런데도 부족해서 할아버지에게 사정사정해 간신히 현금을 마련했다. 당시 열일곱 살이었던 나는 그 모습을 마냥 지켜볼 수밖에 없었다.

2억 엔은 그런 경험을 백 번이나 해야 하는 금액이다.

지갑 사정은 누구나 비슷한지, 2억이라는 소리에 다른 멤버들도 천장을 보거나 고개를 숙이는 등 각자의 방식으로 감탄했다.

"악기가 워낙 비싸서 감각이 무뎌진 것도 있지만, 역시 2억 엔은 차원이 다른 금액이야. 시내에 집을 몇 채는 세울 수 있겠다."

곧바로 유키가 의문을 제기했다.

"그런데 스트라디바리우스를 그리 쉽게 매매할 수 있을까? 그런 명기는 감정서가 없으면 신빙성에 의심이 가서 매매가 성립되지 않는다고 들었거든."

"정식 루트라면 그렇겠지만, 세상에는 뒷거래라는 게 있잖아. 감정서가 없어도 돈으로 바꿔 드립니다, 같은 거."

그런 소문은 나도 들은 적이 있다. 국제적인 범죄 조직이 세계적인 명화나 명기를 불법 경매 사이트에 올려 자금원으로 삼고 있다는, 할리우드 영화에 나올 법한 이야기다.

"그럼 꽤 멍청한 도둑이네."

그때 강의실 구석에서 냉정한 목소리가 들렸다. 가미오 마이코였다.

"멍청하다고? 그 밀실에서 커다란 첼로를 감쪽같이 훔쳐냈는데? 좀도둑은커녕 엄청난 괴도 아닌가?"

"그러니까 말이야. 보관실에는 스트라디바리우스 바이올린도 있었잖아. 시가가 첼로보다 훨씬 비싸고."

"아, 그러게."

"기껏해야 40센티미터, 6백 그램인 값비싼 바이올린. 한쪽은 80센티미터, 4킬로그램의 비교적 저렴한 첼로. 만약 팔

목적이라면 어째서 더 비싸고 취급하기 편한 바이올린을 훔치지 않은 걸까?"

"그럼…… 정기 공연을 방해하려는 건가? 명기의 경연이 정기 공연의 인기 볼거리인 셈인데, 악기가 없어지면 공연도 개최 의미가 반은 퇴색할 거 아냐."

"그럴 거면 번거롭게 훔칠 거 뭐 있어, 그냥 보관실에서 악기를 망가뜨리면 되잖아."

헉 소리를 내며 유키가 말을 삼켰다.

"그럼 마이코, 네 생각은 어떤데?"

"별 생각 없어."

"별 생각 없다니……."

"첼로를 도둑맞은 이유나 방법은 아무래도 상관없어. 문제는 예정대로 공연을 개최할 수 있느냐 하는 거잖아."

"그건…… 문제없을 거야." 하쓰네가 조심스럽게 입을 열었다. "물론 스트라디바리우스가 인기 볼거리인 건 맞지만, 악기 품평회도 아니고 첼로 한 대 없어졌다고 연주회를 중지할 이유는 없다고 할아버…… 학장님이 그러셨어. 그래서 나도 내 첼로로 연주하게 되었고."

"듣고 보니…… 맞는 말이네. 그렇다 해도 2억 엔이야. 경찰이 떼 지어 몰려올걸. 신문기자도 진을 치겠지. 큰 소동이 벌어질 게 뻔한데, 그 와중에 연습을 할 수 있을까?"

그때 강의실 문이 열리고 그제야 스가키야 교수가 모습을 드러냈다.

자, 하면서 교수가 악보를 펼친 순간 솔페주 수업이라면 질색을 하는 유다이가 대뜸 그 이야기를 꺼냈다.

"교수님, 도난 사건은 어떻게 되었습니까?"

"음? 아, 그건…… 아니, 그 일은 수업이나 연주와 상관없으니 학교 측에 맡기면 됩니다."

"그래도 정기 공연을 방해할 목적으로 훔쳤을 가능성도 있잖아요. 경찰서에 신고는 된 거죠?"

"신고는 하지 않았습니다."

그 대답에 모두가 놀랐다.

"누가 다친 것도 아니고, 학교에 경찰관이 돌아다녀 봤자 좋을 게 뭐 있겠습니까. 도난 사건쯤은 학교 자체적으로 해결하려 노력해야 합니다."

"그럼 스트라디바리우스는요? 시가 2억 엔이라면서요."

"금액의 크고 작음을 떠나 대학 자치권의 문제입니다. 이 사회에서는 경찰을 개입시키는 대신 독자적으로 조사 위원회를 발족하기로 결정했습니다."

"조사 위원회……라면 요컨대 경찰 대신 범인을 찾는다는 건가요?"

"범인을 찾는다기보다는 악기를 무사히 되찾는 것이 주목적이지요. 뭐, 여러분은 안심하고 위원회 보고를 기다리면 됩니다. 반드시 사건은 조만간 해결될 테니까요."

다소 거만한 말투가 아니꼬워서 나는 짓궂게 물어봤다.

"조사 위원회 구성원은 누구누구예요?"

"각 부장과 학과장이 주요 구성원이지만, 실제로 조사하는 사람은 한 명뿐입니다."

"누군데요?"

"바로 납니다." 이번에는 거만한 말투와 함께 콧구멍을 벌름거렸다. "여러분에게는 비밀로 하려고 했는데, 실은 내 아버지가 아이치 현경의 부본부장이거든요. 나도 어렸을 때부터 범죄 조사에 관한 교육을 받고 자랐습니다. 음악적 재능만 없었더라면 틀림없이 형사가 되어 시민의 안전을 지켰을 겁니다."

순간 강의실 분위기가 썰렁해졌다. 알아차리지 못한 사람은 당사자인 스가키야 교수뿐이다. 음악적 재능이라고? 붙임성 좋고 빈틈없는 성격 덕분에 이사회에서 잘 봐준 줄로만 알았는데.

분위기 파악을 잘하기로는 귀신같고, 재수 없는 녀석을 싫어하기로는 따라올 자가 없는 마이코가 조용히 손을 들었다.

"조사 위원장님, 질문이 있습니다."

"아뇨, 위원장은 아닙니다만. 뭡니까, 가미오 학생."

"이런 질문을 하는 게 학생의 본분이 아니라는 건 잘 알지만, 신경이 쓰여서 연습이 손에 안 잡히므로 여쭙겠습니다. 도둑이 든 악기 보관실은 늘 잠겨 있다고 하던데요, 그럼 범인이 어떻게 실내로 침입해서 어떻게 밖으로 나왔다는 거죠?"

"그 점에 대해서는 이미 추론을 두세 가지 세웠습니다. 그런데 입증을 하지 않으면."

"먼저 위원장님의 추리가 궁금합니다."

위원장님 소리에 감추려 해도 벌써 입꼬리가 올라가 있었다. 서른 넘은 식자識者가 스무 살 안팎의 여성에게 어린아이처럼 조종당하고 있었다.

"흠. 여러분의 불안이 해소된다면 알려 줘도 괜찮겠지요. 첫 번째 추리는 범인이 사전에 보관실 안에 숨어 있었다는 겁니다. 그러려면 공범자가 필요한데요. 우선 공범자가 사람이 숨을 만한 악기 케이스, 그래요, 가령 콘트라베이스 케이스에 실행범을 숨긴 채 보관실에 들어갑니다. 그때 실행범이 케이스 밖으로 나와 보관실 사각지대, 혹은 악기 뒤에 숨습니다. 공범자는 진짜 콘트라베이스를 케이스에 넣고 퇴실, 사용 후에는 평범하게 반납해 둡니다. 실행범은 스트라디바리우스를 끌어안은 채 보관실 안에서 밤을 새웁니다. 그리고 이튿날 출입문 사각지대에 대기하고 있다가 첫 입실자가 분실을 알아차리고 경비원을 부른 그 틈을 타 보관실에서 몰래빠져나오는 거죠. 옛날 탐정소설에서 사용된 단순한 트릭을 응용해 봤습니다."

득의양양한 설명. 그에 대한 마이코의 반론은 더할 나위

없이 냉철하고 신랄했다.

"네 가지 의문점이 있어요. 첫째, 악기 케이스는 그 자체로도 꽤 무겁습니다. 사람이 안에 들어갔다면 혼자 손쉽게 운반할 수 없으며, 만약 비틀거렸다면 경비원이 대번에 알아보고 의심을 했겠죠. 공범자가 엄청난 괴력의 소유자일까요? 둘째, 쓰게 하쓰네 씨와 경비원이 놀라는 틈에 범인이 출입문에서 나왔다고 하셨는데요, 실내에 한 사람만 있었으면 또 모를까 두 사람의 눈앞에서, 그것도 첼로처럼 거대한 악기를 짊어진 채 들키지 않고 퇴실하는 건 지극히 어려운 일입니다. 거기 있던 두 사람은 순간 눈이 멀었던 걸까요? 셋째, 그리고 보관실에서 몰래 나왔다 해도 정면에 있는 감시 카메라 앞을 반드시 지나야 합니다. 그런데 카메라에는 그런 사람이 전혀 찍혀 있지 않았다고 하더군요. 범인은 투명인간일까요? 넷째, 애초에 그 보관실에 콘트라베이스는커녕 첼로보다 큰 악기는 처음부터 없었습니다."

청산유수 같은 말솜씨란 바로 이런 걸까. 허를 찔린 교수가 입을 반쯤 벌렸지만 이윽고 경직된 미소를 장착했다.

"아니, 방금 한 이야기는 어디까지나 상상을 가미한 추리였습니다. 현실과는 명백히 동떨어져 있지요. 그럴 가능성도 있다는 이야기일 뿐……. 유력한 건 두 번째 추리입니다. 범인은 학교 문단속이 전부 완료된 후에 교내에 침입해 배전반의 전원 스위치를 내린 겁니다. 그렇게 하면 전자 도어록이 작동하지 않을뿐더러 감시 카메라도 멈추겠지요. 이제 복제 열쇠로 문을 열고 첼로를 훔친 다음 배전반 스위치를 올린 겁니다. 요컨대 밀실은 처음부터 존재하지 않았던 거죠."

"그 추리에도 의문점이 있습니다. 첫째, 전자 도어록의 경우 열쇠를 경비 회사 본사에서 관리한다고 들었습니다. 그럼 복제 열쇠를 만들 수 있는 건 자동적으로 경비 회사 관계자가 되는데요, 처음부터 용의자 범위가 한정될 만한 수법을 범인이 굳이 쓸까요? 둘째, 전원을 꺼서 감시 카메라를 멈추게 했다면 미녹화 부분이 타임 코드상에서 판명되었을 텐데요, 담당자가 이상 없다는 보고를 했다고 들었습니다. 왜 그랬을까요? 역시 그 담당자도 공범, 즉 경비 회사 직원끼리 범행을 저질렀다고 해석해야 할까요?"

예술이다. 우리는 내심 쾌재를 불렀다. 한껏 뽐낸 추리가 박살난 교수는 꼴이 말이 아니었다. 마치 공부를 못하는 학생이 엉뚱하고도 참신한 대답을 내놓았을 때처럼 교수는 학생들의 실소를 받으며 서 있었다. 그리고 평소에는 마이코와 서로 으르렁거리기 바쁘지만 이럴 때만큼은 환상적인 콤비를 이루는 유다이가 결정타를 날렸다.

"마이코, 그건 의문점이라기보다는 문제점이잖아."

교수가 유다이를 힐끗 쳐다봤다. 약자의 칼은 더 약한 자를 겨눈다. 가엾게도 그 후에 시작된 수업에서 유다이는 교수의 희생양이 되었다.

일반 과제곡 외에 라흐마니노프의 협주곡이 추가되었기에 당연히 연습 시간도 늘었다. 그런데 바이올린 파트의 악보 해석은 다른 파트에 비해 번거롭고 세세하다. 대체로 자잘한 음표를 연주해야 하고 특히 협주곡 2번은 장장 50페이지나 된다. 잘 소화해 낸다 할지라도 주제 부분이 아니라 파트 부분이라 전혀 즐겁지 않다.

연습은 저녁 7시가 넘어서 끝났다. 금요일이라 아르바이트도 쉬는 날이어서 나는 여느 때처럼 마쓰자카야 백화점 1층에 있는 케이크집에서 하쓰네와 약속을 잡았다.

약속 시간보다 조금 늦게 온 하쓰네는 피로감에 어두운 표정을 짓고 있었다.

"하쓰네 씨, 많이 힘든가 봐."

"괜찮아. 달콤한 거 먹으면 회복될 거야."

그녀는 블루베리 타르트와 치즈 케이크를 주문했다. 먹어도 살이 찌지 않는 체질이라 그녀 앞에서 살찌겠다는 경고는 의미가 없다. 연주할 때 소비하는 칼로리가 그만큼 엄청난 것이다. 그러고 보니 할아버지인 쓰게 아키라도 대식가라고 들은 것치고는 깡말랐다.

"유전인가 봐." 하쓰네가 그렇게 말하며 싱글벙글 웃었다. 그녀에게 쓰게 아키라와의 공통점은 뭐가 됐든 자랑스러운 것이다.

문득 떠올랐다. 입학하고 얼마 후 그녀가 처음 말을 걸어왔을 때다. 첫마디가 "오, 아키라라고 읽는구나. 우리 할아버지랑 똑같네"였다.

"그나저나 이사회에서 그런 결정을 하다니 놀랐어."

"뭐가?"

"경찰의 개입 없이 학교 측에서 처리하겠다는 거 말이야. 그 스트라디바리우스에 보험 들어났지?"

"그런가 봐. 시가 2억 엔이나 하니까."

"그런데 도난 신고를 하지 않으면 보험금도 못 받는 거잖아. 경찰에 알리지 않겠다는 건 도난 신고도 하지 않겠다는 뜻이고 결국 보험금도 기대하지 않는다는 거잖아. 그럼 2억 엔을 시궁창에 버리는 셈 아니야?"

"시궁창에 버리기 싫으니까 조사 위원회를 만들었겠지."

"스가키야 교수가 탐정을 맡았는데? 그야말로 틀림없는 시궁창이잖아."

"실리보다 명예. 상황을 봤을 때 내부 범행일 가능성이 크니까 경찰을 끌어들여 백일하에 드러내기보다는 비밀리에 해결하고 싶다…… 대충 그런 거지. 그런데 얼핏 듣기로는 경찰에 신고하기를 꺼려한 건 할아버지보다 이사회 같아. 명예도, 학교의 명예보다 할아버지의 명예를 생각해서."

"무슨 뜻이야?"

"이건 비밀인데, 실은 할아버지가 예술원 회원이 되나 봐. 정식 발표는 가을에 예정되어 있는데, 그때까지 이상한 스캔

들에 영향을 받을지도 모르잖아. 이사회에서는 그걸 걱정하는 거야."

과연, 그것이 2억 엔을 시궁창에 버리는 대가였구나.

"학교 측 의도는 알겠어. 그런데 첼리스트로서 하쓰네 씨 입장은?"

"나?"

"스트라디바리우스를 연주해 봤을 거 아냐. 활을 수없이 그어 봤을 텐데, 설마 단순히 악기를 바꿔서 연주했을 뿐이라고는 말하지 않겠지."

하쓰네가 고개를 끄덕였다.

"그건 생물이야. 이 세상에 태어나서 3백 년 동안 자신에게 걸맞은 연주자를 찾아다닌, 의지를 가진 생물 말이야. 그 날 기분에 따라 소리도 거침없이 바꾸고, 서툰 연주자에게는 냉소를 흘리며 미천한 연주자에게는 대꾸도 안 해. 그 대신 내가 진지하게 마주하면, 그리고 악기에 숨겨진 잠재력을 끌어내려 노력하면 차원이 다른 음악을 선보여 주더라. 하쓰네 씨는 음악의 신이 있다고 믿어?"

"믿어."

"신이 예수 그리스도를 보낸 것처럼 음악의 신은 스트라디바리우스를 이 세상에 보냈다고 생각해. 단순한 악기가 아니야. 음악에 몸담은 사람에게는 최고의 보물이지. 그런 보물이 지금쯤 어디선가 예술을 이해하지 못하는 교양 없는 악당의 장난감이 되었다고 생각하면 진정할 수 있겠어?"

"……질문이 좀 짓궂네?"

"나는 그 잠재력을 떠올리기만 해도 진정이 안 돼."

"그래. 마치 까다로운 숙녀처럼 굉장히 민감하더라."

"가볍게 활을 긋기만 해도……."

"맞아, 가볍게 긋기만 했는데……."

"기이이이이잉!"

둘이 입 모아 소리치는 바람에 주위 사람들이 무슨 일인가 싶어 눈을 동그랗게 떴다. 우리는 서로의 입술에 손가락을 대고 키득키득 웃었다.

"게다가 스트라디바리우스를 켜고 나서부터 내 연주가 달라졌어. 아니, 달라지게 했어."

"달라지게 했다고? 누가?"

"스트라디바리우스가. 예전에는 곡을 표현할 때 어느 악절을 어떻게 연주할지에 대한 판단을 내 귀와 손끝으로만 했는데, 스트라디바리우스를 연주할 때는 바이올린의 목소리를 먼저 들으라고 충고해 주는 것 같아. 노련한 선생님처럼 연주자를 가르치더라니까."

"그러게, 단순한 악기가 아니야. 아키라, 네 말이 맞아. 이렇게 뒤에서 끌어안았더니 체온이 느껴지더라. 겨우 일주일 연주했는데 그 감촉이 아직도 피부에 남아 있어. 처음 소리를 들었을 때는 온몸에 소름이 돋았다니까. 그런데 그건 천사의 노랫소리를 가진 악마이기도 해. 빼어난 가희歌姬이자 빼어난 마녀인 셈이지. 연주자를 살리기도 죽이기도 하는. 첼리스트의 잠재 능력을 한계까지 끌어냄과 동시에 한계를 똑똑히 보여 주기도 하지. 그래서 어떤 연주자에게는 희망과 야심을, 또 어떤 연주자에게는 절망과 포기를 가져다줘."

"……동감이야."

"그래서 그 첼로가 없어졌다는 소식을 듣고 엄청나게 속상해하는 나와, 이상하게도 안심하는 내가 있더라. 너무 복잡했어. 이런 기분, 아키라는 알지? 아까 장난감이라고 말했잖아. 그래, 마치 감당하기 힘든 장난감을 빼앗긴 어린아이 같은 기분."

"……동감이야."

좋든 나쁘든 성능이 두드러지는 것은 사람들의 불안을 부추긴다. 다시 말해 평범한 우리는 슬프게도 상식을 초월한 것을 받아들이지 못한다.

"그러고 보니 하쓰네 씨도 스가키야 교수한테 사정 청취 받았어?"

"응. 전날에 보관실에 들어간 사람은 죄다 불러서 이야기를 들었나 봐."

"보관실에 들어갔을 뿐이라면 인원이 꽤 많을 텐데."

"아니, 워낙 경비원이 늘 지키고 있고 쉽게 들어갈 수 없는 곳이잖아. 입실한 사람은 희소 악기를 빌리러 온 선발 멤버

다섯 명뿐이야. 다 잘 아는 아이들인데, 유키 짱, 마이코, 유다이, 아키라, 그리고 나. 대출도 반납도 방금 말한 순서대로 거의 10분 간격에 했고. 수상한 사람을 보거나 낌새를 느낀 아이들도 아무도 없대."

"그렇겠지……. 스가키야 교수가 진두지휘에 나섰으니 사건은 미궁에 빠질 것이 뻔하네."

맞장구를 확인하려는데 먼저 하쓰네가 내 안색을 살폈다.

"아키라는 누구를 의심해?"

"어?"

"스가키야 교수, 시치미를 떼고 있었지만 나를 포함한 다섯 명을 의심하더라. 틀림없어. 스트라디바리우스에 손댈 수 있는 곳까지 간 사람이 그 다섯 명밖에 없으니까. 그리고 누구나 자신은 범인이 아니란 걸 알고 있어. 그럼 나머지 네 명, 그중 한 명이 범인이잖아."

하쓰네는 미소를 지으면서도 눈만큼은 웃고 있지 않았다. 도발하듯 내 눈을 붙잡고 놔주지 않았다.

어른의 눈싸움. 하지만 나는 자연스럽게 피하는 법을 알고 있다. 상대의 눈이 아니라 미간을 보는 것이다. 이렇게 하면 상대는 내가 정면을 보는 줄로만 안다.

"범인을 그 다섯 명으로 한정하는 건 좀 성급하지 않나. 아직 그 녀석이 스트라디바리우스를 어떻게 훔쳐 냈는지도 모르잖아. 반대로 말하면 그 방법만 알아내면 범인도 저절로 알게 되겠지. 내 개인적인 의견이야."

"그렇지."

그녀가 몸을 내밀었다.

"오케스트라 동료는 아무도 의심하고 싶지 않아. 콘서트마스터로서 솔직한 심정이야."

하쓰네는 일단 납득한 듯 고개를 끄덕였다.

그리고 마지막 한 모금을 마시기 위해 찻잔을 들어 올릴 때였다.

그만 손가락이 미끄러져 찻잔을 테이블 위로 떨어뜨렸다. 차가 조금밖에 남아 있지 않아 그리 민망한 지경에는 이르지 않았지만, 하쓰네는 웬일로 혀를 찼다.

"이것 봐. 아키라가 너무 기특한 소리를 하니까 손가락이 깜짝 놀랐잖아."

이튿날 솔페주를 하기 위해 레슨실에 들어가자 유다이만 보이지 않았다. 이럴 때는 늘 그의 행동을 감시하고 있는 여학생에게 묻는 것이 제일이다.

"유다이? 아까 기악과 강의실에서 이루마 군하고 이야기하던데." 유키가 대답했다.

유다이와 이루마라고? 의외의 조합에 순간 의아했지만 이대로 내버려둘 수는 없다. 번거롭지만 멤버를 소집하는 것도 콘서트마스터의 역할이다. 나는 혼자서 기악과 강의실로 향했다.

복도까지 오자 두 사람이 어느 강의실에 있는지 금방 알 수 있었다. 유다이의 날카로운 목소리가 들렸기 때문이다.

"방법을 내가 어떻게 알아! 분명히 무슨 장치를 해 놨을 거야. 그러니까 방법은 나중 문제고 동기가 먼저라고."

"그래서, 내가 범인이라고? 어쩜 그리 머리가 나쁠까? 두 시간 드라마*의 꼴통 형사도 너처럼 멍청하진 않거든?"

강의실에서는 유다이가 경찰서 취조실인 양 여유롭게 앉아 있는 이루마를 향해 격분하고 있었다.

"이런, 누군가 했더니 콘서트마스터 씨구나. 반가워."

"유다이, 남의 강의실에서 뭐 하는 거야?"

"뭐 하다니……."

"마침 잘됐다. 콘서트마스터 씨, 뇌 속이 금관악기로 가득한 이 아이 좀 데려가 줄래? 트집을 잡으려면 좀 논리적으로 접근해 줬으면 좋겠어."

"유다이가 뭐라고 했길래?"

"스트라디바리우스 분실 방법이야 어쨌든 연주회를 방해할 동기가 있는 사람은 나밖에 없대."

"그래, 맞아. 무조건 콘서트마스터가 될 줄 알았는데, 아키라가 가로챘으니까. 스트라디바리우스를 연주하지 못하게

---

*   황금 시간대에 방영되는 두 시간짜리 단막극으로, 미스터리나 서스펜스물이 많다.

됐고 학장님과도 한 무대에 설 수 없게 됐어. 연주회가 중지되면 네가 가장 기뻐할 거 아냐."

게거품을 무는 유다이를 이루마가 냉정한 눈으로 올려다봤다. 해 봤자 소용없는 설명을 완전히 포기한 눈빛이었다. 입가에 '바보'라고 크게 쓰여 있었다.

"유다이. 여긴 나한테 맡기고 레슨실로 가 있어."

"하지만."

"콘서트마스터가 하는 말이니 따라 줬으면 좋겠어."

유다이가 마지못해 떠난 후 부루퉁해 보이는 이루마와 내가 남았다. 지금은 일단 내가 먼저 머리를 숙여야 한다.

"우리 멤버가 폐를 끼쳤어. 미안하다."

"됐어. 폐가 될 만큼 마음에 둔 것도 아니고."

"발…… 이제 괜찮아?"

"발이라니…… 아, 이거? 덕분에 많이 괜찮아졌어. 이것만큼은 심사위원들에게 고마워해야 하나."

이루마가 왼쪽 발목을 쓱 내밀었다. 발목에 가볍게 테이프가 감겨 있었다.

"떨어진 이유를 들었을 때는 머리에 피가 거꾸로 솟았는데, 지금 널 보고 있으니 결과적으로 잘됐다는 생각이 들어. 멤버들 스케줄 파악하고 자질구레한 일만 해도 벅찬데, 저런 단세포까지 돌보느라 이리 뛰고 저리 뛰었으면 나을 것도 안 나왔겠지. 무슨 말인지 알지?" 이루마가 내게 얼굴을 들이밀었다. "그래서 날 콘서트마스터 자리에서 떨어뜨려 줘서 고마워하고 있어. 원망이라니 요만큼도 안 해. 저 트럼펫남이 말한 동기도 그렇고."

"그건…… 글쎄." 말하고 나서 아차 싶었지만 이미 멈출 수 없었다. "널 적극적으로 의심할 생각은 털끝만큼도 없는데, 유다이의 말에도 일리는 있어. 콘서트마스터를 못하게 된 탓에 스트라디바리우스를 연주하지 못하게 되었고 학장님과 함께 연주하지 못하게 된 것도 사실이니까."

기를 쓰고 반박할 줄 알고 마음의 준비를 했다. 그러나 이루마는 예상과 달리 낙담한 듯 어깨를 축 늘어뜨렸다.

"뭐야, 너도 저 단세포랑 같은 부류였어? 작작 좀 해. 물론 스트라디바리우스를 연주할 수 없게 된 건 속상한데, 이번 기회를 놓쳤다고 평생 연주하지 못하는 건 아니야. 앞으로 프로가 돼서 실적만 쌓으면 스트라디바리우스를 소유한 재단에서 먼저 나한테 연주해 달라고 부탁할걸. 학장님과 한 무대에 서지 못하게 된 건 내가 오케스트라 멤버가 되길 거부했으니 내가 자처한 거라고. 어쨌든 내가 꽁하게 생각할 만한 일은 전혀 아니야."

아, 그렇구나, 하고 나는 깊은 깨달음을 얻은 기분이었다.

이루마의 설명은 지극히 당연했다. 이미 높은 평가를 받아 장래를 약속받은 것이나 다름없는 그는 우리가 원하는 것에서 별 가치를 발견하지 못했다. 거북한 비유일 테지만, 개밥이 아무리 고급스러워도 사람이 그것에 식욕을 느끼지 않는 것처럼.

"특히 학장님과 함께 연주하는 건 내가 먼저 사양하고 싶을 정도였어. 뭐, 스트라디바리우스의 사용 대가로만 생각했으니."

그 한마디가 발길을 돌리던 나를 그 자리에 멈추게 했다.

"방금 그 말은 그냥 못 넘기겠는데. 쓰게 학장님과 함께 연주하는 게 싫다고? 쓰게 아키라의 피아노와 한 무대에 서는 건데? 전 세계 오케스트라가 얼마나 갈망하는지 잘 알면서."

이루마가 코웃음을 쳤다.

"그렇게 생각하는 건 일본인뿐이야. 고전적이라고 해서 전 세계 사람들이 골동품을 좋아하는 건 아니잖아. 소유자에게는 보물이라도 남이 보면 그냥 오래된 물건인 경우가 의외로 많거든. 나이 먹고 국내에 틀어박혀 지내질 않나, 1년에 한 번뿐인 음악회는 지방 음대의 학생 오케스트라라니, 세계 시장을 바라보는 오케스트라와 레코드 회사 입장에서는 은거 노인의 취미로밖에 안 보인다고."

"말이 심하잖아."

"학교 안에서 이런 말하면 괘씸죄에 해당하는 건 나도 알지만, 위인의 실태라는 게 대체로 불경스럽거든. 게다가 쓰게 아키라가 클래식계의 중진重鎭 대접을 받는 건 점잖고 올곧은 인간성 때문이라고 치켜세우는 교수가 있는데, 이것도 소식통 입장에서는 어처구니없는 웃음거리지. 그런 성격파탄자 뒤에서 바이올린을 연주하다니, 아무리 괴짜라도 싫어할걸."

"성격파탄자? 그게 무슨 뜻이야?"

무심코 얼굴에 노기를 띠자 이루마가 순간 의외라는 표정을 짓고 나서 "아, 그렇구나" 하고 혼자 납득했다.

"너, 맨날 쓰게 하쓰네랑 붙어 다니길래 아는 줄 알았는데. 그 애한테서 아버지 이야기 들은 적 있어?"

3년 가까이 친하게 지내면서 그녀의 입에서 아버지 이야기가 나온 적은 없었다. 먼저 꺼내지 않는 이야기는 분명히 밝히고 싶지 않아서일 거라 생각했기에 나도 묻지 않았다.

"그럼 내가 실수했네. 너, 소식통이 아니었구나?"

"아니라서 미안하네……. 그런데 그 소식이라는 게 뭘 말하는 건데?"

"나도 이런 식으로 말하긴 싫은데…… 우리 부모님이 바이올리니스트인 건 알아?"

알다마다, 그게 내가 못 가진 네 무기 중 하나인데.

"부모님이 들려주신 이야기야. 쓰게 아키라에게는 료헤이라는 외아들이 있는데 이 아들도 피아니스트였어. 우리 부모님이랑 같은 또래인 데다 자주 협주한 연주자 동료였기 때문에 이건 우리 부모님한테 본인이 직접 밝힌 이야기야. 쓰게 료헤이는 부모를 닮은 구석이라고는 없는 아이였대. 외모는 물론 피아노의 재능도 물려받지 못했지. 알지? 쓰게 아키라가 젊었을 때는 꽤 꽃미남이었던 거.”

쓰게 아키라의 젊은 시절 사진은 나도 많이 봤다. 음악 잡지나 음반 재킷은 말할 것도 없고 개인적인 사진도 여러 장 갖고 있다.

“그런데 료헤이는 작고 통통한 체격에 둥근 얼굴, 뒤통수는 절벽인 데다 눈썹은 옅고 입술은 얇고 코는 또 납작했대. 어쩜 그렇게 닮은 구석이 하나도 없는지, 료헤이는 자신이 쓰게 아키라의 아들이라는 걸 증명하기 위해 어렸을 때부터 피아니스트를 꿈꿨어. 그런데 말이야…… 한 지붕 아래서 천재와 산다는 건 일종의 불합리한 일이거든.”

자신을 돌아보고 있는지 이루마가 다소 근심스러운 표정을 지었다.

“부전자전이라고들 하는데, 재능의 세계에서는 꼭 그렇지만도 않아. 오히려 천재의 자식일수록 평범한 경우가 많지. 그리고 부모가 위대할수록 아이가 느끼는 압박감도 커져. 세 살 때 트릴을 연주하는 걸 당연시한다니까. 전국 학생 피아노 콩쿠르에서 입상하는 건 최소 조건이야. 왜냐하면 그 유명한 쓰게 아키라의 아들이니까. 그럼 최소한의 목표를 달성하지 못하면 어떻게 될까? 외모부터 닮지 않은 아들이 듣는 말이야 뻔하지. 가장 듣기 힘든 말은 아직 실력을 발휘하지 않았다는 평가야. 제 딴에는 죽을힘을 다한 실력이었는데도. 아무리 발버둥치고 또 발버둥쳐도 주위에서는 느릿느릿 달리는 것으로만 보는 거야. 그게 천재와 일반인의 차이라는 걸 믿어 주지 않아. 왜냐하면 사람들은 재능이야말로 부모에게 물려받는 거라고 기대하고 믿으니까."

그 말에는 나도 동의했다. 실제로 음악의 세계만 봐도 부모와 자식 2대에 걸쳐 천재라고 일컬어지는 경우는 손꼽을 정도이기 때문이다.

"처음에는 료헤이의 손가락도 짧았나 봐. 1옥타브도 닿지 못할 만큼. 그래서 초등학교에 들어가기 전부터 매일 손가락을 잡아당겼대. 쓰게 아키라가 뒤에서 단단히 붙잡고 억지로 늘리려고 막 잡아당겼나 봐. 료헤이는 이웃에 다 들리도록 비명을 질렀지. 그런데도 멈추지 않았어."

나는 소름이 끼쳐서 입을 다물었다.

"쓰게 아키라도 재능은 물려받는 거라고 믿었거든. 어렸을 때 교육으로 모든 것이 결정된다는 게 그의 지론이었어. 하긴, 음악적으로 뛰어난 사람은 십 대에 재능을 꽃피우는 경우가 많으니까. 피아노와 바이올린의 초절기교도 손가락 관절이 유연한 어린 시절에 익히면 비교적 수월하긴 하지."

이 말에도 나는 동의했다. 피아노와 바이올린에 신동이 많은 이유는 어렸을 때부터 연습한 것도 있다. 물론 본인의 재능이 가장 큰 요인이긴 하지만.

"요즘은 잘 쓰이지 않는 스파르타식 교육이라는 게 있는데, 쓰게 아키라가 아들에게 한 교육이 바로 그거였어. 피아노를 칠 때 새우등을 하고 있으면 죽도로 때렸지. 건반을 잘못 누를 때마다 옆구리를 꼬집고. 아들은 온몸에 멍이 들고 손끝이 퉁퉁 부었어. 손톱도 툭하면 갈라졌지. 결국에는 건반을 보기만 해도 구토를 했대. 그런데도 연습은 계속되었어. 꾸벅꾸벅 졸면서도 악보 해석을 해야 했지. 불안감에 짓눌리면서도 콩쿠르 무대에 섰어. 이유는 단 하나. 자신도 재능을 물려받았다는 걸 아버지에게 인정받고 싶었거든."

"말도 안 돼. 재능이 있든 없든 친아들이잖아."

"쓰게 아키라는 집에서도 피아니스트였거든. 당시 아내가 세상을 떠나서 집에는 가사도우미와 제자 두 명, 그리고 쓰게 아키라와 료헤이, 이렇게 다섯 명이 살았는데 료헤이는 외아들도 어머니를 여읜 아들도 아닌, 그저 세 번째 제자일 뿐이었다는 거야. 아들에 대한 관심은 피아니스트로서의 자질과 가능성 말고는 없었지. 그리고 결코 올곧은 사람도 아니었어. 명성을 듣고 몰려온 여자들을 건드리기 일쑤였고, 아들보다 어린 여자를 임신시키고는 돌보지도 않았나 봐."

나는 이번에도 할 말을 잃었다.

"그런데도 료헤이는 피아노를 포기하지 않았어. 드디어 집념이 통했는지 국내 콩쿠르에서 간신히 입상을 하고 어엿한 피아니스트가 되었지. 도쿄의 큰 악단에서 정기 연주회도 갖게 되었고, 소규모이지만 독주회를 하지 않겠느냐는 의뢰도 받았어."

"뭐야, 그럼."

"잘된 게 아니야. 최악의 불행이 기다리고 있었거든. 아무리 노력한 결과라도 그는 쓰게 아키라의 아들이야. 아무도 평범한 성공을 바라지 않았지. 쇼팽 콩쿠르 우승이나 베를린 필과의 경연, 세계 투어 같은 화려한 활약이 아니면 세상은 납득하지 않았어. 뭐, 없는 걸 내놓으라고 생떼 쓰는 거나 마찬가지였지. 그로부터 그는 가는 곳마다 험담을 듣기 시작했어. 천재가 낳은 찌꺼기, 열성유전. 가장 독한 말은 콩쿠르 입상은 물론 악단에 들어간 것도 전부 아버지 백이라는 말까지 들었어."

"……심하다."

"그러자 료헤이는 전보다 더 피아노에 빠지기 시작했어. 수면 시간도 줄이고 깨어 있을 때는 무조건 건반을 두드렸지. 산더미처럼 쌓인 전문서와 악보를 섭렵하면서. 그 무렵 료헤이에게 음악이란 적에 불과했어. 굴복시키고 짓밟기 위한 대상이었던 거야. 그렇게 해서 맞이한 결과가…… 건초염이었어. 그 무렵에는 스포츠의학이 발달하지 않아서 완치는 절망적이라고 진단받았지. 손가락이 아프고 구부러지지 않는 거야. 이제 1옥타브를 넘는 도약은 불가능하지. 손가락을 다친 피아니스트는 화면이 망가진 TV나 다름없어. 은퇴할 수밖에 없었지. 료헤이는 그 사실을 쓰게 아키라에게 보고했어. 그랬더니 그 남자가 뭐라고 대답한 줄 알아?"

"……그동안의 고생을 위로하지 않았을까?"

"아, 그렇군. 딱 그 한마디였어. 마치 모기에 물린 정도의 반응이었대. 그때 료헤이는 모든 걸 깨달았지. 결국 자신은 아버지의 기대에 부응하지 못했다는 걸. 그 남자가 꽤 오래 전부터 자신을 단념했다는 걸. 그래서 손가락을 못 쓰게 되었다는 소식을 전했는데도 아무렇지도 않아 했던 거지. 심지어 그 무렵에 그 남자의 관심은 다른 직계친족…… 쓰게 하쓰네에게 있었거든."

"관심이라니. 손녀라면 관심을 갖는 게 당연하잖아."

"손녀에 대한 관심이 아니라니까. 그 고사리 같은 손가락이 라흐마니노프를 연주할 수 있을지 없을지 그뿐이었어. 그런데 다행인지 불행인지 하쓰네가 쓰게 아키라의 재능을 고스란히 물려받은 거야. 그게 분명해지자 쓰게 아키라는 대놓고 하쓰네를 지원했지. 교육 방법은 물론 자세, 걸음걸이, 젓가락질까지 일일이 잔소리를 했어. 한편 료헤이는 없는 사람 취급했지. 그리고 료헤이는 피아니스트를 은퇴함과 동시에 집을 나갔어."

"왜 그렇게까지. 가족에서 독립하는 선택지도 있을 텐데."

"쓰게 아키라가 허락하지 않았거든. 꼭 집을 나가야겠다면 하쓰네는 두고 가라고 했나 봐. 당시 하쓰네가 세 살이라 아빠야 어쨌든 엄마는 필요했거든. 그래서 결국 료헤이 혼자 집을 나갔지. 아니, 확실히 말해서 쫓겨난 거야."

"그 후 료헤이는?"

"글쎄. 풍문으로 듣기로는 어디 음악 관련 출판사에서 거두어 줬나 보던데. 집하고는 연락을 완전히 끊었다는데 그건 확실한가 봐. 어때? 이제 내가 한 말 이해하겠지? 쓰게 아키라가 매우 뛰어난 피아니스트인 건 맞아. 그건 인정해. 그런데 뜨거운 피가 흐르는 인간이라는 생각은 안 들어. 평생의 애정을 죄다 피아노에 쏟아부은, 죽은 것이나 다름없는 인간이야."

2

7월에 접어들어 오케스트라 파트 연습이 시작되었다. 아직 각 파트의 음이 잡히지 않아 피아노 솔로인 대장은 연습에 참여하지 않는다. 그래서 지난 오디션 때처럼 다치바나 강사가 대신 피아노를 연주한다. 피아노 역시 다른 것을 대신 쓰기는 마찬가지인데, 쓰게 아키라의 연주는 늘 전용인 스타인웨이사의 피아노와 함께한다. 이 스타인웨이는 쓰게 아키라의 체격, 손가락 길이, 타건 강도에 맞춘 특별 제작품이기 때문에 '쓰게 모델'이라고도 불린다. 세상에 한 대뿐인 명품이라 값을 매길 수 없이 귀중하다. 따라서 쓰게 아키라 본인 말고는 아무도 건반을 짚을 수가 없다. 오늘 다치바나 강사가 연주하는 것은 야마하의 그랜드피아노다.

콘서트마스터의 역할은 오케스트라를 이끌고 화합시키는 것이다. 협주곡에는 피아노가 추가되므로 우선 오케스트라 전체의 하모니를 맞춰 놓고 그다음에 피아노를 맞이해 조화를 이룬다. 그러나 쓰게 학장이 주체가 되는 이 협주곡에서 피아노는 공연 한 달 전에 참여하기 때문에 피아노 솔로가 어떤 식으로 연주하든 즉시 대응할 수 있도록 미리 오케스트라 부분을 완벽히 마무리해야 한다.

내가 가장 걱정하는 것이 바로 그 점이었다. 남은 두 달 동안 이 오케스트라를 잘 화합시킬 수 있을까?

스트라디바리우스는 여전히 대출 중지. 그 악기를 연주하는 즐거움마저 빼앗긴 상태에서 난제에 맞설 기력이 좀처럼 나지 않았다.

레슨실에 모인 총 55명의 연주자들. 유다이와 유키를 포함해 아는 사람도 몇 명 있지만 대부분은 처음 봤다. 아니, 얼굴은 알아도 그들의 음악이 어떤 음을 내는지 모른다. 4학년이면 기초는 되어 있으니 터무니없이 서툴거나 엉뚱하게 전위예술을 흉내 내는 사람은 없겠지만, 대신 각자의 개성과 습관이 있다. 그런 튀는 부분을 다듬거나 다른 음과 어우러지게 하면서 오케스트라의 색깔을 빚어내야 한다. 그것이 하모니인데 정체불명의 저들을 눈앞에 두자 갈수록 불안만 커져 갔다.

또 다른 걱정은 선곡 자체에 있다.

라흐마니노프 〈피아노 협주곡 제2번 다단조〉. 협주곡 작가 라흐마니노프의 이름을 단숨에 휘날리게 한 손꼽는 명곡이며 러시아 낭만파를 대표하는 곡 중 하나다. 멜로디가 섬세하고 아름답기로 유명한 한편, 피아노 솔로 부분은 물론이거니와 오케스트라 파트에서도 고도의 연주 기교를 요구하는 난곡이기도 하다. 전편에 넘쳐흐르는 긴장감은 곡조 그 자체에서 오는 것과 함께 피아노 솔로를 포함한 연주자 전원의 긴장이 겹겹이 포개어진 것이다.

라흐마니노프는 1893년 볼쇼이 극장에서 상연된 오페라 〈알레코〉를 통해 신진 작곡가로 화려하게 데뷔한다. 그러나 4년 후 상트페테르부르크에서 초연된 〈교향곡 제1번〉은 비평가들에게 지독한 혹평을 받았다. 거침없는 독설과 신랄한 비판, 작곡가의 성격까지 언급해 가며 헐뜯기를 서슴지 않는 비판은 정신적으로 미성숙한 젊은 라흐마니노프를 노이로제에 빠뜨리기에 충분했다. 우울증과 정신쇠약, 심지어 그 무렵에 연인 안나 로디젠스카야와의 관계가 끝난 것도 한몫해 라흐마니노프는 창작 의욕을 잃었다. 표정에서는 웃음기가 싹 가셨고 곡상은 음표 하나 떠오르지 않았다. 가극단의 지휘자도 사임하고 말았다.

그를 걱정한 가족이 아는 사람을 통해 톨스토이에게 조언을 받을 수 있도록 힘썼다. 당시 톨스토이는 러시아를 대표하는 대작가인 데다 라흐마니노프도 그를 존경하고 있었기 때문에 라흐마니노프를 절망의 늪에서 구해 내는 데는 그가 적임이라고 생각한 것이다. 하지만 이 문호와의 첫 만남은 최악의 결과로 끝난다. 라흐마니노프가 톨스토이 앞에서 새 가곡 〈운명〉을 선보였지만, 다 듣고 난 후 이 작가가 라흐마니노프의 눈을 똑바로 쳐다보면서 이렇게 말했다고 한다. "이런 음악을 누가 좋아하겠는가?"

라흐마니노프는 더 침울해졌다. 식욕이 감퇴하고 육체적으로도 위험한 지경에 이르렀다. 그때 정신과 의사 니콜라이 달을 만난다. 당시 유럽은 프로이트의 주요 저서가 출판되던 시기로 심리요법이 유행하고 있었는데 달 의사도 최면요법을 통한 노이로제 치료 전문 의원을 러시아에 개업한 것이다. 라흐마니노프는 달 의사를 찾아가 치료를 받기 시작했다. 다행히 최면요법이 효과를 보여 차차 안정감과 자신감을 되찾는다. 이리하여 1901년 완성한 곡이 〈피아노 협주곡 제2번〉이다.

이 곡이 대중에게 가닿고 극찬받는 것은 선율의 아름다움과 장대함은 물론 곡 전체에 러시아의 세기말적 분위기가 감돌고 있기 때문이리라. 불안과 절망이 가라앉아 있는 제1악장에서 혁명의 흥분과 환희가 폭발하는 제3악장까지. 마치 그 후에 발발하는 러시아혁명을 예언하는 듯한 구성이다.

나는 때를 가늠해 자리에서 일어났다.

모두의 시선이 집중한 것을 피부로 확인한 뒤 개방현으로 첫 음을 냈다. 그 음에 맞춰 저마다 악기를 튜닝하기 시작했다. 다양한 악기에서 나는 음의 카오스가 차츰 음계를 맞추어 갔다. 그중 딱 한 음이 불협화음을 내고 있었다. 유다이의 트럼펫이다.

그러고 보니 같은 과인데도 유다이와 합주하는 것은 처음이다. 솔로를 들은 적은 있다. 음이 쓸데없이 힘찬데도 리듬이 정확해 약동과 파탄의 경계를 넘나드는 듯한 연주였다. 유다이의 개성이 살아 있어서 좋긴 하지만 이 오케스트라 음에 잘 어우러질까?

희미한 불안이 가슴을 스쳤을 때 오케스트라의 지휘자가 모습을 드러냈다.

비르투오소과 담임인 에조에 부교수다. 옷차림은 티셔츠에 재킷을 걸친 캐주얼하고 평범한 복장이었다. 그러나 그 위에 얹어 놓은 면상은 보기만 해도 숨이 턱 막혔다. 손으로 머리를 대충 빗어 내리는 모습도 볼품사나웠다. 학장을 그림자처럼 따라다니는 스가키야 교수도 인망이 없기는 마찬가지지만 학생들은 에조에 부교수를 더 싫어했다.

내가 에조에 부교수를 야박하게 평가하는 까닭은 아마 내가 그를 싫어해서일 것이다. 학교 안에서 쓰게 학장이 은퇴할 때가 한참 지났는데도 학장 자리에 버티고 있는 탓에 대학의 조직 문화가 경직되고 있다고 쑥덕이는 교활함, 실은 교수로 승진하고 싶어 안달이 났으면서 그 욕망을 감추려고 쓸데없이 내보이는 경박함, 그리고 뭐가 마음에 안 드는지 번번이 내게 생트집을 잡는 집요함. 내가 콩쿠르에 출전하지 못하는 것도 추천 회의에서 저 녀석이 반대표를 던져서라고 들었다. 그런 내가 영광스러운 오케스트라에서 콘서트마스터를 맡았다. 지휘를 맡은 부교수의 심정이 어떻든 내 알 바 아니다.

아니나 다를까 에조에 부교수는 내 쪽에는 눈길도 주지 않은 채 냉큼 하쓰네가 선두에 선 첼로 팀 앞에 섰다.

"내 소개는…… 할 필요 없겠군. 나를 모르는 학생은 없을 테고 나도 자네들 얼굴은 거의 알고 있으니 말이야. 뭐, 개중에는 여기 왜 있나 싶은 얼굴도 있긴 한데, 이미 뽑혔으니 바꿀 수도 없는 노릇이지. 베스트 멤버라고 믿고 나도 최선을 다하지."

비아냥거림과 오만함의 절묘한 조합. 첫 대면에서 내뱉은 첫마디가 이런 말이라니 기가 막힌다. 내 뒤에서 누군가 교수에게는 들리지 않을 만큼 작게 혀를 찼다.

다치바나 강사가 짐짓 모르는 척하고 피아노 앞에 앉았다.

에조에 부교수가 지휘봉을 높이 올리자 순식간에 분위기가 긴장되었다. 다치바나 강사가 두 손으로 건반을 뒤덮는다. 이어서 내뿜어진 화음. 러시아정교회의 종소리를 표현한 느릿느릿한 연타를 크레셴도로 점점 세게 연주한다. 미안하지만 시모스와 미스즈가 연주한 〈라 캄파넬라〉의 종소리보다 빈약하고 1차원적인 음이었다. 하긴, 첫 연습부터 압도적인 음을 내도 곤란하지만.

종소리가 끝나고 투티*의 도입부에 들어섰을 뿐인데 에조에 부교수가 지휘봉을 옆으로 홱 그었다.

"틀렸어. 한 번 더."

다시 피아노의 연타.

자세를 잡고 기다리는 바이올린 팀.

음울한 도입부가 정점에 다다르며 주제를 제시한다. 이어서 겨우 투티가 시작되려는데.

"스톱! 도입부부터 다시!"

이번에는 바이올린부터 시작. 그러나 에조에 부교수는 같은 지점에서 지휘봉으로 보면대를 내리쳤다.

"이봐, 거기 트럼펫! 너 혼자 달려서 어쩌겠다는 거야?"

유다이가 순간 오만상을 찌푸렸다. 불안은 적중했다. 유다이의 리듬이 오케스트라에서 툭 불거져 나온 것이다.

"하모니가 무슨 뜻인지나 알아? 바보 같으니라고. 자, 다시 간다."

거칠고 상스러운 말투. 그것으로 하모니인지 뭔지가 이루어진다면 이토록 편한 일도 없지 않은가. 그런 말투로 가득

---

*   tutti, 모든 악기의 합주.

한 교도소나 수용소의 오케스트라라면 분명히 조화로운 교향곡을 연주할 수 있을 것이다.

그 후 에조에 부교수의 질책이 세 번 연속 쏟아지더니 네 번째에는 쇳소리로 바뀌었다.

"제대로들 못해? 이번에는 피리까지 이상해졌잖아. 거기, 오른쪽 클라리넷. 어디 보는 거야? 너 말이야, 너 굼벵이."

지목받은 유키가 눈살을 찌푸렸다. 사소한 실수를 지적하느라 3분이 허비되었다. 결코 듣기 좋다고 할 수 없는 목소리로 비난이 쏟아지자 멤버들의 표정에 한껏 그늘이 드리워졌다. 포커페이스가 특기인 마이코마저 불쾌함을 감추려 하지 않았다.

이어서 화살이 나에게 날아들었다.

"어이, 거기 제1바이올린. 앉을 곳을 잘못 찾은 거 아닌가? 아니면 콘서트마스터의 역할을 알면서도 그곳에 자리 잡은 거야? 오케스트라를 조화롭게 이끌어야 할 네가 앞장서서 음정을 틀리면 어쩌겠다는 건데? 곡을 망칠 셈이야? 그 실력으로 스트라디바리우스라니, 돼지 목에 진주 목걸이가 따로 없군. 애초에 네가 왜 이 자리에 있는지 도저히 납득이 안 간다고. 대체 오디션에서 무슨 술수를 부렸지? 무슨 최면술로 학장님을 속였느냔 말이야!"

결국 두 시간의 연습 시간 중 악기를 연주한 것은 절반 정도로, 나머지 절반은 에조에 부교수의 고마우신 지적을 귀에

딱지가 앉도록 들어야 했다. 에조에가 나간 뒤에도 악기를 내려뜨린 멤버들의 얼굴에는 피로와 짜증이 배어 있었다.

"누구야? 저런 놈을 누가 지휘자로 뽑은 거야?" 입을 연 사람은 역시 유다이였다.

"이러면 될 것도 안 되겠는데." 이에 마이코가 유다이의 얼굴도 보지 않고 대꾸했다.

"원래 정기 연주회 지휘자는 비르투오소과 담임이 맡아. 오랜 전통이야. 그런데 그런 불평을 하기 전에 너부터 좀 진정하는 게 어때? 음이 앞질렀던 것도 사실이고 마지막까지 다른 단원들과 리듬을 맞추지 못한 것도 사실이잖아."

"너…… 말 다했어?"

"유다이, 가만히 좀 있어." 옆에 있던 또 다른 트럼펫 담당인 시노하라가 결정타를 날렸다.

"뭐?"

유키가 고개를 돌렸다. 또 시작이야, 하고 떨떠름한 표정으로 말한다. 하쓰네도 나를 걱정스럽게 지켜보고 있었다.

괜찮아, 하고 내가 고개를 끄덕여 보였지만.

실은 전혀 괜찮지 않았다. 하모니는 무슨 얼어 죽을. 이 오케스트라에서는 불협화음밖에 들리지 않는다. 연습 첫날임을 감안해도 문제가 너무 많다. 그리고 섬뜩하게도 오케스트라를 이끌어 화합시키고, 그 대단한 인격의 지휘자 사이에서 다리 역할을 하는 것이 내 일이다!

나는 멤버들에게 해산을 알린 뒤 무거운 발걸음으로 레슨실을 나왔다. 기분은 최악이었다.

그때 최악의 기분을 싹 날리는 듯한 노성이 들려왔다.

"배신자!"

"배신자라니, 처음부터 자네를 도와준 기억이 없는데."

"여기 강사라면 학생인 내 편을 드는 것이 당연하잖아요!"

"그래, 자네가 학생인 건 맞는데, 그녀도 내 학생이거든. 게다가 자네는 기악과 교수가 꼭 붙어서 지도해 주었지. 학과장의 조언과 같은 과 학생들의 응원도 있었어. 그런데 그녀는 혼자라 도움 받을 데가 없었거든."

"어차피 돈다발에 넘어가서 시키는 대로 했겠지. 자, 이제무슨 변명을 할 건데요?"

"사실이 어떻든 자네가 그렇게 믿는다면 내가 무슨 변명과설명을 해도 무의미하겠지. 다만 한 가지 분명히 말할 수 있는 것이 있어."

"뭔데요?"

"자신의 불행을 남 탓으로 돌리면 무척 편하지만, 안락함이란 일종의 족쇄란다. 사람을 그 자리에 묶어 놓지."

"무슨 뚱딴지같은 소리예요!"

흥분에 찬 목소리를 듣고 경직되어 있는데, 느닷없이 문짝을 차 부술 기세로 시모스와 미스즈가 나왔다.

"뭐? 음악은 영혼으로 연주하는 거라고? 그런 정신론, 똥이나 처먹으라지!"

쁘치코 헤밍 취소. 어엿한 여전사 아마조네스다.

사납게 날뛰던 아마조네스는 내가 있는 것도 모른 채 복도 저쪽으로 가 버렸다. 조심스레 강의실 안을 들여다보니 미사키 선생님이 아무 일도 없었다는 듯이 악보를 보고 있었다.

"아아, 기도 씨. 무슨 일이지?"

"선생님이야말로…… 괜찮으세요?"

"으음, 역시 들렸나 보군. 하긴, 목소리가 웬만큼 커야 말이지. 저 정도면 피아노만 시키기에는 아깝군. 성악을 시켜도 꽤 재미있을 것 같은데."

"왜 저렇게 화가 난 거예요?"

"아사히나 피아노 콩쿠르에서 우승을 놓쳤거든. 분노의 화살을 어디로 향해야 할지 몰랐던 거야. 그래도 내게 분풀이해서 마음이 풀렸으면 된 거지."

"선생님 마음은 불편하시잖아요."

"아니, 전혀. 시모스와 씨의 비난은 대체로 빗나가서 내 몸에 스치지도 않았어. 그러니 실질적인 손해는 없는 셈이지."

그렇게 말하고 미사키 선생님이 다시 시선을 떨군 것은 라흐마니노프 〈피아노 협주곡 제2번〉 악보였다.

"선생님, 그 곡을 왜 보시는 거예요?"

"나도 라흐마니노프를 좋아하거든, 이라는 대답으로는 부족하려나? 그런데 사실이야. 실은 임시 강사 제안이 들어왔을 때 두말없이 승낙한 건 여기 학장님이 라흐마니노프 연주자로 유명한 쓰게 아키라였기 때문이지. 현대 피아니스트 중에 그의 라흐마니노프를 무시할 자는 아무도 없어. 만약 작곡자 본인이 그 연주를 들었다면 분명히 기립 박수를 쳤을 거다."

아무런 계산도 없이 칭찬을 아끼지 않는 천진한 표정은 그야말로 평범한 팬의 얼굴이었다. 그것을 바라보는 사이 나는 계책을 궁리해 냈다.

"미사키 선생님. 사흘 전에 악기 보관실에서 첼로가 없어진 사건은 아세요?"

"아, 들었어. 스가키야 교수가 조사 위원회를 설립해서 애쓰는 모양이던데."

"그거, 선생님은 어떻게 생각하세요?"

"어떻게, 라니? 으음, 조사 위원회 발족에 대해서는 몰라도 개인적으로는 경찰에 맡겨야 한다고 생각하는데. 다름 아닌 스트라디바리우스니까. 단순한 악기가 아니라 문화유산이지 않나."

"사건의 개요는 들으셨어요?"

"나는 그냥 임시 강사일 뿐이야. 이사회나 교수회와 인연이 없는 홀가분한 신분이지."

"마침 잘됐어요. 지금 저랑 함께 가 주세요."

"뭐? 자, 잠깐."

"어서요! 빨리 가야 해요."

나는 미사키 선생님의 팔을 붙잡고 약간 억지로 의자에서 일으켜 세웠다. 손바닥을 세게 잡거나 거칠게 다루지 않는 것은 같은 연주자로서 최소한의 배려라고 생각했으면 좋겠다. 그러고 보니 미사키 선생님도 뭔가 들고 있을 때 외에는 항상 팔짱을 낀다거나 손을 주머니에 찔러 넣어서 손바닥을 보호한다.

"그런데, 왜 내가 같이 가야 하지?"

"학생이 곤경에 처해 있을 때 조언하는 것이 교육자의 역할이잖아요."

"자네가 곤경에 처해 있다고?"

"그 첼로를 훔친 범인이 다음으로 바이올린을 훔치지 말란 법은 없잖아요."

반은 거짓말이었다.

내게는 바이올린을 연주하는 것 말고도 특기가 하나 더 있다. 바로 사람을 보는 눈이다. 아무리 영리한 척하고 아무리 우둔한 척해도 이상하게도 나는 그 사람의 지성이 보인다. 그래서 지금껏 살아오면서 크게 실패하지 않은 것도 내 직감으로 옳다고 믿은 사람을 따랐기 때문이다. 그 직감이 지금 미사키 선생님을 끌어들이라고 신호를 보냈다.

같이 갈 테니 붙잡은 손 좀 놔 달라는 말에 나는 그제야 풀어 주었다.

"보기와는 달리 강압적이군. 그 도난 사건에 무슨 문제라도 있나?"

나는 걸으면서 사건에 대해 아는 대로 설명했다. 직접 목격한 장면은 거의 없고 하쓰네에게 들은 증언이 대부분이었지만 과장과 생략 없이 있는 그대로 털어놨다.

"오, 완전 밀실! 그것참 귀신이 곡할 노릇이군. 사건은 사흘 전이었는데, 그날부터 지금까지 현장에 발을 들인 사람은 모두 몇 명이지?"

"스가키야 교수님과 경비 회사 사람이 전부일 거예요. 해당되는 악기는 네다섯 대인데, 사건이 터진 후에는 대출 불가가 되었어요."

"요컨대 사건 현장이 그리 훼손되지 않았다는 뜻이군. 경비 체제에 바뀐 점은 없고?"

"경비원이 두 명으로 늘었어요."

"그것뿐인가? 아, 한 명은 보관실 안에 서 있겠군."

"아뇨, 둘 다 문 앞을 지키고 있어요. 안에 들어가 있다가 만에 하나라도 똑같은 사건이 일어나면 그 경비원이 의심을 받는다면서 말이에요."

그러자 미사키 선생님이 난감한 얼굴로 머리를 긁적였다.

"으음. 하긴, 어떤 사고가 생겼을 때 점검 기능을 배로 늘리는 건 누구나 떠올릴 법한 대응이긴 한데⋯⋯."

"그렇게 하면 안 되는 거예요?"

"사과는 왜 나무에서 떨어지는가."

"네?"

"바람이 세게 불었기 때문이지. 또는 나뭇가지가 약해졌거나. 그것도 틀린 건 아니지만 간접적인 원인일 뿐이지. 진짜 이유는 사과에 중력이 있기 때문이야. 이게 주원인이지. 그러니 나뭇가지에 버팀목을 받치든 바람막이를 세우든 떨어질 때가 되면 떨어질 수밖에. 근본적인 해결책은 될 수 없어. 이 경우에 효과적인 건 중력을 차단할 수는 없으니 사과가 떨어지는 것을 당연시하고 밑에 안전그물을 설치하는 거야. 무슨 말인지 알겠지?"

나는 연달아 고개를 끄덕였다.

보관실에 도착했다. 문을 사이에 두고 키가 큰 젊은 경비원 두 명이 서 있었다. 그 초로의 경비원은 다른 곳으로 배치되었을 것이다. 미사키 선생님이 직원증을 내보인 뒤 간신히 카드판독기에 갖다 대도록 허락받았다.

"청소는 하지 않은 것 같군."

"네. 교수님이 당분간 현장을 보존하라고 하셨거든요. 듣기로는 하루 종일 여기에 틀어박혀서 이것저것 조사하시나 본데요."

"아하, 벌써 홈즈 씨가 다녀간 뒤로군. 그럼 증거를 새로이 발견하기는 어렵겠는데."

나는 사건 직후에 교수가 들려준 추론과, 그것을 박살 낸 마이코의 반론을 재현했다.

"가미오 마이코 씨라면 오보에를 연주하는? 호오, 제법 논리적인 학생이었군."

"워낙 교수님의 추리가 구멍투성이였어요. 그런데 마이코의 그런 점이 부담스러워서 다들 가까이 가지 못하는 것도 사실이에요."

"참으로 안타깝군. 감정보다 논리를, 감언이설보다 쓴소리를 해 주는 친구가 귀한 법인데. 그나저나 여기는 보면 볼수록 완벽한 밀실이군. 경비원이 말한 금고라는 말은 정확한 표현이야."

미사키 선생님은 잠시 천장과 벽을 둘러본 뒤 이윽고 문제의 첼로가 놓여 있던 장소로 걸음을 옮겼다. 가슴 높이쯤 되는 진열대에 그곳만 텅 비어 있었다. 그 빈 곳을 지켜보고 있자니 내 가슴에도 구멍이 뻥 뚫릴 것만 같았다.

"안타깝게도 실내에는 감시 카메라를 설치하지 않았다고 해요. 그것만 있었어도 이런 사건은 일어나지 않았을 텐데 말이에요."

"글쎄, 과연 그럴까? 아까 사과 이야기는 아니지만 아무리 경비를 철저히 하고 방범 설비를 갖추어도 결코 안전하다는 보장은 없어. 훔치려는 의지가 존재하는 이상 그 사람은 어떻게든 머리를 짜서 방범 체제의 망을 빠져 나가려 하겠지."

미사키 선생님이 자세를 낮추고 리놀륨 바닥을 이리저리

살펴봤다.

나는 순간 숨을 헉 삼켰다. 그의 눈빛이 냉철한 과학자의 눈빛으로 변해 있었기 때문이다. 평소의 온화함이라고는 털 끝만큼도 없었다.

이 사람, 대체 정체가 뭘까.

잠시 후.

선생님이 진열장 바로 밑에서 긴 손가락으로 작은 조각을 천천히 꺼내 들었다. 손톱 끝부분 크기의 반투명하고 납작한 조각. 들쭉날쭉한 모양으로 일부만 뿌옇게 되어 있다.

"진열장 바로 밑은 사각지대라 교수님도 못 보셨나 보군."

"그게 뭐예요?"

미사키 선생님은 내 질문에는 대답하지 않고 잠시 그 조각을 응시했다. 이윽고 작게 고개를 끄덕이더니 손수건으로 조각을 소중히 감쌌다.

"선생님?"

미사키 선생님은 말없이 계속 움직였다. 바닥을 보면서 우선 진열장과 수평으로 걸음을 옮기고 끝까지 갔다가 30센티미터쯤 옆으로 비켜서 돌아왔다. 이렇게 다섯 번쯤 되풀이한 뒤 이번에는 수직으로 똑같은 행동을 되풀이했다. 요컨대 바둑판 눈을 정확하게 그리듯이 바닥에 선을 그리며 걸었다.

이윽고 어느 지점에서 멈추고 등을 폈을 때 선생님의 손수건에는 똑같은 조각이 두 개 더 담겨 있었다. 모양과 크기는 제각각이었다.

"사건 이튿날 교수님이 들려준 상상이 가미된 추론 말이야. 가미오 씨는 대수롭지 않게 웃어넘긴 모양인데 나는 제법 흥미롭게 들었어."

"네? 설마 그 터무니없는 추리를 전부 믿으신다고요?"

"터무니없다니, 말이 심하군. 콘트라베이스 케이스에 사람을 숨기고, 문 뒤에 숨었다가 발견자의 사각지대에 들어간다……. 듣고 보니 옛날에 그런 트릭의 추리소설을 읽은 것 같은데. 교수님이 동서고금의 미스터리에 정통하신가 보군."

"옛날에 형사가 되고 싶었다고 하시던데요. 교수님 아버지가 아이치 현경 부본부장이래요."

"오호! ……그렇군. 하지만 결국 음악의 길을 선택하셨군."

"아뇨, 지금도 미련이 꽤 많아 보였어요."

그렇게 대답하자 미사키 선생님이 순간 믿기지 않는다는 표정을 하고 생각에 잠겼다.

"으음……으음, 그렇군. 당연히 그런 성향이 있을 테지. 이거 고마운데. 하마터면 시야가 좁아질 뻔했어."

"저, 무슨 말씀이세요?"

"아니, 미안. 개인적인 건데……. 자, 그럼 이제 그만 나갈까? 너무 오래 있으면 경비원이 괜한 의심을 할지도 모르니."

"벌써…… 다 살펴보신 거예요?"

"그래, 이제 됐어."

"아직 10분도 안 됐는데요? 스가키야 교수님은 한나절은 틀어박혀 계셨대요."

"워낙 범죄 조사를 좋아하시니. 하지만 교수님이 열심히 살펴보신 후라면 내가 새로 뭔가를 발견할 확률은 절망적일 정도지. 이것 봐, 겨우 이 조그만 조각을 찾아냈을 뿐이잖나."

"혹시…… 뭐 알아내신 거예요?"

그러자 미사키 선생님이 나를 나무라듯 흘낏 쳐다봤다.

"성격이 급하군. 갑자기 끌고 와서는 조사하라는 둥 뭐 알아낸 거 있냐는 둥. 자네는 나를 과대평가하고 있어."

그러고는 발길을 되돌려 문으로 향했다.

하지만 나는 그 직전에 선생님의 입꼬리가 살짝 올라간 것을 놓치지 않았다. 그 입모양을 몇 번인가 본 적이 있다. 진실을 알면서도 '즐거움은 마지막 순간까지 남겨 두는 거라고' 하고 상대를 애태울 때 짓는 심술궂은 모양이다.

도대체 방금 몇 분 동안, 그리고 그 반투명한 조각에서 뭘 알아낸 걸까.

뭐라 말할 수 없는 두려움과 기대감에 호기심이 폭발할 것 같았다. 나는 기필코 캐물을 작정으로 보관실을 나온 미사키 선생님의 뒤를 따라갔다.

"선생님" 하고 불러 세우려던 그때 다른 목소리가 겹치면서 내 목소리가 지워졌다.

"미사키 선생님! 여기 계셨습니까." 반대쪽에서 스가키야 교수가 나타났다. 숨을 헐떡이는 것으로 보아 미사키 선생님을 찾아 뛰어다닌 것 같다. "선생님, 보관실에?"

"네, 실은."

"아니, 지금은 그게 중요한 게 아닙니다. 좀 들어 주셨으면 하는 이야기가 있습니다."

"저한테요? 그런데 지금은 학생과 함께."

"아니, 안 됩니다. 이 일을 최우선해야 합니다. 가장 중요한 안건이며 몹시 급합니다. 아, 자네, 미안한데 나중에 다시 오도록. 미사키 선생님한테 지금 급한 용무가 생겼으니."

말이 끝나기가 무섭게 교수는 미사키 선생님의 팔을 꽉 붙들고 방금 왔던 복도를 되돌아가려 했다. 당황한 미사키 선생님이 자리에 버티고 섰다.

"교수님, 잠깐만요. 이야기가 길어질 것 같나요?"

"네. 심각하고도 중요한 내용이니까요."

"큰일이군요. 이제 곧 안 그래도 얼마 없는 제 강의 시간이거든요."

"그런……." 그런 건 아무래도 상관없다, 고 말하려 했겠지만 뒷말은 겨우 삼킨 듯하다. "……그렇게 성실히 하지 않아도 될 텐데요. 음악학 강의라면 다나하시 선생님도 계시잖습니까."

"다나하시 선생님은 오늘 쉽니다. 공교롭게도 벤치에는 저밖에 안 남았고요. 지금 4단원 진도가 늦어지고 있는데, 이번

달 안에 진도를 나가지 않으면 1학기 이수 학점이 위태로워지니 서둘러 달라고 말한 사람은 교수님입니다."

으음, 하고 교수가 미간에 주름을 잡았다.

"……강의까지 몇 분이나?"

"길게 잡아도 5분입니다."

"하는 수 없군. 그럼 간략히 설명하지요. 그런데 여기서는……."

교수가 주변을 두리번거리더니 쭉 늘어선 강의실을 차례로 들여다봤지만 안에는 이미 사람이 있었다. 은밀한 이야기를 할 만한 강의실을 찾지 못하자 나를 흘낏흘낏 쳐다보며 대놓고 방해꾼 취급을 했다. 흥. 그렇다면 오기로라도 물러나 줄 수 없지.

"교수님, 이제 슬슬." 미사키 선생님이 말하자 교수가 대뜸 선생님의 팔을 잡아당기며 눈앞의 남자 화장실로 뛰어 들어갔다.

"자네는 가게!" 하는 말이 날아들었다.

제길. 화장실 칸막이 안으로 들어간 것이 틀림없다. 지금 뻔뻔스럽게 따라가면 쫓겨날 것이 분명하다.

그래도 방법이 없지는 않다. 나는 사람이 없기를 바라며 몰래 옆의 여자 화장실로 들어갔다. 이 건물은 레슨실에는 방음 설비가 완비된 반면, 다른 곳은 벽이 몹시 얇아 화장실에서 나누는 대화가 벽 하나를 사이에 둔 옆 화장실로 새어 나온다. 이 사실을 2층에 있는 훌륭한 직원용 화장실만 사용하는 교수들은 알 턱이 없다.

수업 직전이라 그런지 여자 화장실에는 아무도 없었다. 좋아, 운이 좋은데! 이런 데서 엿듣는 모습을 들키기라도 하면 그야말로 변태 취급을 받아도 해명할 여지가 없다.

벽에 달라붙자 두 사람의 대화 소리가 들렸다.

"그렇게 시급한 일인가요?"

"중대사라고 해도 과언이 아닙니다. 미사키 선생님은 우리 대학과 자매결연을 맺은 일리노이 주립 의과대학을 아십니까?"

"네. 이름은 압니다. 지금 학장님의 취임 직후 음악요법 분야에서 그 대학과 공동 연구를 한 것을 계기로 자매결연을 맺었다고 들었지요."

"네, 맞습니다. 그런데 그저께 그 대학 직원이 대마를 훔친 혐의로 체포되었습니다. 시설 내의 약품 창고에 보관된 것을 대량으로 훔쳐서 인터넷을 통해 대학 외부의 제삼자에게 팔아먹었다고 하더군요……. 그건 그렇다 쳐도 대학에서 왜 대마를 보관하고 있었을까요?"

"미국 일부나 캐나다, 이스라엘 등에서는 의료 목적으로 대마, 즉 마리화나 사용이 허가되어 있습니다. 말기 에이즈 환자의 식욕 증진이나 암 환자의 고통 완화를 위해 연구도 활발히 진행 중이고, 일반 대마와는 구별해 의료용 대마라고 불리지요."

"그렇……습니까."

"그런데 일리노이 의대의 불상사가 왜 중대사인가요? 자매교라 해도 직접 관계는 없을 텐데요."

"경찰이 그 직원의 신병을 구속하고 대학 및 자택을 수색한 결과 컴퓨터에서 고객 명부가 나왔습니다. 그런데……그런데 그 명부에 우리 아이치 음대의 관계자가 있었다고 하더군요!"

나는 하마터면 소리를 지를 뻔했다.

"여기 관계자가요? 그렇다는 건 이름까지는 밝혀지지 않았나 보군요."

"고객 명부에 이름이 암호화되어 있었나 본데, 송부처 하나가 여기 주소였나봅니다."

"즉 누군가가 메일로 발주하고 교내에서 받았을 가능성이 크군요."

"네, 그렇습니다."

"그런데 미국에서 발송한 우편물이면 눈에 띄지 않을까요? 수신자 이름도 그렇고요."

"아뇨, 일리노이 의대뿐만 아니라 외국인 교수 초빙이나 유학 알선에 관한 정보 제공 때문에 항공우편이 하루에도 몇 통씩 도착합니다. 이메일은 더 방대하지요. 그리고 현물로 도착하는 우편물을 일일이 체크하고 기록하지 않는 것이 현재 상황입니다."

"그럼 수취인을 쉽게 확정할 수 없다, 이거군요. 묻겠습니다만, 저쪽 대학과 교류하는 사람은 직원뿐인가요?"

"아뇨…… 오랜 관계로 교직원뿐만 아니라 학생들끼리 개인적인 교류도 자주 해 왔던 모양입니다. 메일 교환만 해도 양이 얼마나 될지 가늠도 안 됩니다."

"그렇겠군요. 누군지 몰라도 확실한 입수 방법을 생각해 냈군요. 대학에서 사용하는 의료용 대마라면 순도도 높고 공급도 안정적이겠지요. 상대도 같은 대학 관계자이니 밀고당할 염려도 적고. 길거리 불량 외국인에게 고가에 구입하는 것보다 훨씬 안전하고 저렴하기까지 하지요."

"공급이 안정적이라고요?"

"치료용으로 제공되는 양이 일정하거든요. 대마에는 진통 작용과 침정 작용도 있어서, 예를 들어 미국에서는 만성 통증 환자의 약 10퍼센트가 치료에 대마를 사용한다고 합니다. 부작용이 적고 제조도 다른 약제에 비해 용이한 데다 저렴하니까요."

"아무리 그래도 마약이지 않습니까."

"윤리보다 실리를 중시하는 것이겠지요. 아직 치료제가 개발되지 않은 특정 질환이나 난치병에도 효과가 인정되고 있으니 반드시 범죄행위라고만 할 수는 없습니다. 약효 성분인 아라키도노일글리세롤이라는 물질은 비만 치료에도 효과적인 것으로 알려졌지요. 비만 대국인 미국에서 수요가 있는 것도 당연할지도 모르겠군요."

"……어떻게 그리 자세히 아십니까?"

"지인 중에 특정 질환을 앓는 사람이 있거든요. 그 사람도 교수입니다. 그런데 그 이야기가 어쩌다 학교 측에 알려진 건가요? 경찰청을 통해 들었다 해도 현재 수사 중인 사건을 해당 대학에 알렸을 리는 없는데요."

"학교 측은 아직 모릅니다. 이건 미사키 선생님에게만 알려 드리는 정보입니다."

미사키 선생님은 잠시 입을 다물었다.

"내가 어떻게 알고 있는지 왜 묻지 않으십니까?"

"교수님이 그 질문을 반기지 않으실 테니까요."

"네, 맞습니다. 이미 어디서 들으셨겠지만, 제 아버지가 아이치 현경의 부본부장입니다. 이번 일은 짐작하신 대로 경찰청 경유로 아이치 현경에 조회가 있었습니다. 아마도 머지않아 현경, 혹은 관할인 나카 경찰서에서 수사하러 올 겁니다. 그런데 가능하면 먼저 범인을 특정한 상태에서 자수를 권하자고, 아버지가 그러시더군요. 원래 용서받을 수 없는 행위이지만, 교내에 있는 내 입장을 배려하신 겁니다. 지금 이 시점에 교내에서 체포자가 나오면 학교 이미지가 나빠지는 건 물론, 경찰 관계자의 가족인 내 입장도 미묘해집니다. 하지만 범인이 출두해서 자수하면 영향도 최소한으로 줄일 수 있겠지요."

이 시점, 이라는 말에는 나도 고개가 절로 끄덕여졌다. 올해 들어 대학생이 일으킨 마약 사건이 잇달아 발생하고 있어 해당 대학에서는 문제를 수습하고 해결책을 마련하느라 고생이 이만저만이 아니다. 도쿄, 오사카, 요코하마, 후쿠오카. 평소 대학 자치권을 주장하고 경찰 권력의 개입을 꺼려하던 대학일수록 사건 발각 후 대처 방식에 대해 호되게 비난을 받았다. 해고당한 책임자와 여기저기 머리를 조아려 사과한 사람은 백 명, 2백 명의 규모가 아니라고 한다. 저출산으로 예비 학생 수의 감소와 불경기의 장기화를 생각하면 불상사가 일어날수록 입학 지망생 수가 줄어든다. 따라서 우리 학교도 학생의 불상사에 신경을 곤두세우는 것이다.

"사정은 알겠습니다. 그런데 왜 기밀 사항을 임시 강사인 저한테 알려 주시는 건가요? 결정권을 가진, 예를 들어 학장님께 상담하는 게 최선일 것 같은데요."

"아, 실은 나도 그렇게 생각합니다만…… 이상하게도 아버지가 미사키 선생님을 지목하셨거든요. 너희 대학에 미사키 요스케라는 남자가 있을 테니 그에게 도움을 요청하라고……. 저, 선생님도 경찰 관계자 중에 지인이 있습니까?"

흥미진진한 전개에 나는 귀를 쫑긋거렸지만 선생님의 대답은 결국 들리지 않았다.

"제가 도움이 될지 자신이 없군요. 저에게 시간을 좀 주시겠습니까?"

"네? 아, 그럼요, 물론입니다. 워낙 갑작스럽게 말씀드렸으니. 모쪼록 다른 선생님에게는 비밀로."

"알겠습니다. 그럼 교수님, 시간이 다 되어서 이만……."

"오오, 그래요, 그렇지요. 붙잡아서 미안했습니다. 그럼 잘 부탁합니다."

어느새 벌써 부탁한 것이 되어 있었다. 뻔뻔스럽다고 해야 할지 교활하다고 해야 할지, 분명히 스가키야 교수는 저런 교묘한 화술을 반복해서 지금의 지위를 차지했을 것이다.

자, 들어야 할 것은 다 들었다. 이제 나갈 타이밍이다 싶은 순간, 선수를 빼앗겼다.

"기도 군, 이제 나오도록. 근처에 있는 거 다 알아."

나는 장난을 치다 들킨 아이처럼 목을 움츠리고 복도로 나왔다. 미사키 선생님이 어이없어 하는 표정으로 서 있었다.

"어떻게 아셨어요?"

"연주가의 귀를 얕보면 큰코다친다고. 발소리로 알았지. 자네는 발을 끌 듯이 걷는 특징이 있거든."

개가 따로 없네, 하고 감탄하자 그가 내 눈앞에 집게손가락을 세웠다.

"말 안 해도 알겠지만, 절대 남에게 누설하지 말 것. 이 일이 밝혀지면."

"학교가 발칵 뒤집히겠죠."

"아니, 그런 게 아니라. 안 그래도 첼로 도난 사건 때문에 동요하고 있는 멤버들을 더 불안하게 할 테니."

"네? 그걸 걱정하시는 거예요?"

"어쨌든 지금 자네한테 중요한 건 콘서트마스터로서 오케스트라를 화합시키는 일이지, 첼로가 어떻게 사라졌고 누가 마약 거래에 손을 댔는지가 아닐 텐데."

"둘 다 명백한 범죄잖아요."

미사키 선생님이 갑자기 난감한 표정을 지었다. 마치 내가 상처받을 말을 할까 말까 망설이는 듯한 표정이다.

"무엇이 범죄고 무엇이 범죄가 아닌가. 그 죄는 무거운가 가벼운가. 법률 조문이야 어쨌든 실제로 그걸 정하는 건 간단하지 않아."

도대체 무슨 말을 하려는지 생각하는데 미사키 선생님이 문득 표정을 누그러뜨렸다.

"자네에게는 자네만의 우선순위가 있다는 뜻이야. 정기 연주회 말고도 주어진 과제가 있을 텐데. 지금 주어진 과제가 뭐지?"

"어…… 차이콥스키의 바이올린 협주곡이요."

"호오, 제법 규모가 큰 곡이군. 그럼 더욱 경찰 수사 같은 데 정신이 팔릴 여유가 없을 텐데. 밀실과 대마는 잠시 잊고 바이올린 연습을 하도록. 그게 자네 일이야. 알겠나?"

"하쓰네 씨는 마리화나를 어떻게 생각해?"

레슨이 끝난 뒤 들른 카페에서 나는 이렇게 말을 꺼냈다. 미사키 선생님이 입단속을 시켰지만 일반적인 이야기라면 상관없을 테고 하쓰네의 의견도 궁금했다.

"어떻게라니, 뭐가?"

"왜, 요즘 대학생이 마약 소지로 많이 붙잡히잖아. 가수랑 연예인은 신문에 안 나오는 달이 없고. 오늘 어떤 사람한테 들었는데, 미국에서는 마리화나가 합법이라며? 장소에 따라서 범죄가 될 수도 아닐 수도 있는 행위가 정말 죄일까 하는 의문이 들어서. 게다가 음악과 마리화나는 옛날부터 떼려야 뗄 수 없는 인연이고. 유명한 일화로, 비틀즈 멤버들도 마약을 즐겨하던 시기가 있어서 〈Lucy in the Sky with Diamonds〉의 머리글자를 연결하면 LSD*가 되잖아."

"미국이 마리화나를 합법으로 인정한 건 아니야. 단지 합법으로 하는 주가 있을 뿐이지. 그래도, 하긴……. 좋고 나쁨을 떠나서 불쌍하다는 생각이 들어."

"불쌍하다고?"

"마약을 복용하지 않으면 작곡하지 못하고, 마약이 없으면 남들하고 어울리지 못하다니. 마약이든 담배든 술이든 다 그렇지만, 그게 없으면 평범하게 있을 수 없다는 건 일종의 의

---

* 강력한 환각제의 일종.

존중이야. 어엿한 질병이지."

"질병이니까 어쩔 수 없다는 거네."

"응. 그리고 난 마약이 음악적 재능에 영향을 준다는 것에 회의적이야. 복용하는 본인도 그럴걸."

"본인이 효능을 믿지 않는다고?"

"아마 불안해서일 거야. 자신의 재능에 대해, 그리고 세상의 평가에 대해. 불안해서 미칠 것 같으니까 그 순간을 모면하려고 마약의 힘을 빌리는 거지. 잠깐만이라도 좋으니 자신이 전능하다고, 음악의 천재라고 믿고 싶은 거야. 그런데 마리화나를 피우면 반드시 걸작을 쓸 수 있다고 생각하다니, 내가 보기에 그건 망상이나 착각이야. 애초에 약에 의지하지 않고서는 창작을 하지 못하다니, 보통 이하잖아. 게다가."

"게다가?"

"모차르트와 베토벤은 약 없이도 명곡을 만들었어."

그 말이 맞을 것이다. 옛날에는 마리화나와 LSD가 존재하지 않았다.

"아키라. 음악의 신을 믿는다고 했지?"

"응."

"그럼 신에게 가까이 가려면 뭐가 필요할까? 신앙심과 충성심이잖아. 그것만 있으면 신은 반드시 나를 돌아봐 줘. 신과의 대화에 비술秘術이나 묘약을 쓰다니, 결국 부정한 종교인 사이비 또는 미신밖에 더해?"

나는 잠시 그 말을 되새기고 나서 고개를 끄덕였다.

"진지하고 케케묵은 의견은 마음에 안 드나 봐?"

"옛날 어머니 말씀이 생각나서."

"뭐라고 하셨는데?"

"새로운 식재료는 금방 질린다."

"무슨 뜻이야?"

"진기한 식재료나 처음 접한 사고방식은 얼마간은 즐길 수 있어. 그런데 오랜 시간을 거쳐 잘 다듬어진 것이 아니기 때문에 그 나름의 아린 맛이나 미숙함이 있어서 오래도록 사랑받지는 못한대. 결국 옛날부터 사용해 온 식재료나 어르신의 설교가 소중히 여겨지곤 하지."

"지당하신 말씀이네. 할아버지 밑에서 자란 나로서는 고개가 절로 끄덕여지는 이야기야. 아키라, 그동안 물어본 적이 없었는데, 어머니는 어떤 분이셨어?"

"으음……."

어머니와의 추억. 남이 들었을 때 흐뭇해할 만한 이야기만 있는 것은 아니다. 하쓰네를 남 취급하기가 망설여졌지만 그래도 가려내기는 해야 할 것이다. 하쓰네가 아버지 이야기를 봉인한 것처럼.

이것저것 생각한 끝에 하쓰네에게 손바닥을 내밀었다.

"여기."

"응?"

"보다시피 손끝으로 갈수록 굵고 각지고 못생긴 손가락인데, 얼마 전에 미사키 선생님이 그러시더라. 열심히 연습하는, 연주자의 아름다운 손이라고."

"맞아. 할아버지 손도 똑같아."

"어머니 손은 나하고는 완전히 다른 아름다운 손이었어. 손가락이 인형처럼 가늘고 매끄러웠는데. 어머니 이름은 미유키야. 학창 시절에는 나처럼 바이올린을 연주하셨대. 프로를 꿈꾸기도 하셨는데, 도토 필하모니에 들어간 지 얼마 지나지 않아 나를 임신하셨지. 아버지 호적에 올리지 않은 걸로 보아 난 사생아였나 봐. 날 키우려면 바이올린을 계속할 수가 없어서 악단을 그만두고, 전통 여관을 운영하는 친정으로 돌아와서 여관 일을 배우셨어."

"……어디 여관?"

"기후현 오쿠히다에 있는 촌스러운 여관이야. 너무 촌스러워서 요즘에는 손님도 없고 운영도 어려워. 친정으로 돌아온 어머니는 여관 일에 전념하셨어. 대대로 물려 내려온 여관이 아니라 일손도 부족하고 운영도 불안정했지. 아무리 여관 딸이라 해도 특별대우를 받을 만한 상황이 아니었나 봐. 아침부터 밤늦게까지 일만 하셨는데, 내 기억 속에 있는 어머니는 주방에서, 객실에서, 복도에서 바지런히 일하는 모습뿐이야. 나는 밥도 늘 혼자 먹고 잘 때도 혼자 잤어. 어머니는 내가 잠든 뒤에 이불에 들어온 다음 내가 눈뜨기 전에 나가셨지. 그래도 유일하게 함께하는 시간이 있었어. 언제였는지 알아?"

"바이올린 연습할 때?"

"정답. 일하는 시간에 짬을 내서 연습을 봐 주셨거든. 부모가 이루지 못한 꿈을 자식에게 기대하는 거…… 흔히 있는 일이라 생각하겠지만, 바이올린을 억지로 시키진 않으셨어. 내가 세 살 때였나. 16분의 1 사이즈 바이올린을 장만해 주셨는데, 처음 활을 그었더니 소리가 났나 봐. 그 후로는 짐작한 대로 날이면 날마다 연습 삼매경에 빠졌지."

"아, 그건 나도 마찬가지야. 인형 놀이보다 건반을 먼저 두드렸으니까."

"음악가 부모를 둔 아이는 다 비슷하게 크는 건가. 얼마 후 학교에 다녔는데 나는 시간 절약에, 어머니는 생활비 절약에 힘쓰는 나날이었어."

나는 이야기를 하면서 그 무렵 일을 머릿속에 떠올렸다. 하루 중 얼마 안 되는 시간이었지만 단 한 명의 청중인 어머니와 함께한 음악의 시간은 더없이 행복했다. 내가 활을 긋고 있을 때만큼은 여관 일에 쫓기는 나날도 사생아라며 책잡히는 하루하루도 견딜 수 있었다.

"연습 시간에만 어머니를 독차지할 수 있었어. 우리 모자가 공유한 유일한 시간이었지."

하쓰네가 시선을 떨구었다. 아버지인 료헤이 씨와의 일을 돌이켜 보는 것이리라.

"그런데 분수 바이올린은 여러 번 교환해 줘야 하잖아. 어머니가 아무리 친정에 의지한다 해도 편모가정의 경제력으로 비싼 악기를 계속 사는 건 큰 부담이었어. 그래서 악기를 바꿀 때마다 다른 학용품은 당분간 사지 못했지. 아비 없는 아이를 홀로 키우는 형편에 분수에 맞지 않게 악기까지 사면 눈치가 보이게 마련이거든. 그래서 더 악착같이 일했는데 결국 과로로 일찍 돌아가셨어. 나 때문에 너무 고생만 하신 것 같아서 지금도 죄송스러워."

"그렇지 않아." 하쓰네가 고개를 숙인 채 중얼거렸다. "아키라의 어머니, 그래도 행복하셨을 거야."

"몸서리치도록 현실적인 이야기지. 돈이 없다는 건 엄연히 불행한 일이야."

"나도 알아. 그런데 부모와 자식이 연결되었다는 것만으로 엄연히 행복한 일이야. 우리 아버지는……."

뒷말을 기다렸지만 끝내 하쓰네는 이어서 말하지 않았다. 이루마가 알려 준 쓰게 일가에 관한 이야기가 대부분 사실인 듯하다.

"연결이 족쇄가 될 때도 있어."

그 말을 듣고 하쓰네는 배신당한 듯한 얼굴을 하고 입을 다물었다.

3

7월 하순에 들어서도 오케스트라는 도무지 나아질 기미가 보이지 않았다.

내가 콘서트마스터로서 부족한 점도 있지만 그 이전에 멤버끼리 전혀 어우러지지 않았다. 이유 중 하나는 저마다 역량의 차이가 너무 커서였다. 예를 들어 첼로의 경우, 하쓰네의 기량이 특출해 나머지 다섯 명을 따돌릴 정도였다. 여전히 유다이는 트럼펫으로 모두의 발목을 붙잡는 바람에 주위에서 싸늘한 눈초리를 받고 있었다.

두 번째 이유는 지휘자인 에조에 부교수의 언동이다. 무조건 학생을 압박하기만 하면 시키는 대로 할 거라 생각하는 걸까. 뭐가 그리 마음에 안 드는지 입만 열면 핀잔에 비아냥대는 것도 모자라 욕설까지 퍼부었다. 그로 인한 모멸감은 고스란히 연주에 반영되었다. 나중에 마이코에게 들은 설명에 따르면 반反학장파인 에조에는 학장의 피아노 협주곡이 성공리에 끝나는 것을 원치 않는 모양이다. 가급적 지휘자인 자신과 상관없는 부분에서 일을 그르치기를 바라마지 않는다고 한다. 한편 에조에는 피아노 협주곡에 앞서 공연되는 비르투오소과의 발표회 준비에 여념이 없다. 참여하기로 결정된 멤버들을 그야말로 가려운 데를 긁어 주듯이 세심하게 지도하고 있다. 즉 정기 연주회 자리에서 자신의 지도력을 과시하기 위해 학장이 뽑은 오케스트라에는 힘을 보태지 않으려는 속셈이다. 잔머리도 이렇게까지 굴리면 되레 참신할 지경이다.

그리고 세 번째는 오케스트라 전체에 떠도는 형용할 수 없는 불신감이다. 스트라디바리우스 첼로 도난 사건은 함구령이 내려졌음에도 지금은 거의 모든 멤버들이 자세한 내막을 알고 있다. 그리고 대체로 '대학 관계자가 범인'이라는 결론을 내렸다. 동기가 금전적인 것인지 정기 공연을 방해하는 것인지는 접어놓더라도 어쨌든 범인이 바로 옆에 앉아 있는 사람일지도 모른다고 의심하다 보니 불안하고 섬뜩한 기분에 사로잡힌 것이다. 그로 인한 불쾌감은 연주할 때의 손가락을 둔하게 만들기에 충분했다.

"그마아아아안!"

그날 22번째 질책은 내게 날아들었다.

"야, 콘서트마스터. 방금 한껏 빗나간 건 일부러 음악적 연출을 한 건가? 아니면 이 협주곡에 대한 새로운 해석인가?"

"죄송합니다……."

"그 실력으로 용케 콘서트마스터를 맡았네. 널 뽑은 학장 이하 심사위원들이 훌륭한 혜안을 가졌나 보구나. 2주간이나 옆에서 지휘를 한 나조차 전혀 감지하지 못한 재능을 겨우 10분 만에 간파했으니 말이야. 이야, 대단하다, 대단해!"

그렇게 내뱉고는 곧장 레슨실을 나가 버렸다. 물론 이런 식으로 나가서 모두의 비난이 내게 쏟아질 것을 이미 계산했을 터였다. 그 꿍꿍이가 반은 통했다.

"왜 그래? 너답지 않은 실수였잖아." 하쓰네가 속삭이듯 물었다.

"그런가? 그럼 하쓰네 씨가 제1악장 마지막에 늦게 나온 건 어떤 부류의 실수인데?"

"……지금 시비 거는 거야?"

"미안, 말실수했어. 방금 그 말 잊어 줘."

"무슨 일 있어?"

"당연히 무슨 일 있지." 옆에서 유다이가 끼어들었다. "아가씨는 이 껄끄러운 분위기가 안 느껴져? 다들 가시복 같은 상태로 옆 녀석한테 닿을락 말락 한 거리에 있잖아. 옆에 있는 녀석이 범인일지도 모르는데, 신경 쓰여서 연주에 집중할 수나 있겠냐?"

이때만큼 이 단세포의 목을 조르고 싶은 충동을 느낀 적이 없었다.

말은 형태가 없는 애매한 것을 실체화한다. 모두가 공통적으로 품고 있던 불안은 입 밖으로 나오는 순간 증폭된다.

우려한 대로 멤버 몇몇이 상처가 건드려진 듯한 얼굴로 유다이를 노려봤다.

그리고 트럼펫 담당인 시노하라가 먼저 입을 열었다.

"유다이, 네가 할 소린 아닌데?"

"무슨 뜻이야?"

"범인의 목적이 연주회를 중지시키는 것이라면 네가 가장 유력한 용의자라는 뜻이야. 그 실력으로는 죽어도 연주회에 나가기 싫을 거 아냐."

"뭐라고?"

"오, 정곡을 찔러서 열 받았나 본데."

"터진 입이라고 막말하냐?"

"당연하지. 옆에서 말도 안 되게 독창적인 네 악절을 듣느라 머리가 깨지는 줄 알았거든. 이렇게라도 해서 풀지 않으면 도저히 못 해 먹는다고."

시노하라가 독설을 내뱉자 유다이가 가까이 가서 그의 멱살을 잡았다. 이럴 때 중재하는 것도 콘서트마스터의 역할이려니 싶어 나는 속으로 한숨을 푹푹 쉬면서 두 사람 사이에 끼어들었다.

"둘 다 그만둬. 고등학생도 아니고 뭐 하는 짓이야."

"네가 뭔데 나서!"

느닷없이 날아든 유다이의 왼쪽 팔꿈치가 내 뺨을 가격했다. 무방비했던 나는 뒤로 벌렁 나가떨어졌다.

그것을 보고 비명을 지른 사람은 하쓰네가 아니라 유키였다. 여자의 비명이 들리면 싸움을 말려야 한다는 행동 원리가 작용했는지 남학생 몇몇이 유다이와 시노하라를 뜯어말리기 시작했다. 눈물로 뿌예진 시야 속에 여전히 씩씩대며

쏘아보는 두 사람의 모습이 들어왔다. 여학생들 중에는 멀찍이 서서 지켜보거나 악기를 품에 안고 안절부절못하며 왔다 갔다 하는 아이도 있었다.

시노하라의 입에서 나온 '풀어야 한다'는 표현은 정확했다. 다들 유다이의 독특한 성격을 알기 때문에 평소 같았으면 티격태격하다가도 금방 화해하고 헤헤거렸을 것이다. 그런데 너무 쉽게 불이 붙은 것은 오갈 데 없는 모두의 시의심이 터지기 직전까지 꾹꾹 억눌려 있었기 때문이다.

심상치 않은 분위기가 맴도는 가운데 누군가 불이 이글이글 거리는 숯덩이에 물을 끼얹는 발언을 했다.

"이제 그만 좀 하지? 초등학생 수준의 논리로 무슨 언쟁을 한다고 그래?"

"자, 잠깐, 마이코. 초등학생 수준이라니, 말이 너무 심하잖아." 시노하라가 항의하려 했으나 마이코는 그를 거들떠보지도 않았다.

"너희 둘 다 가능성만 생각해서 그래. 가능성만 따지면 1퍼센트도 가능성에 해당하잖아. 그런데 실제로 1퍼센트는 마땅히 무시해야 할 수치라고."

"그, 그야 뭐."

"범죄도 일종의 경제활동이야. 위험을 무릅쓴 투자, 범죄를 성공했을 때 얻는 이익. 그렇게 생각하면 고작 한 음대의 정기 공연을 중지시키려고 시가 2억 엔의 스트라디바리우스를 훔치다니, 고위험 저수익이 따로 없잖아. 따라서 동기로서 가능성은 있어도 실제 문제로서는 무시해야 한다고."

절로 고개가 끄덕여지는 논리 전개에 박수라도 보낼까 싶은 순간 자리를 비웠던 멤버 중 한 명이 허둥지둥 돌아왔다.

"얘들아, 또야!"

"뭐가?"

"이번에는 학장님 피아노가 당했어."

학장 전용의 스타인웨이제^製 대형 그랜드피아노, 통칭 쓰게 모델은 대형 홀의 무대 뒤 준비실에 보관되어 있다.

나와 하쓰네가 현장에 달려갔을 때는 이미 손님이 와 있었다. 이사회 임원과 스가키야 교수를 비롯한 교원들, 경비 회사 직원들이 울타리처럼 피아노를 에워싸고 있었다. 그리고 그 울타리에서 약간 떨어진 곳에 미사키 선생님이 있었다.

"어, 바로 왔구나. 마침 잘됐다."

"네?"

"학장님은 나오지 않으셨어. 아끼는 피아노가 끔찍하게 변한 모습을 차마 못 보시는 거겠지. 그러니 손녀인 하쓰네 씨가 말씀드렸으면 좋겠는데."

"피아노가 어떻게 되었는데요?"

"파괴되었어."

흠칫 놀란 나는 하쓰네와 울타리 안으로 비집고 들어갔다.

설마 그 튼튼한 물건을—.

어?

예상과 달리 피아노는 멀쩡해 보였다.

아니, 그렇지 않다.

뚜껑이 활짝 열려 있고 속은 물바다가 되어 있었다. 피아노 몸체에서도 물이 뚝뚝 떨어졌다. 물을 흠뻑 뒤집어썼다는 증거다. 바닥의 물웅덩이에 2리터짜리 빈 페트병 두 개가 나뒹굴고 있었다.

"이건 파괴야" 하고 미사키 선생님이 되풀이했다. 목소리에 억양은 없었지만 조용한 분노가 느껴졌다. 나는 페트병을 주워 올리다 미사키 선생님의 진지한 눈초리에 황급히 다시 내려놓았다.

"십의 7제곱 반복에 견딜 수 있는 철골. 총장력이 20톤에 달하는 피아노 현. 그 1.5배 강도를 자랑하는 프레임. 피아노만큼 견고한 악기도 없을걸. 따라서 피아노의 구조를 모르는 사람이 피아노를 파괴하려면 높은 곳에서 떨어뜨리거나 굴착기로 찌그러뜨리거나 다이너마이트로 폭파하는 방법밖에 떠오르지 않겠지. 그런데 피아노에도 약점이 있거든. 바로 수분이야. 건반이 물을 먹으면 목재 부분이 팽창해 옆 건반과 닿아 뻑뻑해져서 움직이지 않게 되지. 해머를 감싼 펠트는 원래 압축재라 이것도 물을 먹으면 마리모*처럼 부풀고."

그렇다. 피아노에는 습기가 천적이라 유지 및 관리할 때 늘 방습제를 이용한다. 이 준비실도 악기 보관실과 마찬가지로 온도와 습도가 자동 제어될 터였다.

미사키 선생님의 말은 구구절절 옳았다. 땡땡하게 부풀어 오른 건반, 기능을 상실한 해머. 이 피아노는 죽은 것이나 다름없다. 전체를 구성하는 약 8천 개의 부품을 거의 다 교환해야 하는데 그러면 수리라고 할 만한 수준을 넘은 것이다.

이는 엄연한 파괴였다.

옆에서 이야기를 듣고 있던 교수 한 명이 조심스럽게 입을 열었다.

"아무리 값어치 있는 피아노라도 학장님이 연주하신다는 전제가 있어야 하네. 쓰게 아키라의 손가락과 일체가 되었을 때 비로소 그 피아노의 가치가 생기는데, 건반의 강도와 크기까지 학장님에게 맞춘 피아노를 학장님 외에 누가 또 원하겠는가?"

이어서 경비원이 변명을 했다.

"게다가 보관실에 있는 악기와 달리 이렇게 거대한 악기를 훔치려는 패거리가 있을 줄은 생각도 못해서 경비를 허술히 하고 말았습니다. 감시 카메라도 없는 데다…… 그, 열쇠

---

*   실처럼 흩어져 있다가 굴러다니며 공 모양의 집합체를 만드는 희귀 녹조류.

가……."

말을 이어받듯이 스가키야 교수가 끼어들었다.

"지난번과 달리 이번에는 문단속이 철저하지 못했습니다. 여기 열쇠는 관리부와 학장님이 보관하고 계시는데, 어제는 학장님이 여러 번 드나드시면서 때마다 잠그지 않았던 모양입니다. 따라서 어쩔 수 없다고 해야 할지 누구를 탓할 수도 없는 노릇이지요."

아니, 명백히 학장의 잘못이다. 피해를 입은 악기가 학장의 소유물이라 책임 문제가 발생하지 않았을 뿐이다.

"걱정되는 것이 있습니다." 이런 분위기에 어울리지 않을 만큼 냉정한 그 목소리에 모두가 주목했다. 미사키 선생님이었다. "범인이 누구든 사건이 잇달아 발생했습니다. 두 가지 사건이 동일 인물에 의한 소행인지는 모르지만, 수법이 눈에 띄게 과격해졌지요. 그런데도 여러분은 경찰의 개입을 거부할 작정입니까?"

"미사키 선생님, 그건."

"앞선 사건에 비추어도 내부자 범행일 가능성이 큽니다. 여기에는 다들 동의할 텐데요. 그랜드피아노의 약점을 속속들이 알고 대단한 도구 하나 없이 피아노를 물바다로 만들지 않았습니까. 이만큼 간편하고 효과적인 파괴 방법은 없으니 이걸 생각해 낸 사람은 역시 음악 관계자이겠지요. 그렇다고 하면 범인은 보물과도 같은 악기를 철저히 파괴한 겁니다. 음악을 생활의 양식으로 삼고, 음악을 평생의 반려로 삼겠노라 결심한 사람이 연주자의 분신인 악기를 파괴한 거죠. 그 행위를 하기까지 도대체 얼마나 각오를 다졌을지 같은 음악가인 여러분은 쉽게 상상이 갑니까? 범행이 여기서 끝난다는 보장은 어디에도 없습니다. 그런데도 대학 자치권을 고집할 작정인가요?"

"하, 하지만 이사회 결정 사항이기도 하고 학장님도 승인하셨으니."

"저는 경찰에 그리 호감을 가진 편은 아니지만, 일본 경찰은 우수하다고 생각합니다. 게다가 이번 사건은 그동안 경찰이 개입하지 않은 것을 범인이 역으로 이용했다는 해석도 충분히 가능하지 않을까요?"

미사키 선생님의 주장은 흠잡을 데 없이 합당하게 들렸다. 아마 이사들과 교수들도 마찬가지였으리라. 그들은 다시 둘러 모여 나지막한 소리로 뭔가를 의논하기 시작했다.

그러자 미사키 선생님은 이미 회복 불능이 된 피아노 곁으로 다가가 건반에 손가락을 떨어뜨렸다. 힘을 실어도 건반은 꼼짝하지 않았다. 그러고는 손가락을 쭉 뻗어서 88개의 건반을 자애롭게 쓰다듬기 시작했다. 그 단정한 얼굴에는 호기심도 증오심도 아닌, 그저 안타까움이 새겨져 있었다.

그걸 본 순간 이 사람은 정말 피아노를 사랑한다는 것이 절절히 느껴졌다. 설령 타인의 피아노라 할지라도 청중의 마음을 뒤흔드는 음악을 연주한 악기에 대해 경애의 마음을 품지 않을 수가 없는 것이다.

나와 하쓰네는 뒤통수를 맞은 듯 멍하니 그 광경을 지켜봤다. 같은 음악의 세계에 사는 사람들이건만 뒷수습에 급급한 교수진과 악기의 잔해 앞에서 애도하는 미사키 선생님이 완전히 다른 인종으로 보였다.

그리고 이튿날 이사회에서 낸 결론은 '현 상태 그대로 교내의 자체 조사를 속행한다' 였다. 사상자가 나온 것도 아니며 사태가 심각해진 것도 아니라는 게 이유였다. 피아노 소유자인 쓰게 학장이 피해 신고 제출에 소극적이라는 사정도 있었다.

그러나 훗날 이사회는 그 판단이 크나큰 실수였음을 깨닫게 된다.

III   *Acciaccato delirante*
폭풍처럼 격렬하게

I

"콘서트마스터, 잠깐만." 복도에서 가미오 마이코가 나를 불러 세웠다. "할 이야기가 있어."

"······비밀 이야기?"

"아니니까 여기서 해도 돼."

그러더니 가까운 레슨실로 들어갔다. 레슨을 마친 학생이 악보와 클라리넷을 품에 안고 나오던 참이었다.

"무슨 이야기인데?"

"그 오케스트라, 어떻게 할 거야?"

"어떻게 할 거냐니?"

"이대로 가다가는 연주회 날까지 음이 하나도 안 맞을 거야. 아니, 자칫 잘못하면 오케스트라가 공중분해 된다고."

하마터면 정색을 할 뻔했다. 물론 나도 다 안다. 도대체 지금 누구와 이야기하는 것이냐고 묻고 싶었다. 그 성격파탄자인 지휘자와 제멋대로인 오케스트라 사이를 중재해야 하는 어려운 과제를 맡은 탓에 매일같이 위에 구멍이 나도록 고생 중인 콘서트마스터란 말이다.

"나더러 어쩌라는 거야?"

"최소한 범인이 누군지 알아내서 매달아 올리란 말이야."

"뭐? 무슨 논리가 그래? 비약이 너무 심하잖아."

"시치미 떼지 마. 일련의 사건의 목적이 조금씩 드러나고 있잖아. 그래서 멤버들이 더 불안해하는 거고. 그쯤은 너도 알잖아."

나는 일부러 대답하지 않았다. 아직 이 문제로 멤버와 새로이 의논한 적이 없었기에 다른 사람의 의견을 듣는 좋은 기회라고 생각했기 때문이다.

"범인의 목적은 연주회를 방해하는 거야."

"자, 잠깐. 지난번에 그런 동기는 무시해도 되는 수준이라고 네 입으로 말했잖아!"

"그 시점에서는 그랬지. 첼로만 훔쳐간 단독 사건이라면 돈이 목적이었을 수도 있는데, 학장님 피아노까지 파손했으니 공통된 동기는 그것밖에 없어."

"왜 동기가 공통되어야 하는데? 서로 다른 사람이 사건을 따로따로 일으켰을 수도 있잖아."

"아예 가능성이 없지는 않겠지만 무시해도 되는 수준이

야. 잘 들어. 첼로 도난 사건으로 교내 경비 체제가 강화되었고, 경비원은 재범 방지에 온 정신을 쏟고 있어. 교직원도 자경단 비슷한 걸 결성해 교내를 순찰하고 있지. 이렇게 엄중히 경계하는 상황에서 첫 사건과 관계없는 제삼자가 다른 사건을 일으키는 건 말이 안 돼. 위험 부담이 너무 크단 말이야. 그보다는 첫 사건의 범인이 동일한 동기 아래 범행을 재개했다는 해석이 훨씬 자연스럽지."

나는 마이코를 뚫어지게 쳐다봤다. 평소와 다름없이 논리 정연한 설명. 이 말투를 싫어하는 사람도 있지만, 논리보다 감정을 우선시할 법한 멤버들 중에서는 과연 귀중한 존재로, 나에게는 호감이다.

"그렇다면 최소한 오디션에 뽑힌 멤버들은 제외할 수 있겠네. 이번 연주회는 멤버들에게 다시없을 기회인 데다 그걸 방해한다 해도 득 될 것이 아무것도 없잖아."

"안타깝지만 이번에도 땡! 아무리 연주회 날 프로 오케스트라의 스카우터가 눈을 반짝이더라도 55명 전원이 제안을 받지는 못해. 기껏해야 두세 명이지. 최악의 경우 아예 없을 수도 있고. 당연히 처음부터 포기한 녀석들도 있어. 그 녀석들 입장에서 보면 프로가 될 가능성이 요만큼이라도 있는 사람은 시기와 질투의 대상이지. 자신은 어차피 틀린 것 같으니까 그 녀석을 끌어들여 같이 망하자는 심보 아닐까. 사족을 달자면 쓰게 모델이 있는 그곳은 우리 학교 사람이라면 누구나 알아. 학장님이 문단속도 하지 않고 준비실을 나왔을 때가 오후 3시. 홀의 폐관이 오후 7시. 그 네 시간 동안 경비원도 감시 카메라도 없는 현장에는 누구든 침입할 수 있어."

앞서 한 말을 살짝 수정하겠다. 이 말투를 싫어하는 사람이 있는 건 당연하다. 머리로는 고개가 끄덕여져도 감정적으로는 납득하기 힘든 경우도 분명히 존재한다.

"저기 마이코. 나도 54명을 전부 잘 아는 건 아닌데, 오케스트라 동료가 그렇게 못 믿을 사이인가? 네가 동료들을 신용하지 못하니까 당연히 오케스트라가 따로 노는 거 아냐?"

"난 한 번도 오케스트라 동료들을 신용한 적이 없어. 신뢰는 했어도."

"……미안. 알아듣게 설명해 줘."

"신용과 신뢰는 비슷해 보이지만 엄연히 달라. 신용은 그 사람의 성격에 관한 것이고, 신뢰는 능력에 대한 거야. 난 동료들 연주 기술에 그리 불만 없어. 그냥저냥 안심하고 합주할 수 있거든. 그런데 성격은 다른 문제야. 음악성이 풍부하다고 해서 청렴결백하다는 보장은 없고, 반대로 견실한 사람이라 해도 연주 실력을 전적으로 신뢰할 수 있으리라는 보장도 없어. 일할 때 우선시되는 건 신용이 아니라 신뢰야."

그때 내가 대꾸할 말은 하나밖에 떠오르지 않았다.

"그럼 유다이는?"

냉철한 척하던 마이코의 눈이 휘둥그렇게 커졌다.

"지금 오케스트라의 발목을 잡고 있는 사람은 유다이야. 방금 네 말대로라면 유다이가 가장 유력한 후보라는 소리잖아. 네가 먼저 꺼낸 말이야. 그러니 유다이가 범인이라고 논리적으로 설명해 봐. 그 녀석 성격은 신용하지 않는 거지?"

"……왜 이야기가 그렇게 되는데?"

"내가 묻고 있잖아. 유다이를 신용하는지 아닌지."

"대답할 의무 없어."

"안 해도 괜찮아. 보면 아니까."

"무슨 소리야? 나는 딱히."

"딱 보면 알겠다니까. 마이코, 너는 네가 철가면인 줄 알겠지만, 실제로는 얼굴에 러브 레터를 써 붙이고 다니는 거나 마찬가지라고. 그 점은 유키하고 박빙의 승부가 되겠네. 뭐, 아무리 그래도 그렇게까지 훤히 들여다보이기도 드문데."

마이코가 잠시 내 얼굴을 쏘아보더니 한숨을 내쉰 후 긴장을 풀었다.

"콘서트마스터 입장에서 말하자면, 오케스트라 동료는 신뢰도 하고 싶고 신용도 하고 싶어. 범인 찾기가 평온을 되찾는 데 가장 효과적인 방법일지 몰라도 우리가 나설 자리는 아니야. 탐정 역에는 누군가 적임인 사람이 있을 거야. 적어도 남을 관찰할 때 감정을 싣지 않는 사람이어야 하지. 우선 이 정도 대답이면 되려나?"

"유익한 토론이었어. 새로 발견한 것도 있고."

"뭔데?"

"보기와는 달리 되게 재수 없는 성격이었네."

"어라? 오케스트라 동료는 능력 중시 아니었나?"

"……처음에 한 말, 취소할게. 역시 비밀 이야기로 해 줘."

"좋아. 내가 이래 봬도 두랄루민* 입이거든."

"흐음. 그렇게 무겁구나."

"아니. 굉장히 가벼워."

마이코는 콧방귀를 뀌고 강의실을 나갔다.

마이코에게 허세를 부렸지만 그녀의 지적은 지극히 당연
했다. 범인이 연주회를 방해할 목적으로 두 사건을 일으켰다
는 것이 쉽게 상상이 간다. 심지어 그 목적이 거의 달성되고
있지 않은가.

이미 스타인웨이제 쓰게 모델은 원상복구를 할 수 없게 되
어 업자를 통해 처분되었다. 그렇다고 쓰게 학장이 쓰러져
울지는 않았지만, 역시 오랜 파트너의 갑작스러운 퇴장에 가
슴이 메었는지 피아노가 반출될 때는 마치 피붙이를 화장터
에 보내는 듯한 표정이었다고 한다. 물론 희대의 피아니스트
가 악기를 잃었다고 연주 불능이 되지는 않았다. 스타인웨이
사에서 보관 중인 데이터를 토대로 쓰게 모델의 두 번째 피

---

*   강하고 가벼운 알루미늄 합금류의 상품명.

아노를 제작하겠다고 즉시 회답해 왔다고 한다. 만약 10월 연주회에 맞춰 납품하지 못하면 다른 피아노로 연주하면 그만이다. 명필은 붓을 탓하지 않는다.

문제는 악기를 잃은 것보다 쓰게 학장의 낙심이 크다는 것이었다. 대학에 적을 두고 있는 누군가가 연주회 중지를 꾀하고 그 목적을 위해서라면 악기의 도난과 파손도 마다하지 않았다는 사실. 이는 나이 칠십이 넘은 교육자의 의욕을 감퇴시키기에 충분했다.

그리고 오케스트라 멤버들이 받은 영향 또한 컸다. 각각의 연주 기술에 대한 불만과 함께 자신 외에는 누구나가 용의자라는 불신감이 오케스트라를 좀먹는 것이 눈에 훤히 보였다. 한 명이 실수를 하면 모두가 범인을 보는 듯한 눈초리로 쏘아봤다. 미스터치를 너그럽게 용서하는 분위기는 꿈도 못 꿀 지경으로 레슨실에는 이상하리만치 팽팽한 긴장감이 둘러쳐졌다. 그런 분위기에서 연습하자 평소보다 두 배는 더 피곤해졌다.

누군가 한 명을 범인으로 세우라니, 막돼먹기 짝이 없는 의견이지만 마이코의 말대로 가장 효과적인 해결책이기도 하다. 하지만 그게 가능하다면 처음부터 고생 같은 것은 하지 않았다. 나는 경찰도 아니거니와 판사도 아니다. 그저 길 잃은 음대생이다.

학교가 끝나면 아르바이트 가게로 직행, 늘 정신없는 시간을 보내면서도 머릿속에는 사건과 오케스트라가 소용돌이 쳤다.

문제는 그 와중에 일어났다.

밤 8시쯤 가게가 거의 만석일 때 손님 두 명이 들어왔다. 두 사람은 처음부터 심상치 않아 보였다. 둘 다 나이는 서른 전후, 소맷부리 사이로 문신이 엿보이고 노타이셔츠 위에는 별로 똑똑해 보이지 않는 머리를 얹고 있었다. 요는 한눈에 양아치임을 알 수 있었다는 것이다. 뒷골목에 쥐가 있듯이 번화가에는 조폭이 산다. 이 가게는 번화가에 있기 때문에 이런 사내들도 가끔 찾아온다. 하지만 팔에 문신이 있든 머리에 짚신을 얹든 손님이라는 사실에는 변함이 없다. 겉모습이야 어떻든 평범한 손님과 똑같이 접대하라고 이 가게에서 처음 일했을 때 교육을 받았다.

"안심돈가스 정식 2인분. 그리고 맥주 대짜 두 잔. 빨리 가져와."

삼백안인 사내가 히죽거리면서 주문했다. 일행인 반삭발 머리 사내는 말없이 천장 언저리를 보고 있을 뿐이었다. 결코 식사를 즐기러 온 사람들 같지 않았다. 이럴 때는 신속하고 정확하게 주문을 받고 음식을 내오는 것이 최선이다. 서둘러 주방에 그런 손님의 주문이라는 것을 전달했다.

주문을 받고 정확히 5분 후 나는 양손에 접시를 올리고 두 사람 곁으로 갔다.

"식사 나왔습니다."

그렇게 말하고 접시를 내민 순간이었다.

갑자기 삼백안 사내가 손으로 내 팔꿈치를 쳐 올렸다. 접시가 기울어지면서 돈가스와 소스가 함께 사내의 가슴에 쏟아졌다.

"어이쿠." 삼백안이 놀란 듯 소리쳤다. 여전히 입가에 미소를 머금고 있었다. "형씨, 아주 화끈하게 저질렀네."

"아니, 그쪽이 먼저 손을."

"뭐가 어째?" 하고 반삭발이 아랫입술을 내밀었다. "이 자식이, 자기가 잘못한 걸 손님한테 막 덮어씌우네?"

삼백안의 셔츠는 돈가스 소스에 흠뻑 젖어 얼룩이 졌다. 나는 일부러 얼굴이 아니라 그 얼룩을 쳐다봤다. 위가 오그라드는 느낌이 드는 것과 동시에 마치 그림에 그린 듯한 뻔한 전개에 어이가 없었다.

"죄송합니다."

"죄송하면 다야?"

쩌렁쩌렁 울리는 고함 소리에 가게 안의 분위기가 순식간에 얼어붙었다.

"이게 어떤 셔츠인 줄 알아? 발렌티노의 오트 쿠튀르라고. 그런데 돈가스 소스로 범벅을 해? 세탁해 봤자 안 지워질 텐데 어쩔 거야?"

발렌티노의 오트 쿠튀르? 저게 맞춤 셔츠란 말이야? 아무리 봐도 마트에서 파는 두 벌에 천 엔짜리 싸구려인데.

"엉? 어쩔 거냐고?"

"변상하는 걸로는 어림도 없어. 이 녀석 마음에는 가장 좋은 옷을 더렵혔다는 얼룩이 짙디짙게 남았으니까."

나는 폭력과 폭언에 무관한 것은 아니었지만 그렇다고 폭력에 익숙하지도 않다. 그냥 성가실 뿐이었다.

"정말 죄송합니다."

머릿속 생각과 반대되는 말이 입에서 술술 흘러나왔다. 그 대신 마음속이 점점 공허해졌다. 그런 말이 상대의 가슴에 닿을 리 없다. 그 전에 상대는 들으려고도 하지 않았지만.

"진심이 안 느껴지잖아!"

반삭발이 테이블 위에 있던 조미료 통과 메뉴판 다발을 손바닥으로 싹 치워 버렸다. 작은 조미료 통이 옆 자리로 날아가 깨지고 말았다.

"변상과 민폐비, 합해서 20만 엔. 그걸로 퉁쳐 줄게."

판에 박힌 듯한 대사. 그도 그럴 것이 사내들은 처음부터 진부한 시나리오를 억양 없이 읽어 내려왔다.

문제는 내게는 시나리오가 준비되어 있지 않다는 것이다.

그런데 그때 애드리브가 끼어들었다.

"손님, 무슨 일이십니까?"

주인아저씨가 주방에서 여유롭게 걸어 나왔다.

"주인장인가? 이 꼴 좀 보라고. 너희 가게 종업원 때문에 지독한 꼴을 당했잖아."

"이것 참 죄송하게 되었습니다. 잘 알겠습니다. 그럼 음식 값은 받지 않겠습니다."

"뭐가 어째?" 삼백안이 요란을 떨며 고개를 기울였다. "웃기고 자빠졌네, 이 거지 같은 영감탱이. 설마 바가지 씌우려는 심산인가?"

"여기는 음식점이니 요리를 내드린 손님에게 대금을 받는 것이 당연하지 않겠습니까."

"그 잘난 음식점 계속하고 싶으면 뒷수습이나 제대로 하라고. 20, 아니 30만 엔이다."

그러자 주인아저씨가 영업용 미소를 유지한 채 말했다.

"웃기지 마, 이 망할 놈의 새끼들아. 먹튀도 모자라 돈까지 뜯어낼 작정이냐?"

"머, 먹튀?"

"음식이 나왔는데도 돈을 안 내려 했으니 처먹든 안 처먹든 먹튀지 그럼 아니야? 근처 패스트푸드점하고 똑같은 취급하지 마. 네놈들이 지금 쏟아 버린 안심돈가스 정식은 고기 한 점, 쌀 한 톨까지 맛있게 먹어 주길 바라는 많은 사람들의 마음이 담긴 결정체라고. 그걸 아깝게 헛수고로 만든 주제에. 음식 값은 봐줄 테니 당장 꺼져."

"손님한테 무슨 말버릇이야?"

"손님은 무슨 얼어 죽을. 요즘 이 동네 음식점을 돌아다니면서 행패 부리는 2인조 양아치가 있다더니 네놈들이었군. 나카 경찰서 때문에 윤락업소가 문을 닫고 조직의 돈벌이 수단이 신통치 않아서 졸개들은 끼니도 거를 형편이라던데."

평소 푸근하던 인상이 양아치보다 더 흉악하게 변했다.

"상공회로 불평이 쏟아지고 피해 신고도 접수되었다고. 어이, 거기 반삭발. 아까부터 천장에 CCTV 없는 거 확인하고 나서 시비 걸었지? 머저리 같은 놈. 네놈들 때문에 CCTV를 안 보이도록 숨겨 놨을 뿐인데. 조금 전에 신고했으니 곧 나카 경찰서에서 험상궂은 형씨가 오겠군."

2인조가 흠칫 놀라 서로 얼굴을 쳐다봤다. 그러고는 사실인지 허풍인지 열심히 주인아저씨의 안색을 살폈다. 두 사람 다 얼굴에 살이 덕지덕지 붙어서 괜히 능글맞게 보였다.

"자, 당장 나갈지 아니면 경찰서에서 형씨가 오길 기다릴지 선택하라고."

삼백안이 다소 붉어진 얼굴로 주인아저씨를 한차례 쏘아보더니 냉큼 발길을 되돌려 출구로 향했다.

"두고 봐!"

2인조의 모습이 사라지자 주인아저씨가 손바닥 뒤집듯 표정을 싹 바꾸고 손님들에게 머리를 숙였다.

"소란을 피워 죄송합니다. 특히 여성분들은 많이 무서우셨으리라 생각됩니다. 정말 죄송합니다. 따로 드릴 건 없고 여러분들이 좋아하시는 음료수라도 서비스로 드리겠습니다."

박수와 환성이 나온 것은 말할 것도 없다.

그러나 문제가 완전히 끝난 것은 아니었다.

아르바이트가 끝나는 시각인 9시가 넘어서 가게를 나왔다. 건조하게 불어온 바람이 어딘가의 화단에서 노각나무 냄새를 실어 왔다. 하늘을 올려다보니 보름달이 세상을 환하게 비추고 있었다.

아까 급하게 오느라 학교에 악보를 두고 왔다. 지금이라도 가지러 갈까. 그런 생각을 하고 있는데 누군가 어깨를 뒤로 확 잡아당겼다.

어?

납치를 당하면 이런 느낌일까. 무슨 일이 일어났는지도 모른 채 나는 뒤편에 있는 작은 공원으로 끌려가 포장도로에 내동댕이쳐졌다.

머리 위에 그 2인조의 얼굴이 보였다.

"아까 고소했냐?"

"나는 아무 짓도 안 했어."

"어, 맞아. 그런데 연대책임이라는 게 있거든. 너 알바지? 그럼 가게 주인장이 부모나 마찬가지잖아. 부모의 무례함은 자식이 책임져야지."

삼백안이 코웃음 치며 오른발로 내 명치를 찔렀다.

배에 격통이 스치고 순간 숨이 턱 막혔다. 이번에는 반삭발이 옆구리를 걷어찼다. 나는 모래투성이가 된 포장도로 위를 데굴데굴 굴렀다.

"왜…… 나를……."

"번지수가 틀렸다는 소리지? 그렇지가 않아. 일으켜."

반삭발이 뒤에서 내 겨드랑이를 붙잡아 일으켰다.

"저런 성격은 자기보다 가족이 다쳤을 때 더 아파하거든. 그러니 혼내 주려면 본인보다 가족을 괴롭히는 게 더 효과적이라고."

"오…… 살짝 감탄했어."

"뭐가?"

"멍청한 줄 알았는데, 관찰력은 제법이네."

곧바로 손바닥이 날아들었다.

"말했다시피 부모자식이라 그런지 헛소리 지껄이는 것도 똑같네. 그런데 이런 일을 하면 관찰력은 물론 사람을 보는 눈이 생기거든."

이번에는 반대 쪽 뺨을 올려붙였다.

"인간은 이놈이고 저놈이고 예외 없이 고통에 약해. 굴욕을 맛봐서라도 폭력에서 도망치려고 하지. 돈이 많든 지위가 높든 다 관계없어. 폭력이 세상에서 가장 세다고."

삼백안이 무릎으로 다시 명치를 찍었다. 나는 아까 먹은 것이 전부 올라와 고꾸라지며 무릎을 꿇었다. 청바지 무릎 아랫부분이 내가 게워 낸 토사물로 범벅이 되었다. 순간 토사물과 소화액의 시크무레한 냄새가 코를 찔렀다.

"우리는 폭력이 재산이야. 사람들을 벌벌 떨게 만들어야 장사를 해 먹지. 아까처럼 무시당하면 앞으로 이 바닥에서 장사를 계속할 수가 없어. 가게에 있던 손님은 물론 특히 주인장한테는 제대로 가르쳐 줘야겠어. 우리한테 대들면 좋을 거 하나 없다는 걸. 너한테 원한은 없지만 그런 이유로 따끔한 맛 좀 보여 줄게."

"난 그냥 아르바이트생 중 한 명이야."

"그냥 아르바이트생 중 한 명을 보는 눈빛이 아주 걱정스러웠다니까. 그때 알았지. 그 자식의 아킬레스건이 바로 너라는 걸."

"아킬레스건."

"발꿈치의 특히 약한 부분. 이왕 이렇게 된 거 가르쳐 줄 테니 잘 들어. 싸움이든 협상이든 우선 상대의 약점부터 찌르고 시작해. 그게 철칙이다."

반삭발이 이번에는 발꿈치를 번쩍 올렸다. 순간 몸을 굴려서 직격을 피했더니 그것이 되레 불에 기름을 붓는 결과가 되었다.

2인조는 말없이 걷어차기 바빴다. 두 사람의 발길질이 온몸에 빗발치듯 쏟아졌다.

발끝의 날카로운 통증과 발꿈치로 인한 둔통이 번갈아 습격해 왔다. 걷어차일 때마다 배 속을 게웠더니 이제 헛구역

질밖에 나지 않았다.

그치지 않는 격통에 의식이 흐려지는 가운데 나는 삼백안의 말을 곱씹어 봤다.

폭력이 최강이라는 말. 두 사내에게 발길질을 당하고 있자니 그 말이 틀림없는 진실로 여겨졌다. 이 폭풍을 지나가게 할 수만 있다면 얼마든지 비굴해져도 괜찮다. 돈으로 해결된다면 당장 전 재산을 내놓아도 상관없다는 생각이 들었다.

그러나 내게는 돈보다 소중한 것이 있다.

활을 쥐는 오른손, 그리고 현을 짚는 왼손.

약속을 지키는 데 필요한 최소한의 것.

손가락만은 지켜야 한다. 나는 몸을 웅크려 배로 양팔을 감쌌다. 이렇게 하면 배를 방어하는 것처럼 보일 줄 알았기 때문이다.

그러나 삼백안의 관찰력은 상상 이상이었다.

"어럽쇼? 뭘 그리 소중히 지키나?"

발끝으로 몸을 뒤집어 나를 바로 눕혔다.

"호오. 팔이구나. 야, 붙잡아 봐."

"그만둬! ……."

몸을 뒤틀어 저항해 보려 했지만 힘이 들어가지 않았다.

"몸이 아주 홀쭉한 걸 보니 운동선수인가? 팔이 어지간히 소중한가 봐……. 영차."

반삭발이 유도의 곁누르기처럼 내 상반신을 누르고 삼백

안은 오른 손목을 붙잡았다.

"아까 말했지? 싸움이든 뭐든 우선 상대의 약점부터 찌르라고. 네 약점은 이 양팔인 것 같은데. 자, 이 팔을 어떻게 해줄까? 뼈를 부러뜨릴까, 아니면 힘줄을 끊어 줄까?"

"그, 그만둬……."

"명령할 만한 입장이 아닐 텐데."

"그만둬……요. 제발 부탁합니다."

"흥. 부탁까지 하고. 이 팔이 그렇게 소중한가?"

"네……."

"흐응. 뭐, 나도 뼛속부터 나쁜 놈은 아니거든. 그럼 선택하게 해 줄게."

"선택……."

"자세히 보니 얼굴이 귀엽네. 얼굴을 눈 뜨고 볼 수 없을 만큼 아작 내 줄까, 팔 하나 못 쓰게 해 줄까? 네가 선택해."

선뜻 말이 나오지 않았지만 망설임은 없었다.

"……얼굴."

"좋아. 야, 꽉 잡아라."

그러자 삼백안이 예상과 달리 오른 손목을 화단 블록 위에 올렸다.

"야, 약속이 다르잖아."

"약속한 기억 없는데. 이게 너한테 타격이 제일 크다면 그 주인장한테도 마찬가지일 테니."

"그, 그만둬!"

"그런 여자 같은 비명을 들으면 더 신이 나서 폭력을 휘두르게 된단 말이지. 자, 각오 단단히 하라고."

반삭발이 내 입을 막았다. 이제 몸을 옴짝달싹도 못한다.

삼백안이 다리를 서서히 쳐들어 올렸다.

"하나, 둘, 셋!"

예상되는 통증을 견디고자 반사적으로 눈을 질끈 감은 그때였다.

"자, 실례 좀 할게요."

엄청나게 생뚱맞은 목소리에 놀라 눈을 뜨자 정면에 생뚱맞은 사람의 얼굴이 보였다.

"뭐, 뭐, 뭐냐, 네놈은!"

"이름을 숨길 이유는 없지만 당신에겐 밝히고 싶지 않군."

"아키라!"

미사키 선생님 뒤에는 무슨 영문인지 하쓰네까지 있었다. 선생님이 팔로 삼백안이 올린 다리를 힘껏 비틀자 그가 균형을 잃고 바닥에 나동그라졌다. 반삭발은 어느새 반대로 주인 아저씨가 뒤에서 꼼짝 못하게 붙들고 있었다.

위험에서 벗어난 나를 하쓰네가 뒤에서 떠받쳐 주었다. 맨 처음 든 생각은 역시 여자의 몸은 부드럽구나 하는 묘한 감탄이었다.

곧바로 일어선 삼백안이 품에서 뭔가를 꺼냈지만, 미사키 선생님이 그의 팔꿈치를 잽싸게 붙잡았다.

"놔, 이 빌어먹을 놈아!"

"그럼 먼저 그 위험한 물건을 내려놔."

신기한 광경이었다. 싸움이라면 눈 감고도 할 수 있을 터인 삼백안이 온 힘을 다해 뿌리치려 하는데도 날씬한 미사키 선생님의 손아귀에서 벗어나지 못했다. 팔꿈치를 가볍게 쥐고 있는 것처럼 보이건만.

"제길, 저 놈의 지원군인가. 네, 넷이나 덤비는 건 너무 비겁하잖아!"

"한 명은 전투 불능, 다른 한 명은 간호 역. 그러니 실질적으로 2 대 2. 먼저 2 대 1로 덤빈 건 그쪽 아닌가?"

"그렇고말고. 비겁한 게 그리 좋으면 곧 지원군이 가세할 거다."

주인아저씨가 반삭발을 한 손에 쥐고 흔들고 있었다. 워낙 살집이 좋고 탄탄한 체격인 데다 늘 중량급 식재료를 다루는 등 완력이 남다른 것을 나는 그제야 떠올렸다.

"그런고로 이대로 물러나면 다치지 않아. 아직도 그에게 미련이 있다면 경찰이 독방에서 천천히 이야기를 들어주겠지. 이번에는 그쪽이 선택할 차례라고."

"까, 까불지 마! 제길, 이거 놔."

미사키 선생님은 붙잡은 오른손을 삼백안의 등 뒤로 홱 비틀어 올렸다.

"아야야야야."

비명과 함께 날붙이가 땅에 떨어졌다.

"보기에 출혈은 없어도 이 상황이라면 폭행죄로 충분히 입건할 수 있겠군. 형법 제208조에 따라 법정형은 2년 이하의 징역, 혹은 30만 엔 이하의 벌금 또는 구류 혹은 과료 처분을 받는다."

삼백안이 흠칫 놀라 미사키 선생님을 쳐다봤다.

"너…… 대체 정체가 뭐냐?"

"아까 말하지 않았나? 당신에게 밝힐 생각 없다고. 경찰 중에 지인이 많긴 하지, 본의 아니게."

미사키 선생님이 손힘을 풀자 삼백안은 손을 축 늘어뜨리고 뒷걸음질 쳤다.

"……이대로 끝날 것 같아?"

"물론 이대로 끝나면 안 되지. 이 난리를 쳤으니 상공회도 가만히 있지는 않을 거다. 경찰력에 의지하고 싶진 않지만 내가 이러쿵저러쿵 말하기 전에 마을에서 먼저 들고일어나겠지. 가게 하나하나는 비폭력 무저항의 평화적인 점주들이 운영하더라도 종업원과 손님에게 피해가 간다 싶으면 작정하고 덤벼들 거다. 수십 년씩 가게를 지켜 온 장사꾼의 결심을 얕보지 말란 말이다. 상공회에서도 특히 오래된 가게들은 너희 같은 형씨들을 많이 알고 있다고."

아아, 하고 나는 납득이 되었다. 상공회 중에는 나고야의 프로 스모 경기를 관리하는 업자도 있고, 당연히 업자를 통해 일본 최대의 광역 폭력단과도 연줄이 닿을 터였다.

2인조 역시 납득이 되었는지 욕설을 내뱉으며 맥없이 뒷골목 깊숙이 모습을 감추었다.

"아키라!"

사내들의 모습이 사라져 안심했는지 하쓰네가 대뜸 나를 뒤에서 끌어안았다.

"무사해서 다행이야!"

"고, 고마워. 그나저나 하쓰네 씨가 여길 어떻게?"

"강의실에 라흐마니노프 악보를 두고 갔잖아. 가져다주려고 했는데 아무리 전화해도 휴대폰을 받지 않길래."

"아, 미안. 전원이 꺼졌거든."

"어차피 아르바이트 가게에서 나왔을 때가 돼서 이 길로 온 거야. 마침 저쪽에서 아키라가 오는 모습이 보였는데, 그 2인조한테 끌려가는 거야."

"미사키 선생님은 어떻게 오셨어요?"

"내가 연락했어. 그 사람들 보니까 도와줄 사람이 필요할 것 같아서."

"운이 좋았지. 오늘은 강의 과제로 자료를 모으느라 늦게까지 학교에 남아 있었거든. 그런데 하쓰네 씨가 긴급 연락을 해 와서 나도 서둘러 왔지. 상대가 둘이라고 하기에 하쓰네 씨가 알고 있는 아르바이트 가게 주인아저씨에게도 도움을 요청한 거야."

"이야기를 듣고 머리에 피가 확 솟구치더군. 식칼을 쥐고 나왔더니 선생님이 그건 흉기라느니 범죄라느니 말리길래 두고 나왔지."

말리지 않았더라면 어떻게 되었을까.

"덕분에 살았어요…… 그나저나 선생님, 굉장히 세시던데 요. 깜짝 놀랐어요. 소림사에서 수련이라도 하셨어요?"

"아니, 어렸을 때부터 격투 상대는 오직 피아노였지."

"그런데 선생님, 식은 죽 먹듯 쉽게 처리하셨잖아요."

"아, 급소를 누르고 있었거든."

"급소요?"

"그래. 사람 몸에는 아무리 단련해도 강화되지 않는 부위 가 몇 군데 있는데, 거기를 누르면 근육을 움직일 수 없게 돼 서 아무리 막강한 남자도 옴짝달싹 못하게 되거든. 아까 같 은 경우에는 위팔 삼각근 밑에 있는 우묵한 곳을 누른 거다. 피아노를 치는 것도 근육을 움직이는 셈이니 어떻게 하면 타 건을 강하게 할 수 있을까, 또 피로도를 줄일 수 있을까 하는 걸 오랜 세월 생각하다 보니 이렇게 응용할 수 있게 되었지. 그뿐이야."

이 사람의 수업을 진지하게 들어 보고 싶어졌다.

"그나저나 아까 그 선택에는 감동했어. 얼굴보다 팔을 지 키려 하다니, 역시 바이올리니스트를 꿈꾸는 사람답더군."

"……약속, 했거든요. 그래서 팔만큼은 죽어도 지키려고."

"약속?"

"반드시 바이올리니스트가 되겠다고…… 어머니와."

주인아저씨가 뭔가 물으려 입을 열었지만 미사키 선생님이 손으로 완곡히 막았다. 선생님이 눈동자 깊숙이 나를 보고 있었다. 매우 조용하고 이성적인 눈동자였다. 네 살밖에 차이 나지 않는데 이 사람은 어떻게 이런 흔들림 없는 눈빛을 하고 있는 걸까.

마치 말 없는 최면술에 걸린 듯 나는 과거에 대해 털어놓고 있었다. 내가 사생아인 것, 어머니와의 이인삼각, 어머니의 죽음, 그리고 오디션에 나간 이유.

"저한테는 아무 말씀 안 하셨지만 어머니도 바이올린에 미련이 있으셨거든요. 저만 갖지 않았어도 바이올린을 계속해서 다른 인생을 일구었을지도 몰라요. 시골에서 몸이 닳도록 일하는 대신 화려한 스포트라이트를 받는 인생이 있었을지도 모르죠."

그렇다. 어린 마음에도 미안한 마음이 분명히 있었다. 그래서 또래 아이들과 신나게 어울려 놀지도 못하고 날이면 날마다 활을 그었던 것이다. 음악만이 우리 모자를 잇는 끈처럼 느껴졌다.

"제가 어머니를 간호해 드렸어요. 그때 어머니는 저더러 원하는 인생을 살라고 하셨죠. 그 말을 들었더니 괜히 더 어머니가 기뻐하는 얼굴을 보고 싶은 마음에……."

하쓰네가 눈을 내리뜨고 내 손을 꽉 잡았다. 연결이 족쇄가 될 때도 있다는 내 말의 진의를 이제야 이해해 주었을지도 모른다.

변명 같지만 취업 준비에 본격적으로 뛰어들지 않은 것도 이 약속 때문이었다. 약속을 생각하면 음악과 관련 없는 직업은 도저히 고를 수가 없었다.

자연히 말이 흘러나왔다.

"고생해서 음대에 들어갔더니 주변에 온통 천재뿐이라 오케스트라 입단이 그야말로 꿈같은 이야기라는 걸 알게 되었어요. 안 그래도 실력과 이름이 없는 바이올린쟁이라 음악으로 먹고살 길이 없더라고요. 미사키 선생님, 바이올린을 연주하고 싶은 마음만 갖고 살면 안 되는 거예요? 저를 비롯해 다른 멤버들이 바라는 게 그렇게 분에 넘치는 꿈인가요?"

입 밖에 내고 나서 몹시 후회했다. 나는 역시 천박한 인간이다. 마치 자신이 비난받는 듯 하쓰네가 고개를 숙이고 있지만 방금 말은 패자의 뒷말에 불과하다.

그러자 그동안 잠자코 듣고 있던 미사키 선생님이 천천히 입을 열었다.

"음악뿐만 아니라 천부적인 재능을 필요로 하는 직업을 떠올렸을 때 일반인에게는 일종의 선입견이 작용하지. 사람이 직업을 선택하는 게 아니라 직업이 사람을 선택하는 듯한 경우, 가능성이 너무 낮은 탓에 의문을 품고 말아. 이 사람은 정말 선택받은 걸까. 어쩌면 본인도 주변 사람들도 큰 착각을 하고 있는 게 아닐까, 하고."

나와 하쓰네는 고개를 끄덕이고 주인아저씨는 바닥을 보고 있었다.

"그리고 또 반대로 우연히 자신이 재능을 타고 난 경우, 자신이 성공을 했든 안 했든 자식에게 제 모습을 투영하고 말지. 이 아이가 내 재능을 물려받지 않았을까. 아니, 어쩌면 나보다 더 천재적인 재능이 있는 게 아닐까 하고. 음악, 그림, 학문, 운동, 다 마찬가지야."

이 말에도 우리 둘은 고개를 깊이 끄덕였다.

"그런데 부모가 아무리 관여한들 본인의 삶은 본인의 것이지. 부모의 기대나 집념과는 어차피 거리를 두는 날이 오고 그때 자신이 정말 바라는 진로가 무엇인지 자문하게 돼. 그래서 주변 사람들과 불화가 생기는 거지. 나는 음악 분야밖에 모르지만 많든 적든 어느 가정에서나 벌어지는 일이야."

"선생님도, 말이에요?"

"내 경우 어머니는 피아노를 깊이 사랑하셨지만 아버지는 음악에 아무 관심도 없으셨어. 어머니는 한때 피아니스트였지만 아버지는 법조인이라 두 분이 어떤 경위로 부부가 되었는지 몰라도, 어쨌든 아버지는 마지막까지 피아노에 대한 어머니의 마음을 이해하지 못했고 두 분은 내 진로에 대해서도 사사건건 대립하셨지."

마지막, 이라는 말은 선생님 어머니가 이미 돌아가셨다는 뜻일까. 혹시 정말 그럴까 봐 묻지 못했다.

"결정적으로 어머니의 피아노가 단순히 취미나 교양 수준이 아니었던 거지. 사실 어머니는 러시아인 남성과 일본인 여성 사이에서 태어난 혼혈이었거든. 요즘은 혼혈인 아이가 드물지 않지만."

그 말을 듣고 그제야 납득이 되었다. 선생님의 눈동자 색은 푸른빛을 띤 다갈색이다. 일본인 같지 않은 눈 색깔은 선생님이 쿼터 혼혈이라 그런 것이었다.

"실제로 그 무렵 시골에는 편견이나 인종차별이 심하게 남아 있어서 그런 아이는 취직자리도 한정되었지. 더 노골적으로 말하면 눈동자 색이나 혈통에 관계없이 문을 활짝 열었던 곳은 예술계뿐이었어. 그래서 어머니가 음악의 세계를 선택하신 거야. 아니, 선택할 수밖에 없었던 거지. 가정과 사회에서 여성의 권리가 홀대받고 유일하게 음악에서만 자신을 표현할 수 있었다는 사정도 거들었겠지. 다행히 피아노가 서양음악이라 외국인 강사나 외국인 연주자가 되레 귀하게 여겨졌지만 이것도 어떻게 생각하면 워낙 좁은 세계였던 탓이야. 좁은 세계의 주민은 시야가 좁아지게 마련인데, 그건 사법세계에 몸을 담고 있던 아버지도 마찬가지였어. 두 분이 서로 이해하지 못한 것도 당연할지도 모르지."

이 이야기에도 그저 고개를 끄덕일 수밖에 없었다. 특수한 기능이나 재능을 필요로 하는 분야 및 전문성을 중시하는 세계가 폐쇄적인 것은 세상의 이치다.

"유일하게 피아노 세계에서만 살아갈 수 있었던 어머니는 안타깝게도 결혼과 동시에 그 세계와 이별해야 했지. 그런 배경이 있었기 때문에 태어난 아이에게 건반을 만지게 한 것도 말하자면 업인 셈이었어. 그런데 아이가 또 무슨 운명의 장난인지 피아노를 마음에 쏙 들어 했단 말이지."

"왠지…… 저하고 비슷하시네요."

"말했잖아. 어느 가정이든 비슷하다고. 뭐, 내 경우는 다행히 어머니의 기대와 내 희망이 일치했지만. 그런데 아버지의 기대에는 못 미치는 바람에 대판 싸우고 집을 나왔지."

"불안하지 않으셨어요? 혼자 집을 뛰쳐나오시다니."

"불안하긴 지금도 마찬가지야." 목소리가 조금 가라앉았다. "누가 뭘 보장해 주는 것도 아니고, 피아노를 언제까지 칠 수 있을지도 모르지. 애초에 내 재능은 오해와 과대평가가 거듭된 결과일 뿐일지도 몰라."

"어떻게 타협하셨어요?" 하쓰네가 몸을 내밀고 물었다. "어떻게 하면 선생님처럼 망설임을 떨칠 수 있어요? 가르쳐 주세요."

"그 또한 과대평가야. 나도 잘난 척하며 말할 처지가 아니거든. 아까 말했다시피 매일 불안 속에 살고 있어. 다만 이렇게 해 봐야겠다 싶은 건 있지만."

"그게 뭔데요?"

"으음. 나 같은 풋내기가 말하기에는 너무 이르지만. 하나
는 선택한 사람으로서 책임을 져야 한다고 생각하는 거야."

"책임이요?"

"우리가 사는 하루하루는 취사선택의 연속이거든. 몇 시에
일어날지. 뭘 먹을지. 뭘 하며 지낼지. 그리고 뭘 목표로 할
지. 수많은 선택이 쌓여서 지금에 이른 거야. 사람들은 대부
분 서툴러서 뭔가를 선택하면 그 외의 것을 버려야 해. 버린
것에 책임을 다하기 위해 선택한 것을 소중히 해야만 하지."

"만약 잘못 선택한 거였다면요?"

"선택을 잘못했는지에 대한 판단은 본인에게 달려 있지 않
을까. 그리고 나는 딱히 운명론자는 아니지만, 예술이든 스
포츠든 그 세계에서 살아가야 할 사람은 어떤 길을 걸어서라
도 결국에는 그 세계에서 영입하게 되어 있다고 생각해. 물
론 그 세계에서 손을 내밀었을 때 그 기대에 부응할 수 있는
준비는 해 둬야겠지만."

엄청나게 운명론이 아닌가. 하지만 선택받을 사람은 언젠
가 선택받는다는 말은 신기하게도 납득이 갔다. 하쓰네의 얼
굴을 살피니 그녀도 신묘한 얼굴을 하고 있었다. 미사키 선
생님은 여전히 평소의 온유한 미소를 머금고 있었다.

"저기, 기도 짱." 주인아저씨가 대뜸 나를 들여다봤다. "연

습할 시간이 필요하면 당분간 아르바이트 쉬어도 괜찮아."

"저 잘리는…… 거예요?"

"멍청하긴! 당분간이라고 했잖아. 기도 짱의 마음도 모른 채 그런 소리를 한 내가 미숙했어, 미안하구나."

"주인아저씨."

"뭐든지 승부를 겨룰 때가 오지. 그럴 때는 한눈팔지 말고 똑바로 달려야 해. 안 그러면 이기지도 못할뿐더러 후회가 남거든. 그때 왜 전념하지 않았나, 노력과 시간이 더 있었다면 성공했을지도 모르는데, 하는 후회가 평생 가지."

"하지만."

"물론 최소한의 생활비는 필요할 테니 상황 봐서 오면 돼. 정기 공연이 끝나면 정상 근무로 돌아와. 그런데 나도 참 못 쓰겠네. 기도 짱의 마음을 알게 되었는데도 여전히 미련이 남는다니까."

나는 아무 대답도 못한 채 그저 고개를 숙였다.

아무튼 너무 지쳐 있었다. 걷어차인 곳이 욱신욱신 쑤셨다.

미사키 선생님은 단단히 경고했으니 이제 다시는 그들이 오지 않을 거라고 했다. 만약을 대비해 선생님과 휴대폰 번호를 교환했더니 안심한 나머지 졸음이 견딜 수 없이 밀려왔다.

2

7월 하순이 되자 햇볕은 더 뜨거워졌지만 선발 멤버들의 연습 풍경은 싸늘하기만 했다.

이유는 멤버들의 취업 준비 때문이었다. 멤버들 중 21명, 즉 절반이 회사를 방문하거나 면접을 보느라 연습을 거르기 일쑤였다. 이제 곧 여름방학이 시작되는데 그 전에 어떻게든 내정을 받으려는 것이다. 그러나 소문에 따르면 학생의 심정과는 달리 회사 입장에서는 구인이 거의 끝나가고 있어 올 가을에는 이삭줍기를 하는 것이나 마찬가지라고 한다. 그럼 이삭도 되지 못한 사람은 어쩌란 말인가.

얄궂게도 요즘 들어서야 겨우 오케스트라 음이 안정되었다. 아사쿠라 유다이의 트럼펫도 주변 악기와 어우러져 정작 한 단계 더 도약하려는 참이었는데 결석 인원이 많아져 안타깝기 짝이 없었다.

한편 인원이 부족한 상황을 즐기는 사람도 있었다. 지휘자인 에조에 부교수였다.

"이야, 총원 24명인 오케스트라를 다 보네. 피아노 협주곡을 현악사중주로 착각한 거 아냐?"

"저, 교수님. 오늘 34명 참석했는데요……."

"나머지 열 명은 제몫을 못해서 뺐는데?" 에조에가 코웃음 쳤다.

"하긴 55명 풀 멤버였을 때도 실수가 눈에 띄는데, 인원이 줄었으면 더 볼 만하겠지. 그런데도 내 앞에서 연주하겠다니 용기가 가상하군."

그리고 연습이 시작되었지만 마음고생과 육체노동을 포개었을 뿐인 두 시간이었다.

예를 들어 제1악장, 주요부의 처음에 오케스트라가 투티를 연주하는 부분에서였다.

"틀렸어. 러시아적 성격이 안 나오잖아. 더 찰지게 하란 말이야!"

또는 전개부에서 최고조에 달할 때.

"아니, 거기는 혁명의 순간이잖아. 콰광! 하고 극적으로 조바꿈 하라고."

그리고 막판에 이르러서.

"말귀 참 못 알아듣네. 너무 짓눌렸잖아. 피아노 조성에 하나도 안 맞고. 이게 무슨 영화음악인 줄 알아?!"

지적하면서 추상적인 말만 늘어놓고 구체적인 지시가 없어 연주하는 입장에서는 갈피를 잡을 수 없었다. 그때마다 유다이의 트럼펫을 문제 삼는 탓에 그의 얼굴빛이 갈수록 나빠졌다.

이윽고 25번째 스톱이 걸렸을 때 마침내 유다이가 참지 못하고 불쑥 중얼거렸다.

"작작 좀 하면 어디가 덧나나? 무슨 말인지 알아들을 수가 있어야지. 진도도 못 나가겠고······."

옆 사람에게만 들릴 만큼 작은 목소리였지만 에조에는 놓치지 않았다.

"어이, 작작 좀 하라고? 까불지 마! 그건 내가 할 소리라고. 학과 강의만 해도 바빠 죽겠는데, 고작 한 번뿐인 연주회 때문에 왜 이렇게까지 시간을 빼앗겨야 하나 생각해 봐. 전부 너희 때문이잖아. 잘 들어, 내가 호의로 지휘자 역할을 받아들였는데 그걸 망각하고 멋대로 지껄여? 게다가 취업 준비하느라 반이나 결석을 해? 네놈들이 뭐나 되는 줄 알아? 뭐됐고. 고생이 많네. 지금 악착같이 해도 너희 자리는 없는데 말이야. 너희 같이 모자란 놈들을 고용해 줄 회사가 이제 와서 있을 것 같아?!"

에조에는 내뱉듯이 말하더니 보면대 위 악보도 내버려 둔 채 지휘대에서 내려왔다.

"콘서트마스터. 오케스트라 멤버들은 내 지휘가 마음에 안 드시는 모양이다. 너희 전부 지휘자에 대한 충성심과 연주 기술이 합격점에 달할 때까지 오케스트라는 너한테 맡긴다."

에조에가 그 말만 남기고 나가 버렸다.

나는 얼른 에조에 앞으로 뛰어 들어갔다. 내 입에서 무슨 말이 나오는지도 몰랐다.

"교수님, 돌아와 주세요."

"돌아갈 이유가 없어. 저 오케스트라는 너한테 맡긴다고 말했다."

"저한테는 그런 도량이 없어요."

"나도 그건 마찬가지인데. 심사위원이 널 임명했으니 의논할 일이 있으면 그들한테 하든가. 오케스트라는 통일이 안 되고, 지휘자와 의사소통도 제대로 안 됩니다, 어떻게 해야 합니까, 하고."

"그건 교수님이……."

"나는 비르투오소과 발표회 준비도 해야 해. 여기 지휘에만 전념할 수 없지."

"……처음부터 이럴 작정이셨군요."

"엉? 뭐라고?"

"오케스트라를 실컷 휘저어 놓고 못 미더운 콘서트마스터한테 내팽개치시다니. 연주회까지 이제 석 달도 안 남았는데, 새 지휘자나 콘서트마스터를 세워도 시간이 없으니까 오케스트라는 자연히 망하겠죠……. 그걸 노리셨군요."

"오래전부터 느꼈는데, 넌 참 버릇이 없어." 내 의도와 달리 에조에는 그리 불쾌해하지도 않고 내 옆을 지나갔다. "도발할 속셈이었나 본데, 훤히 보여서 어울려 주고 싶지도 않군. 남을 움직이려면 더 효과적인 말을 골랐어야지."

"공교롭게도 저는 교수님만큼 교활하지 못하거든요. 그러고 싶지도 않고요."

"기가 막힌 처세술이군. 아무도 동조하지 않겠지만. 첼로

도난 사건에 이어 학장님 전용 피아노가 파손되었어. 누구인지 몰라도 그놈의 목적은 연주회 방해가 분명하지. 이대로 공연을 속행하면 또 무슨 짓을 할지도 모른다고. 도난, 파손…… 수법이 점점 과감해지고 있어. 다음은 오케스트라 관계자에게 직접 해를 끼칠 가능성도 있지. 그런 위험한 불 속의 밤을 누가 줍겠어?"

반론할 여지가 없어 잠자코 있자 에조에가 입꼬리에 우월감을 머금고 가 버렸다.

"에조에 교수, 어떻게 됐어?"

레슨실로 돌아가자 제일 먼저 유다이가 물었다. 능구렁이처럼 빠져나갔다는 사실을 전하자 유다이가 침이라도 뱉을 기세로 에조에를 욕하기 시작했다.

"나 참. 그 자식은 처음부터 오케스트라를 제대로 할 생각이 없었던 거야. 쓸데없이 사소한 부분을 반복시키고 날마다 연주자를 바꿔 가며 못살게 굴고, 결국에는 라흐마니노프의 낭만주의가 촌스러워서 싫다고 짜증냈을 테지."

어처구니가 없었다. 러시아 낭만파를 대표하는 라흐마니노프의 음악이 낭만주의로 넘치는 것은 당연하다. 친숙한 멜로디 덕분에 할리우드 영화에서 자주 사용되어 더없이 통속적이라고 평가된 시기도 있었지만, 오늘날 그런 평가를 하는 사람이 아마추어라면 무지한 것이고 전문가라면 편견에 차 있다 해도 할 말이 없다.

"그 자식, 자기가 먼저 지휘자를 포기했잖아. 잘됐네. 이제 대신할 사람만 구하면 최고인데."

"그게 말처럼 쉽지 않을 것 같아."

나는 아까 에조에가 한 말을 고스란히 전했다.

"으음. 그거 단순한 억측 아니야? 교수며 강사들이 죄다 에조에 교수랑 같은 의견이라는 보장은 없잖아."

"아마 전부 그럴걸." 마이코가 태연히 말했다. "불 속의 밤이라는 말, 정확해. 범인이 다음에 또 무슨 짓을 벌인다면 사람한테 직접 할 거라는 말도 납득이 가고."

"아무리 그래도 우리 탓은 아니잖아."

"최소한 지휘자의 기분을 상하게 한 건 유다이, 너야."

"야, 잠깐. 그럼 다 내 탓이라는 거야?"

"지휘자를 떠나게 한 책임은 일부 있다는 뜻이야. 그러니까 빨리 다른 지휘자를 찾아와. 그게 네가 할 일이야."

"그건 아니지." 이번에는 유키가 일어섰다. "가만히 듣고 있었더니 웬 잘난 척이야. 마이코, 너도 봤잖아. 그 자식이 유다이가 못 참을 걸 계산하고 깐족거린 거."

"상대가 뭘 꾸미는지 안다면 더더욱 도발에 넘어가서는 안 돼. 애도 아니고."

"하, 나는 애구나."

"수염을 기르든 담배를 피우든, 자기가 한 행동에 책임을 못 지는 사람은 다 애야."

"어머나, 뭐라도 되는 듯이 말하는 것 좀 봐. 그럼 좋아하는 남자한테 고백도 못하면 완전 꼬꼬마겠네. 아니면 소녀 같다고 해야 하나?"

마이코가 천천히 유키를 향해 몸을 틀었다. 그것만으로도 주위가 위험한 분위기로 바뀌었다. 나는 눈빛으로 유다이에게 도움을 청했지만 이 녀석은 자신이 분쟁의 씨앗이 된 줄도 모르고 입을 떡 벌리고 두 여학생을 바라봤다.

아이고, 눈치 없이 저 혼자 태평하면 다인가.

"우와, 이거 보기 드문 조합이네."

"오호! 여자끼리 싸운다!"

최악이었다. 평소 중재를 하거나 소란을 진정시키던 녀석들까지 그동안 쌓였던 울적함의 배출구를 찾아 싸움을 신나게 부추겼다.

다음으로 나는 하쓰네를 살폈지만 그녀는 포기한 얼굴로 고개를 가로저을 뿐이었다. 이제 도움을 청할 만한 사람은 아무도 없다.

모두의 시선이 집중되는 가운데 마이코가 조용히 자리에서 일어섰다.

무조건 말려야 한다.

황급히 마이코의 손을 막으려 한 순간, 그녀가 내 눈앞에서 빙글 뒤돌아 출구로 걸어갔다.

"마, 마이코?"

"도발에 넘어가는 건 애라고 말했잖아. 그럼 콘서트마스터. 지휘자 건은 아사쿠라 군하고 잘해 봐."

평소의 침착한 태도에 나는 가슴을 쓸어내렸다. 유다이 일행이 애인지는 몰라도 적어도 마이코에게는 자제심이 있었다.

갑자기 어깨가 무거워졌다. 산더미처럼 쌓인 과제를 바라보듯 뒤에 있는 멤버들을 돌아다봤다. 마이코가 떠났는데도 그 자리에 가라앉은 불안과 초조함은 가실 줄을 모르고 멤버들은 미간에 곤혹과 피로감을 드러냈다.

이런 상태로 무슨 하모니를 이루겠다고.

하지만 이제 멈출 수 없다. 뒤돌아보다니 당치도 않다. 정기 공연이 두 달 앞으로 다가왔다. 더는 시간이 없다.

나는 어깨를 짓누르는 중압감을 떨치듯 목소리에 힘을 주었다.

"자자, 연습하자, 연습!"

3

여름방학에 들어갔다. 강의는 없어도 연습 시간이 늘어서 쉴 시간이 적기는 마찬가지였다.

지휘자가 없는 오케스트라 연습을 하느라 온 신경을 쏟고, 멤버들의 스케줄을 조정하느라 체력을 소모하고 나서 집에 돌아오면 침대에 쓰러져 아침까지 정신없이 자는 나날이 이어졌다. 그 탓에 며칠간 뉴스도 못 봐서 세상에 무슨 일이 일어나는지 알 도리가 없었다.

그런데 이때 아득히 높은 하늘에서 구름이 불온한 움직임을 보였고, 일기예보에서 연일 그 정보를 내보내고 있었다.

8월 15일쯤부터 동해 연안에 머물고 있던 전선이 며칠째 남북진동을 반복했지만, 20일부터 21일에 걸쳐 태풍 10호가 강한 세력을 유지하며 미나미다이토섬 남남동쪽에서 서서히 북서 방향으로 이동하자 따뜻하고 습한 기류가 유입되면서 갑자기 활동이 활발해졌다. 그리하여 발달한 비구름이 일본열도에 큰비를 내리려 하고 있었다. 기상청은 전선의 정체 기간이 길어지면서 비구름이 엄청나게 무거워졌다는 것과 그 비구름이 미에현 남부에서 아이치현 서부로 점차 유입되고 있다는 것을 특히 강조했다.

그런 사실을 나는 전혀 모르고 지냈다.

"기도 쨩, 오늘은 이만 들어가." 주인아저씨가 그렇게 말한 것은 저녁 6시가 조금 넘어서였다.

"네? 아직 시간이 이른데요."

"TV 일기예보 안 봤나? 태풍이 나고야를 직격한다던데. 전철이 멈출지도 모른다면서 직장인들이 일찍 퇴근하고 있다고."

아, 그래서 오늘은 손님이 별로 없었구나 하고 납득이 되는 반면 고작 태풍이 온다는 건데 뭘 그리 과민하게 반응하는 걸까 하고 이상하다는 생각을 했다.

"저만요?"

"그래. 보다시피 오늘은 손님도 적고 다른 아르바이트생들은 모두 시내에 사는데 기도 쨩은 니시비와지마에 사니까. 태풍이 오면 나고야 철도부터 멈추지 않나."

이에 대해서는 나도 기억하는 바가 있다. 작년 이맘때 태풍이 접근했을 때 JR, 나고야 철도, 긴키닛폰 철도, 시영 지하철 중 제일 먼저 멈췄던 것이 나고야 철도였다.

"네, 그렇게 할게요."

가게를 나왔을 때 밖은 이미 억수같은 비가 쏟아지는 중이었다. 접이식 우산을 써도 소용없었다. 셔츠가 어깻죽지부터 순식간에 젖었다.

주인아저씨의 말대로 지하철은 일찍 퇴근한 직장인 승객들로 들끓었고 나고야역도 사람들로 넘쳐났다.

이 때에도 나는 위기감이 전혀 없었다. 오히려 태풍의 접근을 축제를 기다리듯 즐기기까지 했다. 재해는 일종의 비일상에 해당하므로 일상의 근심을 잊게 하는 구석이 있기 때문이다.

니시비와지마역에 도착해서도 빗줄기가 약해질 기미를 보이지 않아 빌라에 도착하기 전에 셔츠는 물론 바지의 무릎까지 흠뻑 젖어 걸음이 무거워졌다.

8월의 비는 뜨뜻미지근하고 피부에 들러붙는다. 집에 들어간 나는 곧장 욕실로 뛰어들어 샤워 물줄기를 세게 틀어놓고 비와 땀을 함께 씻어 냈다. 수압을 세게 할수록 최근 몇 달간 일어난 불쾌하고 성가신 일도 함께 씻겨 내려가는 것 같아 꽤 오랫동안 물줄기를 맞고 있었다.

휴대폰 벨소리를 들은 것은 그때였다.

샤워 소리에 섞여 언제부터 울렸는지 가늠할 수 없었지만 내 휴대폰 번호를 아는 사람은 극히 소수다.

누가 전화한 걸까.

나는 얼른 옷을 갈아입고 거실로 나왔다. 테이블 위에 놓인 휴대폰이 파란 램프를 반짝이며 아직도 울리고 있었다. 발신자를 확인할 틈도 없었다.

"여보세요?"

—나 미사키인데, 지금 어디 있지?

"아, 선생님. 어디긴요, 집이죠."

—아직도? 자네는 TV 뉴스도 안 보나?

"조금 전에 막 돌아왔거든요."

—당장 집을 나와서 근처 대피소로 가도록. 시내 전역과 주변에 호우, 홍수 경보와 대피 권고가 내려졌어.

빌라에서 나오자 입이 딱 벌어졌다.

양동이로 퍼붓는 듯 쏟아진다는 표현이 있지만 그것으로

는 부족했다.

드럼통으로 퍼붓는 듯한 폭우였다.

한 시간도 지나지 않아 비의 기세가 일변했다. 비가 내리는 것이 아니라 곤두박질하고 있었다. 땅바닥을 때린다기보다는 꿰뚫고 있었다. 이 시간이면 조금은 밝아야 하는데 하늘에 잿빛 커튼이 드리워진 것처럼 몇 미터 앞의 풍경을 푹 덮어서 가렸다. 요란한 빗소리에 차량 주행음마저 지워졌다. 더 이상 빗소리가 아니라 글자 그대로 대량의 토사가 쏟아지는 굉음이었다.

퍼붓는 비가, 아프다.

마치 물로 된 창에 맞는 것 같았다. 물은 일정한 기세만 있으면 얼음보다 단단해진다. 전에 TV에서 봤던, 방수차 물이 노후화된 콘크리트를 깨부수는 장면이 생각났다.

도로에 나와서는 더 놀랐다.

강이었다. 끝없이 펼쳐진 도로가 빗물에 잠겨 있었다. 높이는 아직 10센티미터쯤이지만 모든 아스팔트가 탁한 물로 뒤덮여 있었다. 운동화를 신은 탓에 순간 주저했지만 그렇다고 대피소까지 샌들을 신고 갈 수도 없는 노릇이었다. 운동화에 물이 들어가는 것을 각오하고 나는 강 속에 발을 내디뎠다.

지정된 대피소는 빌라 1층 게시판에서 확인했다. 여기서 상점가를 지나 고지대를 향해 15분쯤 걸어가면 있는 중학교 체육관이다.

그러나 평소 15분이면 갈 수 있는 거리가 이 상황에서는 얼마나 더 오래 걸릴지 짐작도 안 간다.

집에서 나올 때 우산을 받치지 않고 우비만 걸치고 나왔다. 이 빗속에서 우산은 오히려 방해만 될 뿐 본래 역할을 다하지 못한다. 그런데 우비를 입은 이유가 하나 더 있었는데 깜박 잊어버렸다. 비가 직접 몸을 때렸다. 마치 폭포를 맞는 듯한 충격에 별안간 공포심이 고개를 쳐들었다.

눈앞의 맨홀에서 물이 콸콸 솟구쳤다. 지하에서뿐만이 아니다. 건물 빗물받이나 도랑에서 물이 쏟아져 나와 도로의 낮은 부분을 향해 모여들어 갈수록 세찬 물줄기를 만들었다. 긴장을 늦추면 물줄기에 휩쓸릴 것만 같았다.

이따금 지나가는 차량은 물의 저항과 도로가 보이지 않아 서행 운전을 하고 있었다. 그런데도 바로 옆을 지나가자 파도 같은 물보라가 머리 위까지 튀었다. 우비 속에 짐을 안고 있는 탓에 모자로 가려지지 않는 얼굴을 막을 손이 없어 물을 흠뻑 뒤집어쓸 수밖에 없었다.

짐이라고?

분명히 선바람으로 집을 뛰쳐나왔는데.

탁류 때문에 더딘 걸음을 부지런히 옮겨 겨우 상점가에 도착했다. 모든 가게에는 셔터가 내려와 있고 그 앞에는 흙 부대가 수북이 쌓여 있었다. 언뜻 봤을 때는 침수를 막은 것처럼 보이지만 갈수록 불어나는 물을 생각하면 쌓아 올린 흙 부대가 탁류 속에 잠기는 것도 시간문제였다.

"서둘러요! 중학교는 저쪽입니다!"

교차로 모퉁이에서 노란색 우비를 걸친 순경이 소리 높여 외쳤다. 애석하게도 빗소리와 탁류에 소리가 멀리 도달하지는 못했다. 그걸 아는지 순경은 양손을 휘둘러 가며 대피소 방향을 가리키고 있었다.

그 앞을 지나갈 때 나는 고맙다는 말을 건넸다. 소란한 가운데 그의 귀에 들렸을지 안 들렸을지는 몰라도 꼭 말하고 싶었다.

생각해 보면 참 얄궂다. 불과 몇십 분 전에 맞은 물방울은 안도를 가져다준 반면 지금 맞고 있는 물방울은 초조함을 불러일으킨다.

교차로를 돌자 완만한 경사로 이어진 길이 나왔다. 언덕을 올라가면 당연히 물 높이가 얕아져 걷기 편해질 것이다. 그렇게 생각하니 몸이 한결 가벼워졌다.

그런데 그 순간 뒤에서 요란한 소리가 들렸다.

콰르르!

콰르르!

이 억수같이 쏟아지는 빗속에서도 들리는 이따금 굵직하게 울리는 물소리.

뒤를 돌아보자 도로가 10미터 앞 제방에서 막혀 있었다. 요란한 소리는 그곳에서 나고 있었다.

그리고 엄청난 광경을 목격했다.

제방에서 이따금 파도가 넘쳐흐르고 있었는데 그것이 소리의 정체였다.

무시무시하게도 넘쳐흐른 파도가 가로등 위로 쏟아졌다.

제방의 높이가 2층짜리 가옥보다 더 높직이 있건만.

만약 저 제방이 무너지기라도 하면.

등골에 오싹 소름이 돋아 그걸 떨치듯 나는 눈앞의 언덕을 달려 올라갔다.

가까스로 체육관에 도착해 입구에서 곧바로 수건과 나일론 주머니를 받았다. 지붕 아래로 피해 마른 수건으로 얼굴을 닦자 그제야 제정신이 들었다. 나일론 주머니에 젖은 우비와 운동화를 집어넣었다.

주소와 이름을 확인하나 싶었지만 그런 절차 하나 없이 체육관 안으로 안내되었다.

체육관은 사람들로 발 디딜 틈이 없었다. 만약 체육복을 입은 중학생들로 가득했다면 일상적인 광경이었겠지만, 우왕좌왕하고 있는 사람들은 평범한 옷차림의 주민들이었기에 몹시 위화감이 느껴졌다. 그중에는 잠옷 차림인 사람까지 있었다.

에어컨 설비가 없는 체육관은 아무리 넓어도 꽉 들어찬 사람들의 훈김 때문에 무더웠다. 거기다 사람들의 체취까지 섞여 머리가 어지러울 지경이었다.

오늘밤을 이 무더위와 체취 속에서 지새워야 하나 싶어 몸서리치고 있는데, 사람들 틈에서 누군가 나를 부르는 소리가 들렸다.

"아, 다행이야. 무사히 왔군."

"미, 미사키 선생님?"

느닷없이 나타난 미사키 선생님이 나를 보자마자 활짝 웃었다.

"어떻게 여기 계세요? 선생님 댁은 사카에잖아요."

"호리강 근처에 사는 친구 집에 갔는데 대피 권고가 내려지는 바람에. 그런데 여기 와서 보니 자네가 안 보이기에 연락했지. 그나저나 역시 음악가야. 이런 상황에서도, 아니 이런 상황인 만큼 악기를 손에서 놓지 않다니."

어?

미사키 선생님이 흐뭇하게 가리킨 방향을 보자 내가 왼손으로 바이올린 케이스를 꼭 껴안고 있었다.

어안이 벙벙할 뿐이었다.

도대체 언제? 하지만 이제야 납득이 되었다. 우비를 선택한 것은 한 손에 악기를 안고 있어서였고 도중에 배 언저리에 이물감이 느껴진 것은 케이스를 지키고 있었기 때문이다.

"전혀 몰랐어요……."

"워낙 순식간이라 허둥지둥했을 테지. 그럴 때 사람은 무의식적으로 평소 손에 익은 물건을 들고 나온다고 하던데.

연주가에게는 흔히 있는 일인데 나는 악기를 들어 나를 수가 없어서 부럽기 짝이 없군."

얼른 케이스에서 파트너를 꺼냈다. 케이스는 완전 방수이지만 여기 오는 길에 험하게 다루었을지도 모른다.

현이 느슨해지지는 않았는지, 브리지 위치가 이동하지는 않았는지, 버팀막대가 어긋나지는 않았는지. 다행이다! 아무 이상도 없다.

주머니를 뒤져 봤더니 방 열쇠만 들어 있을 뿐 지갑과 휴대폰도 없었다. 집에 두고 온 것이다.

머리가 아닌 손가락이 돈이나 사람들과의 인연보다 악기를 우선시했다. 갑자기 애정이 샘솟아 극히 자연스럽게 바이올린을 쥐었다.

오른 손가락에 착 감기는 활대의 감촉.

왼손 네 손가락이 기억하는 E현부터 G현.

이 손은, 그리고 이 손가락은 돈다발이나 휴대폰 자판보다 바이올린에 익숙하다. 아니, 눈에 보이지 않는 강한 유대로 맺어져 있다.

그리고 고개를 기울여 턱과 뺨으로 악기의 온기를 맛보고 있을 때였다.

"그러니까, 자치회 회장한테는 민폐 끼치지 않겠다니까!"

체육관 중앙 부근에서 남자의 고함 소리가 날아들었다.

"하타나카 씨 마음을 내가 왜 모르겠어? 대피소에 들어온 사람을 다시 집으로 보낼 수는 없어. 내 입장 좀 생각해 줘."

"속이 바작바작 타 들어가는데 여기서 기다리라고? 가게로 가서 1층에 있는 물건만 위로 올리고 올게. 얼른 하고 올테니, 좀 봐줘."

"하타나카 씨만 장사하나? 나도 장사꾼이야. 아니, 여기 있는 상점가 사람들은 다 똑같은 심정이라고. 그런데도 다들꾹 참고 있잖아."

"자네는 이발소라 괜찮겠지만 우리는 쌀집이라고, 알아?"

"왜 이발소가 쌀집보다 괜찮다는 거야?"

주변 사람들이 문득 잠잠해지더니 분위기가 점점 험악해졌다.

"회장 양반. 미안한데 나도 좀 갔다 와야겠어. 꼭 돌아올 테니 보내 달라고."

"우오신 씨! 자네까지 무슨 소린가! 자치회 임원이 돼서 그러면 못쓰지."

"여기 있는 사람들은 10년 전 일을 잊지 못한다고."

"여러분, 주민센터 하천과에서 나왔습니다! 현재 대피 권고가 내려졌습니다. 제방에서 백 미터 부근은 몹시 위험한 상황이라 대피소에서의 이동을 금지하오니 여기서 대기해 주십시오."

"공무원은 꺼져!"

성질이 사나워 보이는 상인이 젊은 남성의 멱살을 잡았다가 말리려고 달려든 사람들과 밀치락달치락했다. 그 틈에도 자치회 회장에게 따지는 사람, 그를 달래는 사람이 뒤섞여 수습하기 어려운 상황으로 치달았다.

체육관 여기저기서 아기와 어린이의 울음소리가 터져 나왔다. 그치지 않는 울음에 당황한 어머니가 다그쳤고, 이에 울음소리는 더 커질 뿐이었다.

얼굴을 맞대고 이야기하는 남자들도 있었는데, 워낙 어수선해서 대화 소리가 자연히 커졌다. 곳곳에서 자리를 확보하느라 옥신각신하는 사람들도 있었다. 초등학생들은 뭐가 신나는지 사람들 틈을 비집고 뛰어다니기 바빴다.

엉망진창이었다.

이대로 가다가는 난투극이 벌어질 것이다.

그때였다.

갑자기 앞쪽에서 쿠당탕! 하고 요란스러운 충격음이 울려 퍼졌다.

순식간에 고함과 울음소리, 소곤거림조차 멎었다.

소리가 난 방향은 무대 위였다. 그곳에 쓰러진 화이트보드와 노인의 모습이 보였다.

"어이쿠, 조심성 없이 이런 실수를 하다니. 놀라게 해서 미안하구먼."

마음씨 좋아 보이는 노인이었다. 목소리에 힘이 있어 마이크를 쓰지 않아도 목소리가 잘 들렸다.

"한데 자네들 행동거지도 이 늙은이 심장에는 독이나 마찬가지거든. 조금만 조용히 해 주면 고맙겠네만."

"선대 회장님, 우리 상인들은."

"하타나카 씨, 자네 마음이야 내가 왜 모르겠나. 지금 자네가 뛰쳐나가면 너도나도 가겠다고 덤벼들 걸세. 그중 몇몇이 물에 휩쓸리면 어쩔 건가? 나간 사람들을 데려오려고 수색에 나선 사람이 2차 재해를 당했을 때, 자네는 아무렇지도 않게 지낼 수 있겠나?"

그가 입을 다물었다.

"가게도 물건도 당연히 소중하지. 한데 가장 소중한 건 여기 벌써 이렇게 모여 있네. 그걸 일부러 흩어 놓는 게 상책은 아니지 않겠나."

"압니다…… 당연히 아는데요! 제길……." 쌀집 주인은 쥐어짜듯이 말하고는 어깨를 축 늘어뜨렸다. "왜 다시 그런 경험을 해야 합니까? 이 지역 사람들이 무슨 잘못을 했다고."

"재앙은 사람을 가리지 않네."

"그래도 그렇지 너무하잖아요. 선대 회장님, 저는 10년 전 일을 한시도 잊은 적이 없다고요. 그걸 어떻게 잊느냐고요. 그건 선대 회장님도 마찬가지잖아요."

무대 위 노인이 심각한 얼굴로 고개를 끄덕였다.

10년 전이라는 말에 내 기억이 되살아났다. 당시 초등학생이었지만 브라운관 너머의 영상은 쉽게 잊을 만한 것이 아니었다.

2000년 9월 11일, 미증유의 집중호우가 나고야와 인근 지역을 습격했다. 사람들이 말하는 도카이 호우였다. 그날 하루 만에 두 달치 강수량을 기록해 제방이 무너졌다. 또 산사태로 토석류가 유출되어 막대한 피해가 발생했다. 특히 나고야의 덴파쿠구와 이곳 니시비와지마가 침수 피해를 입어, 건물 2층까지 흙탕물에 잠긴 채 교통 표지판만 얼굴을 내밀고 있는 몹시 이상한 모습이 인상적이었다. 니시비와지마역은 완전히 수몰되어 수면 위로 역사 지붕만 떠올라 있어 마치 종말을 연상케 했다. 피해 총액도 족히 2천억 엔을 넘어 한동안 도시 재해의 상징처럼 취급되었다고 한다.

"그날도 바람이 불고 비가 쏟아지는 가운데 이렇게 콩나물처럼 누워만 있었어요. 줄기차게 내리는 빗소리에 가게가 어떻게 되었는지 상상하면 두렵고 괴로워서 한숨도 못 잤다고요. 그런데 진짜 최악은 그 후에 찾아왔습니다."

쌀집 주인이 잠시 말을 끊었다.

"이틀 만에 비가 멎고 나흘 만에 물도 빠지더군요. 예상대로 물건은 죄다 물에 잠기고, 2층에 있는 가재도구까지 전멸했다고요. 어느 집 사람이건 죽은 생선 같은 눈을 하고 쓸모없어진 가재도구와 가전제품을 급히 마련된 처분장에 내다 버렸습니다. 재산이자 가족의 추억이 담긴 물건이라 버릴 때는 모두 눈에 눈물이 그렁그렁하더군요. 집 안은 바닥이고 벽이고 진흙투성이에 쓰레기투성이라 돼지우리가 더 깨끗할 지경이었다고요. 장지문과 다다미, 이불도 못 쓰게 돼서 몽땅 처분장에 갖고 갔습니다. 이 지역에 비해 넓은 공원도 단 한나절 만에 쓰레기로 가득 차더군요. 길바닥의 차량은 진흙 일색인 데다 신차든 중고차든 할 것 없이 전부 폐차 수준이었지요. 뭐, 차량은 잠시 방치했더니 약삭빠른 업자가 와서 거의 수거해 갔지만요."

체육관은 쥐 죽은 듯 조용했다. 10년은 그리 먼 과거가 아니다. 같은 경험을 했으니 쌀집 주인 이야기에 그날 일이 생생히 되살아난 사람도 많을 것이다.

"비가 그친 뒤에는 쾌씸할 정도로 맑은 날이 이어집디다. 9월의 따가운 햇볕으로 기온이 껑충 올랐는데, 운 나쁘게도 우리 집은 쌀집이거든요. 물 먹은 쌀이 팽창해 자루가 터지더군요. 하필 한여름이라 쌀이 순식간에 썩어서 눈이 아플 정도로 악취가 났습니다. 그런데 처리장은 벌써 꽉 찼고, 회수 차량도 언제 올지 모르는 상황이라 썩은 쌀을 버리지도 못하겠더군요. 악취 때문에 아무도 우리 가게 앞을 지나가지 않게 되었습니다. 말 그대로 코를 싸쥐어도 못 참을 악취 때문에 외면당한 거라고요. 쌀집은 그리 돈벌이가 되는 장사가 아닙니다. 그런데도 손님들을 위해 삼대째 열심히 운영해 왔는데, 외면하다니요? 어찌나 한심하고 억울하던지 그날 이후 한숨도 못 자겠더군요…… 선대 회장님, 그때 일을 또 겪으라는 겁니까?"

"그런 경험이 나라고 없겠나? 하긴, 여기 모인 사람들은 많든 적든 다 같은 일을 겪었지."

이번에는 다른 남자가 입을 열었다.

"시내는 물이 빠지는 것과 거의 동시에 사흘째 되는 날 원상 복구되기 시작했지만, 여기는 기본적인 인프라 설비를 복구하는 데에 일주일이나 걸렸습니다. 수도, 가스, 전기를 쓰지 못하는 에도 시대로 돌아간 것 같았지요. 목욕은커녕 세수도 못하는 데다 화장실 변기도 못 내리는 통에 빨래는 꿈도 못 꿨습니다. 해가 지면 가로등도 없는 시커먼 어둠이 찾아오고 정보망도 차단되었어요. 그냥 여기서만 생활하는 거였으면 얼마든지 불평하면서 지내면 그만이었어요. 다 똑같은 처지이니 단념도 되었고요. 그런데 말입니다. 밖에 나가 봤더니 아주 딴 세상이더군요. 철도도 사흘째 되는 날 복구된 덕에 시내에 장을 보러 나가지 않겠습니까? 그래서 전철을 탔더니 다른 승객들이 저를 피하더군요. 이유야 뻔하지요. 사흘이나 못 씻고 냉방이 되지 않는 집에서 땀에 절어 지냈으니 냄새가 오죽 심했겠습니까. 그래도 괜히 화가 치밀더군요. 똑같이 재해를 당했는데 왜 우리만 노숙자 취급을 받아야 합니까? 아까 선대 회장님이 재앙은 사람을 가리지 않는다고 말씀하셨는데, 그럼 왜 하필 우리란 말이냐고요. 결정적인 일은 집에 오는 전철에서 일어났지요. 창밖에 펼쳐진

마을 야경이 참 아름답더군요. 가로등, 편의점 조명, 길을 오가는 자동차 불빛…… 예전 같았으면 그냥 보고 넘겼을 텐데 사람이 만들어 낸 빛도 어찌나 아름다운지, 울컥했지요. 그런데 그 황황한 빛의 세계에서 이 지역만 시커멓더군요. 마치 블랙홀처럼 캄캄하고 커다란 구멍이 뻥 뚫려 있더란 말입니다. 오싹합디다. 이제 그 구멍 속으로 돌아가는구나 생각하니 발이 움츠러들더군요. 집으로 돌아가는 게 그토록 진저리가 나다니……."

마지막 말은 잘 들리지 않았다.

모두가 숨죽이고 있었다. 어디선가 코를 훌쩍이는 소리가 들렸다.

그런데 정적은 오래가지 않았다.

체육관 지붕에서 갑자기 요란한 소리가 난 것이다. 액체가 아니라 토사가 정통으로 쏟아지는 듯한 파괴적인 소리였다.

"……무슨 비가 이렇게 내려……."

지붕이 뚫리는 줄 알았다. 심상치 않은 빗줄기가 기세를 조금도 누그러뜨리지 않고 미친 듯이 지붕을 덮쳤다. 바람도 갑자기 거세졌다. 귀를 기울였더니 사방의 벽에서 삐걱삐걱 소리가 들려왔다.

이곳이 대피소이긴 해도 핵 방공호는 아니다. 고지대에 있긴 해도 비 피해를 피할 수는 없다. 자연의 맹위 앞에서 인간의 건축물은 하나같이 무력하다. 육식동물의 의지를 가진 비

바람이 체육관을 통째로 집어삼키려 한다. 여기 모인 우리는 사나운 이빨의 습격을 기다릴 뿐인 보잘것없는 존재다.

"무서워……."

"엄마!"

체육관 여기저기서 두려움에 떠는 목소리가 일었다. 솔직히 그들이 부러웠다. 목이 쉴 때까지 울부짖어서 단 한 순간이라도 공포와 불안을 잊을 수 있다면 나도 그렇게 하고 싶은 심정이었다.

"선대 회장님. 역시 나는 돌아가렵니다."

"나도요."

다시 남자들 사이에서 옥신각신 실랑이가 벌어질 참이었다. 어머니들은 슬픔에 잠기고 아이들은 안심을 찾아 울음을 그칠 줄을 몰랐다.

불안한 마음에 바이올린을 끌어안고 있자 문득 미사키 선생님이 내 얼굴을 들여다봤다.

"그나저나 과제곡은 잘 진행되고 있나?"

"네에?" 하고 그만 말끝을 올려 되물었다. 이 사람은 왜 이런 상황에서 그런 걸 물을까.

"차이콥스키의 바이올린 협주곡이었지, 아마. 당연히 암보했을 테고, 지금쯤 3악장까지 진도가 나갔을 테지."

"저기, 일단은요."

"일단, 이 아니라. 예를 들어 나를 시험관이라 생각하고 내 앞에서 연주할 수 있나?"

"……할 수 있어요."

"오케이. 그럼 가지, 학생."

의아해하는 내게 선생님이 무대를 가리켰다.

흔히 그렇듯이 무대 한 편에 그랜드피아노가 있었다.

"내가 오케스트라 반주를 맡지. 둘이서 여기 있는 사람들에게 협주곡을 선보이자고."

"설마 음악으로 사람들 마음을 진정시킬 셈이세요?"

"그래, 맞아."

"농담……이시죠?"

"천만에. 진지하고 또 진지하게 생각한 거야. 아주 진지하다고. 그 곡은 유행을 타지 않고 흘러나와서 사람들 귀에도 금방 친숙해질 거다."

"선생님, 무리예요. 훌륭한 마음가짐이라 생각하고 존경도 하는데요, 그런 미담은 현실에서 절대로 통하지 않아요."

"우리가 악기를 연주하는 것이 딱히 미담이라고 생각하지는 않는데."

"분위기 파악이 안 되세요?! 이 소란 속에서 바이올린을 켜봤자 아무도 안 듣는다고요. 되레 방해꾼 취급을 당할 뿐이에요. 전쟁이나 천재지변처럼 자기 목숨과 삶이 바람 앞의 등불일 때 사람은 음악을 필요로 하지 않습니다."

"그래, 나도 그리 생각해."

"그런데 왜!"

"과연 모든 사람이 다 그럴까?" 미사키 선생님의 눈빛이 문득 부드러워졌다. "물론 대부분의 사람은 생사가 위급할 때 느긋하게 음악이나 듣고 있진 않겠지. 왈츠 한 곡보다 빵 한 조각을 원할 거야. 세레나데 한 곡보다 포근한 침대를 바라겠지. 그렇지만 마음의 평온을 위해 피아노 선율을 갈망하는 사람이 있을지도 몰라."

"그건…… 하지만……."

"과학과 의학이 사람을 습격하는 불합리와 싸우기 위해 존재하듯이 음악 또한 사람 마음에 도사리는 두려움과 나약함, 비정함을 없애기 위해 존재하지. 겨우 손가락 하나로 모든 사람에게 평온을 줄 수 있다는 건 거만하기 짝이 없는 생각이야. 하지만 단 한 명이라도 음악을 필요로 하는 사람이 있다면, 그리고 자신에게 연주할 수 있는 재능이 있다면 나는 당연히 연주해야 한다고 생각해. 음악을 연주하는 재능은 신이 보낸 선물이지. 그걸 다른 사람과 나 자신을 행복하게 하는 데 사용하고 싶지 않나?"

미사키 선생님의 눈이 나를 꿰뚫어 본다. 온화하면서도 결코 외면을 허락하지 않는 눈빛. 눈을 피하면 그것만으로 자신이 불성실하게 느껴지는 눈빛.

내가 대답하기도 전에 선생님은 무대를 향해 걸어갔다. 나는 하는 수 없이 그 뒤를 따랐다. 그 눈빛을 보고 깨달았다.

설령 내가 꽁무니를 뺀다 해도 이 사람은 혼자 무대로 향할 것임을.

고함과 비탄과 울음소리가 난무하는 가운데 미사키 선생님이 사람들 사이를 누비며 날렵하게 지나갔다. 나는 떨어지지 않도록 따라갈 뿐이었다. 그리고 선생님이 무대 위로 올라가자 그제야 몇몇 사람들이 알아차렸다. 악다구니가 멎고 사람들이 하나둘 이상하게 쳐다보기 시작했다. 불온함으로 가득하던 분위기가 순식간에 호기심으로 변했다.

"알다시피 이 곡은 첫 음이 중요해. 말을 걸듯이 그러면서도 그 음으로 끌어들이듯 강한 음이어야 하지."

나는 작게 고개를 끄덕였다.

차이콥스키의 〈바이올린 협주곡 라장조〉는 어떤 의미에서 불운의 명곡이다. 1878년 차이콥스키는 랄로의 〈스페인 교향곡〉에 깊은 감명을 받아 이 곡을 완성했다. 야심작인 만큼 당시 바이올린의 일인자였던 레오폴드 아우어에게 곡을 가져갔으나 그는 기교적으로 연주할 수 없는 곡이라며 거절한다. 3년 후 바이올린의 명수 아돌프 브로드스키가 초연했지만 지휘자와 오케스트라가 만족스럽지 못한 연주를 선보여 청중에게 별 반응을 얻지 못하고 비평가에게도 혹평을 받고 만다. 그 후 한동안 이 곡은 불우한 취급을 받는다.

나는 케이스에서 치칠리아티를 꺼냈다. 최근 얼마간 스트라디바리우스를 연주하기도 했지만 치칠리아티는 오랜 파트너라 그런지 신체의 일부처럼 몸에 착 감겼다.

한편 미사키 선생님은 처음 본 피아노로 연주해야 했다. 자신이 애용하는 악기를 가지고 다닐 수 없는 피아니스트는 형편에 따라 어떤 피아노로도 최고의 음을 이끌어 내야 한다. 게다가 여기 있는 청중은 음악을 듣고 싶어서 모인 것이 아니다.

"이봐, 자네들. 거기서 무슨 짓을 하려는 거야?"

"이런 상황에서 뚱땅뚱땅 악기나 울릴 셈이냐?"

여기저기서 거친 말들이 터져 나왔다. 그때마다 몸이 움츠러든 나와 달리 미사키 선생님은 태연히 의자 높이를 조절하고 있었다.

"아무 때나 시작해도 돼."

그리고 한 번 더 나를 쳐다봤다.

흠칫 놀랐다.

피아노에 앞에 앉은 미사키 선생님은 완전히 딴사람이었다. 흔들림 없는 자신감, 백만의 적을 눈앞에 두고도 한 발자국도 물러서지 않는 대담함. 두 달 전 자선 음악회에서 봤던 늠름한 자태가 다시금 모습을 드러냈다.

나는 보이지 않은 손에 등을 떠밀리듯이 첫 음을 그었다.

제1악장 알레그로 모데라토, 라장조, 4분의 4박자. 의미를 담아 말을 건네는 듯한 서주 주제를 물결에 흔들거리듯 연주한다. 바이올린의 독주가 이어지는 모데라토 아사이의 소나

타 주요부다. 여전히 무대 밑에서는 저속한 말이 들린다. 그 목소리에 지지 않도록 나는 음량을 키워 나간다. 그러자 음량이 커진 만큼 흥분에 들뜨기 시작했다.

미사키 선생님의 반주가 시작된 순간 나는 귀를 의심했다. 잔잔하게 등장하는 첫 번째 주제. 그 음이 어찌나 다채로운지! 원래 이 협주곡의 악기 구성은 플루트 2, 오보에 2, 클라리넷 2, 바순 2, 호른 4, 트럼펫 2, 팀파니, 그리고 현악합주인데, 선생님의 피아노는 여덟 종류의 관현악기와 대등한 음을, 아니 어쩌면 그 악기들을 능가하는 음을 자아내고 있다. 흘끗 살피니 미사키 선생님의 손가락이 건반 위를 기계처럼 빠르게 새기고 있었다. 그래서 음이 풍성하게 들리는 게 아닐까 생각해 본다.

피아노 소리와 함께 야유가 멎었다. 이것이 반주라니 말도 안 된다. 자칫 잘못하다가는 독주 바이올린이 반주에 먹힐 지경이다.

주제가 론도 형식으로 변조된다. 바이올린은 끊김 없이 선율을 반복해서 연주한다. 달콤한 추억을 떠올리게 하는 선율. 화려하고 자유롭게 노래하듯이.

바이올린과 겨루듯이 피아노 반주가 차츰 고조되기 시작했다. 피아노는 바이올린을 밑에서 받치듯 연주하면서도 결코 앞으로 나오지 않는다. 그런데도 미사키 선생님의 피아노는 조용히 치달아 가고 있었다. 그 압박감이 내 손가락에 힘을 실어 준다.

상향하던 론도가 일단 하향한 뒤 다시 상향한다. 두 번째 주제가 제시된다. 서정적이고 어딘가 그리운 느낌의 선율. 피아노가 애드리브를 넣으며 바이올린의 발자국을 따라 걷는다. 실제로 뒤따라오는 것처럼 심장 박동이 빨라진다.

지금껏 레슨에서 오케스트라 반주와 수없이 연주해 왔지만 이런 피아노는 처음이었다. 절제된 반주를 하면서도 등 뒤에 바짝 달라붙어 독주자를 잔뜩 긴장하게 한다. 앞에 달리는 사람은 나인데 페이스를 장악한 사람은 미사키 선생님이다. 그런데도 기분 좋은 긴장감이었다. 손가락이 떨린다. 함께 떨리며 공진하는 쇄골이 관능을 일깨우려 한다.

문득 반주가 끊기고 바이올린의 독주가 다시 시작된다. 여기서부터는 완만한 상향을 계속한다. 홀로 활을 긋고 있자니 체육관 분위기가 얼마나 긴장되었는지 피부로 뚜렷이 전해져 왔다. 이제 어디에서도 말소리가 들리지 않는다. 이 긴장은 속상하지만 바이올린이 아닌, 미사키 선생님의 피아노가 불러온 것이다. 내 독주로는 그 긴장을 풀지 못한다. 하지만 질 수야 없다. 나는 온 신경을 귀와 손끝에 집중했다.

피아노가 살며시 들어와 경쾌한 경합을 벌인 뒤 이윽고 바이올린과 함께 첫 번째 주제를 드높이 노래한다.

전개부다. 누구나 들어 봤음직한 유명한 멜로디. 오케스트라였다면 포르티시모 부분에서 트럼펫의 고음과 팀파니의 저음을 동시에 연주할 것이다. 피아노가 공간에 웅장한 선율을 터뜨린다.

가슴 속에서 심장이 요동쳤다.

바이올린과 피아노, 나와 미사키 선생님이 일체가 된다. 온몸이 투지로 끓어오른다. 쓰러지고 또 쓰러져도 다시 일어서는 불굴의 정신을 불러일으킨다.

당시 비평가들 중에는 이 선율에 넘쳐흐르는 민족색을 싫어하는 사람도 많았다. 그런데 초연을 맡은 브로드스키가 혹평에도 굴하지 않고 기회가 있을 때마다 이 곡을 연주한 덕에 차츰 청중도 그 진가를 알아보게 되었다.

미사키 선생님의 피아노가 이어진다. 일단 음량이 떨어졌다가 불안감을 부추기는 피아니시모*가 무대 바닥을 기어다닌다. 단순히 불안뿐만 아니라 그 불안에 맞서려는 의지도 제시해 간다.

반주에 이어서 나온 바이올린 솔로. 첫 번째 주제를 여러 번 변주하며 사뿐사뿐 선회한다. 빠른 리듬을 부지런히 반복하면서 직전에 피아노가 제시한 불안도 언뜻언뜻 내비친다.

재현부에 접어들어 주제가 되풀이된다. 이때부터 미사키 선생님의 팔이 거침없이 높이 올라갔다.

환희가 폭발한다.

---

* pianissimo, 매우 여리게 연주.

마음이 해방된다.

그 순간 지붕을 세차게 두드리던 빗소리가 귀에서 들리지 않았다.

내가 연주하는 바이올린 음과 피아노 음이 몸속에서 공명한다. 나 자신이 악기의 일부가 되어 공진하는 몸을 앞뒤 좌우로 흔들어 음을 확산시킨다.

이제 청중의 반응은 신경 쓰이지 않았다.

밖에서 부는 폭풍도 신경 쓰이지 않았다.

폭풍은 여기에 있다. 나와 미사키 선생님 사이에서 회오리치며 두 사람의 마음을 휩쓸어 간다. 그리고 내적인 것과 싸우라고 외친다. 재해에 대한 공포와 야유에 대한 불안이 투쟁심으로 바뀌어 싸우라고 설득한다.

세 번의 피아노 행진에 응답하는 바이올린.

팡파르가 잦아들자 다시 바이올린 독주가 시작된다. 흥분이 가시기 전에 전개는 더욱 화려해진다. 단 섬세하고 가녀리게, 살얼음 위를 미끄러지듯 나아간다. 데타셰*와 스타카토를 구사하며 음이 끊기지 않도록 주의한다. 현악기 특유의 높은음을 내되 찌르는 음이어서는 안 된다. 손가락과 팔꿈치로 비브라토를 걸어 높이에 화사한 표정을 더한다.

끊어질 듯 끊어지지 않는 선율을 이어 나간다. 또렷하게

---

*   détaché, 활을 현에서 떼지 않고 음을 끊어서 연주하는 기법.

통통 튀어 오를 듯이 노래한다. 가늘면서도 강인한 음이 체육관을 빙빙 돌아다닌다. 흡사 싸우면서 방황하는 자의 노래였다.

서서히 음역을 넓히다가 한 대의 바이올린으로 쫓고 쫓기는 듯한 연주를 한다. 이제 겨우 제1악장의 반밖에 오지 못했는데 벌써 팔이 무거워졌다. 그런데도 연주를 중단하고 싶은 마음은 조금도 들지 않았다. 이 음악이 어디로 가서 어떻게 마무리될지 끝까지 확인하기 전까지는 활을 내려놓고 싶지 않았다.

두 번째 주제가 재현되어 바이올린을 이어받듯이 피아노가 소르르 들어온다. 어떻게 이렇게 들어올까, 참으로 절묘하다! 솔로가 자아낸 멜로디를 무너뜨리지 않고, 플루트의 다정한 음색을 표현하며 첫 번째 주제를 되풀이한다. 순간 사방에 전원 풍경이 어렴풋이 펼쳐진다. 그것을 이어받은 바이올린이 다시 생기 있고 활발한 리듬으로 조금씩 속도를 높여 나간다.

갑자기 활의 진폭이 커진다. 속도는 갈수록 빨라진다.

그리고 나는 질주하기 시작했다.

총총거리며 상승을 거듭하다 끝을 향해 활을 내달린다.

음이 바삐 뛰어다니고, 리듬은 뛰어 오른다.

갑자기 피아노가 일어나 뒤에서 추격해 온다. 미사키 선생님도 전력 질주를 시작한 것이다.

숨을 멈춘다.

심장 박동이 빨라진다.

쫓기듯 손가락을 더 빠르게 놀려 연주한다. 그런데도 화사함은 결코 손에서 놓지 않는다.

체력과 운동 능력의 한계에 도전하는 듯한 보잉. 피아노가 호응하며 여덟 종류의 악기를 총동원한 극채색의 음을 펼치고 굽이쳐 온다. 미사키 선생님은 상반신을 흔들며 맹렬한 속도로 건반을 새기고 있었다. 연주한다기보다는 피아노와 격투하는 것처럼 보였다. 바이올린과 피아노가 휘감기며 천상을 향해 힘차게 나아간다. 전곡의 엔딩처럼 성난 파도와 같이 밀어닥치는 라스트.

그리고 바이올린과 피아노가 마지막 소절을 격렬하게 연주하며 17분의 긴 제1악장이 끝났다.

잠시 정적이 흐른 뒤 마치 밀폐형 헤드폰을 벗었을 때처럼 지붕을 덮치는 장대비 소리가 귀에 흘러 들어왔다. 신기한 감각이었다. 연주 중에는 전혀 들리지 않았건만.

그나저나 방금 연주는 뭐였을까. 피로한데도 상쾌하다. 팔도 저린데도 쾌감이 느껴진다. 이토록 반주와 한 몸이 된 적도, 이토록 하모니가 마음을 울린 적도 없었다. 무턱대고 멤버들과 음을 맞추기에 급급하던 날들이 거짓말처럼 느껴진다.

어느새 이마가 땀으로 흥건했다. 심장 박동도 가라앉을 줄을 모른다. 그래도 잠시 활을 내리고 있자 흐트러진 호흡이 안정되어 갔다.

각오했던 야유는 아직 일지 않았지만 이제 그런 것은 아무래도 좋다. 지금은 다음 악장에 집중할 뿐이다.

곁눈으로 미사키 선생님을 보고 다시 놀랐다. 그토록 격렬한 연주를 한 직후인데 자못 태연한 얼굴이다. 조명을 받은 얼굴에 땀방울 하나 보이지 않는다. 도대체 저 가냘픈 몸에 연주 능력이 얼마나 숨겨져 있는 걸까. 아니면 이 정도는 프로로서 당연한 걸까.

다음이다, 하고 미사키 선생님이 눈빛으로 신호를 보내 왔다. 나는 얼른 바이올린을 턱에 끼웠다.

제2악장 칸초네타 안단테 아타카, 사단조, 4분의 3박자.

처음에는 피아노 서주로 시작된다. 목장의 아침을 연상케하는 고요한 도입부가 한차례 이어진 뒤 바이올린이 들어간다. 우수에 찬 슬픈 멜로디. 이것이 첫 번째 주제다. 이 곡이 쓰였을 당시 이 부분은 일부러 바이올린에 약음기를 끼워서 부드럽게 연주되었다. 그만큼 가느다란 선율이 요구된다는 뜻이다.

그러나 피아니시모처럼 극히 작게 연주하는 경우에도 실제로 작은 소리를 내지는 않는다. 그럼 어떻게 하느냐 하면 작은 소리로 연주하는 듯한 뉘앙스를 풍기는 것이다. 그렇게 하지 않으면 오케스트라 반주에 묻힐 뿐만 아니라 멀리 있는 청중의 귀에 닿지 않는다. 청중에게 피아니시모를 느끼게 하는 주법은 큰 소리를 낼 때보다 근육과 체력, 그리고 정신력을 더 많이 필요로 한다. 온화한 선율을 자아내는 한편 오른손 위팔 근육과 왼손 네 손가락 근육이 혹사를 견디다 못해 경련이 일어날 지경이다.

중간부는 내림마장조로 조바꿈된다. 여기서 두 번째 주제가 등장한다. 첫 번째 주제보다 오르내림이 풍성해 곡에 변화를 가져오는 이 주제의 멜로디는 듣는 이를 포근히 감싸듯이 위로한다.

여기 있는 모든 사람들의 가슴에 안도가 찾아오기를 빌며 내가 아는 모든 기교를 발휘해 음을 자아냈다. 여기부터 한동안 독주 바이올린이 이어져 미사키 선생님의 보조를 바랄 수도 없다. 오롯이 나 혼자 감당해야 할 중요한 부분이다. 피아니시모의 속박에서 벗어난 두 팔이 기쁨에 겨워 리듬을 탄다.

아무리 애써도 일개 음대생이 표현할 수 있는 음악이라 해봤자 뻔하다. 선생님이 말했다시피 손끝만으로 사람들에게 평온을 준다는 것은 거만하기 짝이 없는 생각이다. 그쯤은 충분히 안다. 하지만 나는 알아 버렸다. 재해를 입은 사람들의 비운과 고통을. 자신의 직업과 집을 혐오할 수밖에 없게 된 슬픔을. 만약 그 고통의 몇 분의 일이라도 덜 수 있다면 다른 수많은 사람들이 야유한들 뭐 어떻단 말인가. 겨우 몇 분간 팔을 혹사하면 좀 어떻단 말인가.

간절히 포르티시모로 연주하고 싶었다. 내 바람이 체육관

구석구석에 있는 모든 사람에게 닿도록 소리를 더 크게 내고 싶었다.

이윽고 첫 번째 주제가 다시 돌아온다. 두고 온 것과 잃은 것에 대한 미련과 정념을 그리며 선율은 슬픔의 구렁텅이에 빠진다. 다시 피아니시모의 가느다란 선율로 애절함을 표현한다. f자 모양 울림구멍에서 흘러나온 소리가 내 몸을 떨게 한 뒤 허공에서 아련히 사라진다.

그리고 바이올린이 침묵하자 그 슬픔을 이어받아 곧바로 피아노가 나타난다. 바이올린처럼 피아니시모로 여리게 시작했지만 미사키 선생님의 피아니시모는 그저 미약하기만 한 소리가 아니다. 타건 하나하나가 흔들림이 없다. 작은 소리인데도 신기하게 중량감이 느껴진다.

피아니스트든 바이올리니스트든 솔리스트 연주가는 특별한 주법을 터득하고 있다. 아까 내가 발휘한 기교도 그에 해당하는데 지금 미사키 선생님이 선보이는 것은 기교 이외의 것, 이른바 음악의 이질성이다. 한 피아노를 똑같이 연주해도 흘러나오는 음색에는 엄청난 차이가 난다. 연주자에게 특이성이 있기 때문이다. 개성보다 더 독특한 이질성, 그것이 연주자의 독창성이 되어 음색 그 자체가 된다.

반주 피아노의 약음은 오히려 청중을 집중시킨다. 뉘앙스가 약할 뿐 실제로는 음량이 충분하기 때문에 포르티시모만큼 강력하게 주장한다. 첫 번째 주제를 연주하던 중 이윽고 선율이 천천히 곡조를 바꾸어 나간다. 시련과 고뇌에 꺾이면서도 일어서는 용기를 제시한다.

그리고 갑자기 딴! 하고 피아노가 울부짖은 순간 제3악장이 시작되었다.

알레그로 비바치시모, 라장조, 4분의 2박자. 소나타 요소를 가미한 론도 형식.

돌연 피아노가 춤추기 시작했다. 생기 있고 활기찬 이 리듬은 나중에 나올 첫 번째 주제의 단편이다. 제2악장에서 차분해졌던 마음이 요동치며 솟구쳐 오른다.

곧바로 독주 바이올린으로 뒤를 이어받는다. 처음에는 거드름을 피우며 느긋하게, 그리고 서서히 속도를 높인다. 급격히 높이는 것이 아니라, 마치 지름이 큰 나선형 계단을 오르듯이 연주한다. 이는 첫 번째 주제에서 솟구쳐 나가기 위한 도움닫기다. 너무 단단히 별러서도 안 되고 도중에 느슨해져서도 안 된다. 악기와 내 안에 있는 에너지를 한계까지 끌어모으는 작업이다.

이따금 미사키 선생님의 피아노가 응원하듯 바이올린 선율을 뒷받침해 준다. 바로 밑에 안전망을 친 것처럼 안심이 되어 나는 마음껏 활을 긋는다.

활을 열심히 움직이며 생각한다. 하늘을 날기 위한 도움닫기는 어디서든 찾을 수 있다. 따져 보면 현재의 내가 그렇다. 저편에 있는 목적지. 그에 비해 내 걸음은 너무 느리다. 가로

막고 선 벽에 대해서도 한없이 무력하다. 하지만 그렇기 때문에 달린다. 도움닫기를 하며 힘을 축적해 점프하기 위한 거리와 타이밍을 잰다. 조금이라도 멀리, 높이 날기 위해.

53번째 소절에서 피아노(약음) 먼저 첫 번째 주제로 들어간다. 이 주제는 러시아 민속 무곡 트레파크를 표현한 강인한 리듬으로, 옛 비평가들이 혐오한 민족색이 가장 두드러진 부분이다.

드높이, 경쾌하게, 자유롭게.

러시아 무곡 특유의 격렬한 리듬을 보잉으로 표현하기 위해서는 빠른 패시지가 필요하지만, 여기서 왼손에만 집중하면 조급함이 왼손을 더 재촉해 순식간에 망쳐 버릴 것이다. 따라서 냉정하게 템포를 잡을 수 있는 오른손 움직임에 왼손을 동조시켜 폭주를 막아 준다. 생각은 냉정하게, 하지만 마음은 씩씩함을 더하는 리듬과 함께 뜨겁게 춤춘다.

이윽고 템포를 살짝 떨어뜨리고 가장조로 조바꿈한다. 두 번째 주제. 이 역시 러시아 무곡의 리듬으로, 리듬을 조금씩 빨리 타면서 긴박감을 더해 간다.

처음에는 당당한 모습을 보이지만 갈수록 속도를 내기 시작해 다시 내달린다. 피아노가 도중에 가담해 바이올린과 휘감기며 음을 포개어 간다.

말로 형용할 수 없이 관능적인 체험이었다. 내가 자아내는 음이 상대 안에 들어가고, 상대가 자아내는 음이 내 안에 들어온다.

　마음의 주고받음. 그리고 어울려 즐기는 영혼.

　하모니란 서로 다른 성질의 융합이라는 것을 실감하게 되었다. 지금 이 순간, 나는 미사키 선생님의 일부가 되었다. 그리고 음악에는 그 사람의 전부가 드러난다. 인생관, 성격, 가치관, 마음의 색깔, 영혼의 모양. 그래서 나는 선생님의 사려 깊음도, 상냥함도, 격렬함도, 그리고 고독함도 이해할 수 있었다.

　바이올린은 잠시 쉬고 피아노의 독주가 시작된다. 멜로디가 쾌활함을 잃지 않은 채 부드럽고 온화하게 흘러간다. 아아, 어떻게 이토록 다채로운 음을 낼 수 있는 걸까. 미사키 선생님의 피아노는 더 이상 오케스트라 반주가 아니었다. 응축된 오케스트라단 그 자체였다. 피아노가 악기의 왕임을 인정하더라도 바로 코앞에서 듣고 있자니 음의 다양함과 화려함에 현기증이 날 것만 같았다.

　곧바로 다시 바이올린을 가미한다. 첫 번째 주제를 재현하면서 잠시 피아노와의 밀회가 이어진다. 몇 번이나 상향을 거듭하면서 가파른 언덕을 뛰어 올라간다. 고작 피아노 한 대와 바이올린 한 대의 나란히 달리기. 그런데도 나는 아무것도 두려울 것이 없었다. 바로 옆에 이 피아노만 있다면 무슨 대단한 곡이든 어느 연주회장에서든 연주할 자신이 있다.

　달린다.

달린다.

달린다.

그리고 다시 피아노 독주가 흘러나온다. 여기서 한 번 더 템포가 떨어지며 선율은 평화롭고 목가적인 표정을 보인다. 이윽고 내가 선율을 이어받아 이번에는 솔로로 두 번째 주제를 재현한다.

저지대에 떨어진 멜로디. 하지만 금세 오르기 시작한다. 상향과 하향을 되풀이하는 듯하지만 결국 이 언덕 꼭대기를 향해 나아가고 있다.

서서히 빠른 패시지로 돌입해 첫 번째 주제의 단편을 연주해 낸다. 그것을 계기로 당초의 무곡풍 곡조로 돌아가 첫 번째 주제를 재현한다. 이제 바이올린과 피아노의 독주는 더 이상 나오지 않는다. 같이 온힘을 다해 꼭대기로 치달을 뿐이다.

피아노가 딴! 하고 포효한다. 이를 신호로 나도 뛰기 시작한다. 주제를 반복하며 더 강하게, 더 또렷하게 활을 긋는다. 옆에서 피아노가 여덟 가지 음색으로 웅대함을 형성한다. 양팔의 피로가 이제 거의 한계다. 앞으로 2분이면 전곡이 끝난다. 빨리 끝났으면 좋겠다는 마음과, 끝나지 않기를 바라는 마음이 대립한다. 두 가지 마음을 양팔에 담아 나는 숨을 크게 들이마셨다.

두 가지 악기가 하나가 되어 진로를 방해하는 것을 쓰러뜨리며 질주한다.

기만을 때려 부숴라.

나태를 짓밟아라.

불안을 흩뜨려라.

나약함을 날려 버려라.

우아함을 벗어 던지고 팔 전체로 바이올린을 휘두른다.

미사키 선생님도 양손을 폭발하듯 움직이면서 정점에 오르려 하고 있다.

또다시 그 감미로운 일체감이 나를 감싼다. 하지만 이번에는 감미로움만 있는 것이 아니었다.

고개를 흔든 순간 땀방울이 흩날린 듯했지만 이상하게도 덥지 않았다. 가슴속이 터무니없이 뜨거울 뿐이다. 두 악기에서 끝없는 에너지를 얻어 마음의 온도가 급상승하고 있다.

방해꾼은 이제 어디에도 없다.

음악의 영혼이 정점을 노린다.

두려울 건 아무것도 없다.

바이올린과 피아노가 서로 말을 건네고 선율을 휘감으며 피날레를 향해 달려간다.

숨을 멈춘다.

심장 박동이 선율과 동조한다.

허공을 찌르는 활.

무너지는 건반.

찢어지는 음.

깨지는 리듬.

그리고 열광의 소용돌이 속에서 두 악기가 격렬한 마침표를 찍었다.

순간 의식이 사방에 흩어져 머릿속이 새하얗게 변했다.

그때 다시 장대비의 굉음이 내 앞을 에워쌌다.

어?

앞쪽에서?

그제야 깨달았다.

그것은 빗소리가 아니라 박수와 환호성이었다.

나는 멍한 상태로 체육관을 둘러봤다. 시야에 들어오는 모든 사람들이 열심히 손뼉을 치고 있었다. 모두 일어선 가운데 휘파람을 부는 사람까지 있었다.

"학생." 갑자기 누군가 내 오른손을 세게 잡았다. 사람들이 선대 회장이라고 불렀던 노인이었다.

"고맙네. 자네들이 굉장한 걸 들려줬어. 라이브 연주를 처음 들었네만…… 이야, 클래식은 좋은 것이었구먼."

"오, 동감합니다! 나도 바이올린을 라이브로 듣는 건 처음인데, 이렇게 좋을 줄은 몰랐네. 왠지 용기가 나는군."

"그래, 나도."

"나도."

"저, 선대 회장님." 쌀집 주인이 조심스럽게 입을 열었다.

"아까는 저기…… 참을성이 부족해서 죄송했습니다. 여기서 좀 더 상황을 지켜볼게요."

"오, 그러겠는가?"

"왠지 두 사람의 곡을 들었더니 갑자기 안정이 되었거든요. 이런 빗속에 뛰쳐나가는 건 용기도 뭣도 아니지요. 불안해서 그랬나 봅니다."

"학생, 자네 프로를 꿈꾸나?"

"네? 아, 아뇨, 저…… 이쪽이 워낙 문이 좁아서요."

"되게."

"네?"

"자네라면 될 수 있어. 프로를 해 나갈 수 있다고. 보게. 여기 있는 모든 사람들이 자네들 연주에 용기를 받지 않았나. 음악이란 건 마음을 움직이는 것이 아닌가. 사람의 마음을 이렇게까지 움직인 사람이 프로가 되지 못할 리가 없지."

대답이 궁해서 그만 미사키 선생님에게 도움을 청하자 그는 손으로 턱을 괴고 이쪽을 쳐다보고 있었다. 마치 일이 돌아가는 모양을 즐기는 것처럼 온화하게 웃고 있었다.

"여러분, 죄송합니다. 제가 눈치가 없었군요. 이 학생은 연주하기 시작하면 완전히 자기 세계에 빠지고 말아 지금도 아마 정신이 멍할 겁니다. 왜 아까 제1악장이 끝나고 이분들이 성대하게 박수 쳐 주었는데, 기억 안 나지?"

아, 그랬구나. 갑자기 들린 장대비 소리가 박수였던 것이다.

문득 팔 저림이 느껴졌다. 축 늘어뜨린 손은 당연히 바이올린을 켠 상태이지만 너무 무거워서 목 높이까지 올라가지 않았다. 땀이 겨드랑이에서 팔꿈치까지 주르륵 흘러내렸다. 서 있기도 힘들었다. 땀 흘린 이마에서 열이 확 달아났다. 그러나 가슴속에는 아직 잉걸불이 벌겋게 달아오르고 있었다.

온힘을 다해 연주했다는 자부심은 있었다. 하지만 이 박수갈채가 나만의 명예일 리가 없다. 옆에 뛰어난 피아노 어시스트가 있었기에 가능한 연주였다.

하지만 그렇더라도, 그렇더라도.

"어쨌든 여러분, 연주가에게 가장 큰 보수는 비평가의 절찬도 훈장도 아닙니다. 자, 미래의 바이올리니스트에게 다시 한번 뜨거운 박수를 부탁드립니다."

미사키 선생님의 유도로 다시 큰 박수가 일었다.

밖은 아직도 폭풍우다. 지붕과 벽을 때리는 빗소리도 여전하다. 하지만 체육관에는 극적인 변화가 있었다. 불안과 초조함은 이제 느껴지지 않는다. 물론 한 사람 한 사람의 가슴속에는 찌꺼기가 남았겠지만 그것을 압도하는 것이 지금 여기에 있다.

잉걸불의 불티가 튄 것처럼 가슴이 뜨거워지더니.

어?

이상하다.

내가 왜 울고 있지?

4

그 후 제방이 무너지기 직전까지 많은 비를 뿌린 전선은 다행히 심야를 지날 무렵 급속히 속도를 올려 동해 쪽으로 빠져나갔다. 조기 대피 권고가 성과를 거두어 피해는 마루 밑 침수 3백 가구, 마루 위 침수 20가구, 산사태 등으로 인한 부상자는 5명, 사망자 없음으로 최소한으로 그치고, 대피 주민이 우려했듯이 도카이 호우가 다시 발생하는 사태에는 이르지 않았다. 내가 사는 빌라는 1층 일부가 물에 잠기긴 했어도 2층 내 방은 침수되지 않아 다행이었다. 시 당국은 평소의 방재 체제가 도시 재해를 미연에 방지했다며 의기양양해했고, 시민도 가슴을 쓸어내리며 한숨을 돌렸다. 나로서는 체육관에서 즉석 연주회를 했을 때의 인상이 너무 강렬해서 재해를 입지 않았다는 고마움이 그리 크게 다가오지 않았다.

여름방학이 끝나고 수업과 함께 연습이 다시 시작되었다. 여전히 에조에 부교수가 나타나지 않는 바람에 연습은 내가 지도 역할을 맡을 수밖에 없었다.

"미안. 제2바이올린이 늦게 나왔어. 세 번째 소절부터 다시 가자."

"플루트, 거기는 피아노*가 아니라 피아니시모!"

---

* 　piano, 여리게 연주.

"오보에, 고르지 않아, 다시."

"트럼펫, 빠르잖아!"

"제1바이올린, 거기는 비브라토를 더 내 봐."

"첼로! 음이 빠졌잖아."

"야, 콘서트마스터." 유다이가 손을 들었다.

"왜?"

"잠깐 쉬자. 10분만."

"아니, 그건 좀."

"네가 열심히 한다는 거 충분히 알겠어. 오케이. 그런데 재개 첫날부터 꼬박 두 시간은 너무하지 않냐? 오늘은 아직 감을 살리는 기간이라고. 무리하면 망한다."

"뭐…… 좋아."

허락하자 멤버들이 일제히 숨을 토해냈다.

"그나저나 아키라, 너 무슨 바람이 분 거야?"

"뭐가?"

"갑자기 찰거머리처럼 끈질겨졌잖아. 나쁘다는 게 아니라, 여름방학 때 무슨 일 있었어?"

"그러는 네가 보기엔 어떤데?"

"더 담백하다고 해야 하나, 태연해졌다고 해야 하나. 원래 스트라디바리우스 사용이 금지된 날부터 왠지 패기가 없어진 느낌이었는데."

"지휘자가 없는데 어떡해? 내가 성가신 일을 맡아야지."

"성가신 일로는 안 보이는데. 뭔가 눈에 생기가 넘친단 말이지."

"기분 탓이야, 기분 탓. 난 콘서트마스터 본래의 일을 하는 것뿐이라고."

나는 손을 크게 내저으며 얼버무린 뒤 고개 숙여 악보를 봤다.

그때 눈앞에 앉아 있는 하쓰네가 이상하다는 것을 알아차렸다. 미간을 찌푸리고 오른손으로 왼 손등을 누르고 있다.

"하쓰네 씨?"

"어, 아무것도 아니야."

"아무것도 아니라니. 첼리스트가 목숨 다음으로 소중한 손을 찡그린 얼굴로 누르고 있는데, 아무것도 아닐 리가 없잖아. 보여 줘."

나는 다짜고짜 그 왼손을 잡았다. 하쓰네가 못마땅한 표정을 지었지만 나는 모르는 척했다.

"아파?"

"……안 아파."

"정말?"

다음 말은 기어들어 갈 듯했다.

"아프기는커녕 감각이 없어……." 흠칫 놀란 내 귀에만 들리도록 하쓰네가 작게 말했다. "마지막 투티 때부터 이상했어. 현을 짚고 있는데도 짚은 것 같지 않게 감촉이 흐리더니,

마취된 것처럼 감각이 아예 없어졌어. 지금은 약간 회복되었지만."

"연습 전에 어디 부딪히진 않았고?"

"응, 너도 알잖아. 나 꼭 필요할 때 아니면 주머니에 손 넣고 다니는 거. 오늘 하루 아무 데도 부딪히지 않았어."

"내 손, 잡아 봐."

하얀 손가락에 힘이 들어간다. 하지만 아기 수준의 악력에 불과했다.

"더 세게."

그런데도 겨우 세 살배기 아이 수준의 힘이었다. 나는 그녀의 원래 악력을 몸으로 익혔기에 잘 알 수 있었다.

슬쩍 사방을 둘러봤다. 저마다 휴식을 취하느라 우리에게 관심을 갖지 않았다. 아니, 딱 한 명 이쪽을 바라보는 눈이 있었다.

가미오 마이코였다. 그녀는 자신의 시선을 숨기려 하지도 않고 이쪽에 고정하고 있었다. 순간 당황했지만 곰곰이 생각해 보니 오히려 안심이 되었다. 그녀가 우리를 주시한 것은 불행 중 다행이다. 적어도 이런 광경을 여기저기 떠벌리는 사람은 아니기 때문이다.

"당장 병원에 다녀와."

"그래도."

"잘 들어. 다른 사람도 아니고 하쓰네 씨한테는 진부한 변명 듣고 싶지 않아. 첼로 한 대 없어도 오케스트라는 끄떡없어. 그런데 손가락 하나 부족하면 첼로를 연주할 수 없잖아."

"……."

"이건 콘서트마스터의 명령이야. 모두에게는 잘 말해 둘 테니 어서 다녀와."

"……알겠어."

하쓰네는 마지못해 대답한 뒤 자리에서 일어났다. 그 뒷모습을 지켜보면서 나는 마이코 쪽을 돌아보고 손 인사를 하며 머리를 숙였다. 마이코는 아무런 감정도 드러내지 않은 채 시선을 홱 돌렸지만 그것이 그녀 나름의 오케이 신호였다.

갑자기 몸 상태가 안 좋아져 혹시 몰라 집에 보냈다고 설명하자 멤버들은 아무 의심도 없이 그 말을 믿었다. 정기 연주회까지 이제 한 달밖에 남지 않았다. 자칫 잘못하면 대역이 필요할지도 모른다는 생각이 머리를 스쳤지만, 그때는 아직 하쓰네의 증세가 그리 위중한지 꿈에도 모르고 있었다.

그리고 그녀가 신경외과 문을 두드린 그날 예상치 못한 곳에서 폭탄이 터졌다.

학교 공식 홈페이지에 쓰게 학장에 대한 살인 예고가 날아든 것이다.

IV   *Con calore deciso*
         열정을 담아 결연하게

I

대학 관계자에게 알린다. 가을 정기 연주회가 예정대로 개최되면 흰 건반은 쓰게 아키라의 피로 붉게 물들 것이다.

아이치 음대 공식 홈페이지에는 교직원 블로그가 있는데, 그 블로그에 있는 정기 연주회 관련 기사 댓글에 예고장이 올라와 있었다. 제목은 범행 예고, 작성자는 Unknown. 일련의 사건은 학교 관계자가 아니면 알 수 없으며, 또 묘한 가명을 쓰지 않은 것이 메시지에 설득력을 더했다. 블로그에 댓글을 달 때는 이메일 주소가 필요 없기 때문에 발신처를 추적할 수도 없다. 물론 전문가에게 맡기면 판명될 테지만 일반인이 추적하기란 거의 불가능하다.

교내는 벌집을 쑤신 듯 난리가 났다. 당연히 선발 멤버에게도 전달되어 당일 레슨실에 들어가자 온통 그 이야기로 떠들썩했다.

"오, 아키라. 그 블로그 봤어?"

"봤어. 범행 예고 댓글이 올라온 부분은 금방 삭제했나 보던데, 벌써 복사본이 나돌더라."

"삭제라. 학교 측도 당황스럽다는 건 나도 알겠는데, 여하튼 인터넷 정보잖아. 늦어도 한참 늦었지. 지금쯤 모르는 곳이 없을걸……? 그런데, 너 그거 알아? 조금 전에 이사회 긴급회의가 열렸대."

나는 몰랐다고 대답했다.

"그런데 너무 허둥대는 것 같기도 해." 유키가 불쑥 말했다. "요즘 세상은 중학교 익명 게시판에도 죽으라는 둥 죽이겠다는 둥 협박문이 비일비재하잖아. 그냥 장난일 가능성도 있지 않을까?"

유키다운 주장이라고 생각했다.

하지만 유키를 아는 사람이라면 그게 진심이 아니라는 것도 알 것이다. 유키는 대학 전체를 뒤덮고 있는, 불온한 분위기가 못 견디도록 싫은 것이다. 그래서 억지로라도 이유를 갖다 붙여 이 분위기를 불식하려 한다.

그런데 이 자리에는 억지 이유를 못 견디도록 싫어하는 사람도 있었다.

"장난이든 아니든 어쨌든 일련의 사건과 연결된 건 확실해. 안타깝게도." 마이코가 얼굴색 하나 안 바꾸고 내뱉었다.

"어머, 그건 또 무슨 뜻일까?"

"범인의 목적이 연주회를 방해하는 것이라면 이 협박이 그 역할을 훌륭히 해내고 있으니까. 그럼 이번 범인이 지난번 범인과 동일 인물이 아니어도 또 진심이든 장난이든 어차피 결과는 똑같아. 실제로 이사회가 거품 물고 대응하느라 정신없잖아."

"그야…… 그럴지도 모르지만."

"이 녀석은 머리가 아주 잘 돌아가는 사람이야. 회까닥 돈 게 아니라. 다들 이 녀석의 심리전에 감쪽같이 휘말렸잖아."

"심리전?"

"예를 들어 이 협박문이 스트라디바리우스 도난보다 먼저 올라 왔다면 어땠을까? 분명히 다들 장난이라면서 상대해 주지 않았겠지. 그런데 실제로는 악기 도난, 악기 파손의 순서를 거쳐 내용이 점점 더 과감해졌잖아. 세 번째는 연주자한테 직접 위해를 가할지도 모른다는 분위기를 조성한 다음 범행 예고를 보내온다면 효과 만점이지."

"일리가 있긴 한데, 그것만으로 범인의 목적이 연주회 방해라고 단정해도 되나?"

"세 사건에 공통되는 동기가 그 외에는 없으니까. 아니면 유다이는 다른 의견이 있는 거야?"

역습당한 유다이가 입을 뻐끔거리고 있자 레슨실 문이 열리고 의외의 인물이 들어왔다.

"어, 스가키야 교수님이 왜……."

'이런 데'라는 말은 황급히 삼킨 듯했다. 그러나 유다이가 입에 담은 말은 지극히 당연했다. 비르투오소과 학과장인 스가키야 교수는 에조에 부교수와 마찬가지로 자신의 학과 발표 준비에 쫓겨 그동안 이 오케스트라를 한 번도 찾아오지 않았기 때문이다.

"여러분에게 전달할 사항이 있습니다."

스가키야 교수가 웬일로 침통한 얼굴을 하고 있었지만 그것을 재미있어 하는 사람은 한 명도 없는 듯했다. 누구나 다음에 나올 말을 예상하고 있기 때문이다.

"안타깝게도 이사회에서는 오는 가을 정기 연주회를 중지할 수밖에 없다는 결정을……."

"잠깐만요! 교수님." 유다이가 교수의 말을 끊었다. "겨우 장난 협박문 때문에 연주회를 중지하다니요, 너무 겁쟁이 같지 않습니까. 저희끼리 이야기했는데요, 범인의 심리전에 완전히 말려든 거 아닙니까?"

유다이가 마이코와 나눴던 이야기를 반복하자 스가키야 교수가 금세 얼굴을 찌푸렸다.

"공식 홈페이지를 침입당하다니 통한한 일입니다. 이로써 사건을 교내에서 수습하기가 어려워졌습니다. 어제 나카 경찰서에서 연락이 왔었거든요."

교수의 아버지를 통해서일 것이다. 경찰 쪽에서도 마약 밀매 사건 때문에 대학의 동향을 살피던 중이었을 테니 당연히 홈페이지도 감시했을 것이다.

"물론 우리 대학의 정기 행사, 그것도 가장 크고 중요한 이벤트가 유쾌범*의 소행 때문에 취소되다니 굴욕이 따로 없군요."

"그렇게 생각하시면 결행하면 되잖아요. 이대로 취소하는 건 범인이 바라던 바예요." 이번에는 유키가 끼어들었다.

"하지만 협박은 학장님을 겨냥하고 있습니다. 행사와 학장님의 생명, 어느 쪽이 중요한지 논할 필요도 없겠지요. 쓰게 학장님은 우리 대학의 학장님이기 이전에 일본이 세계적으로 자랑스러워하는 보석 같은 존재입니다. 그리고 협박문 내용을 알고 있습니까? 흰 건반이 학장님의 피로 붉게 물들 거라니……, 범인은 당일 학장님이 연주하실 때 일을 벌이겠다는 겁니다. 어떤 사람은 폭탄을 장치할 수도 있다는 가능성을 시사하더군요. 만약 그럴 경우 같은 무대에 서 있는 여러분도 피해를 입을 가능성이 큽니다."

유키는 할 말을 잃었다.

"이런 이야기를 학생 여러분에게 한 적은 없습니다만, 경우가 경우인 만큼 밝히겠습니다. 우리 교수회 일동과 부교

---

* 사회를 어지럽힐 때 느끼는 쾌감을 맛보기 위해 범죄를 저지르는 범인.

수 및 강사분들도 따지고 보면 대학의 직원일 뿐이에요. 번지르르한 말이나 늘어놓을 생각은 없습니다. 어차피 다 똑같은 사람이라 서로 미워할 수도 있고 의자 뺏기 게임 같은 것도 존재합니다. 이사회를 눈엣가시로 여기는 사람도 있지요. 그런데 단 하나 공통점이 있습니다. 바로 모두가 피아니스트 쓰게 아키라를 존경하고 흠모한다는 겁니다."

나는 순간 교수의 얼굴을 다시 봤다.

"여러분이 아직 젊어서 실감이 나지 않을지도 모르지만, 우리 세대 음악가에게 쓰게 아키라라는 이름은 참 특별합니다. 지금이야 세계적으로 활약하는 일본인 연주가가 드물지 않지만, 그 당시만 해도 클래식은 서양 음악이고, 일본은 문화적으로도 극동에 불과했거든요. 그런데 그 상황에 새바람을 일으킨 사람이, 국제 콩쿠르에서 눈부신 성과를 올리고 일본인의 클래식이 세계에 통한다고 입증한 사람이 바로 쓰게 아키라였습니다. 외국인 연주가의 음반을 닳도록 듣고 동경하면서도 마음 한구석에서 분하게 여기던 젊은 음악가에게 그가 영웅 같았지요. 그 영웅이 위험에 빠질 게 뻔한데 우리가 어떻게 이대로 정기 연주회를 진행할 수 있겠습니까?"

생각지도 못한 사람의 진지한 말에 레슨실은 물을 끼얹은 듯 조용해졌다.

그런데도 유다이가 못 참겠다는 듯 입을 열었다.

"교수님들 심정은 잘 알겠습니다. 그런데 우리는 어떻게 되는데요? 정기 연주회는 실질적으로 프로 오케스트라 오디션이나 다름없잖습니까. 음악계에 취직하기 위해서는 연주회에서 실력을 보여 줘야 하고, 그래서 우리도 과제가 있는 와중에도 연습해 온 거라고요. 그게 중지되다니, 책임은 누가 지는데요? 학장님 안전은 염려하면서 우리는 안중에도 없다, 이겁니까?"

"하지만 학장님이 위험에."

"여긴 대학교잖습니까! 우리의 취직 기회를 몽땅 날려서는 안 된다고요!"

"찬성." 유키가 손을 들었다.

"나도."

"나도."

몇몇이 동조하며 말했다. 마이코를 슬쩍 훔쳐보니 그녀는 침묵을 지키고 있었다. 이유는 명백하다. 지금 손을 든 녀석들은 교수의 논리에 대해 감정적으로 반응하고 있다. 논리에는 논리로 맞서는 것이 특기인 마이코 입장에서 보면 반론할 만한 재료가 부족한 것이다.

콘서트마스터로서 어떻게 할지 고민하는 사이 교수와 멤버들 간에 생긴 균열이 갈수록 깊어졌다.

"어차피 이사회 사람들이 학장님을 설득했겠죠. 그럼 우리한테도 학장님을 설득할 기회를 주세요. 안 그러면 너무 불공평하다고요."

"맞아!"

"이의 없음!"

이의 없다니, 말은 잘한다. 양쪽 사이에 서서 갈팡질팡하는 한편 냉정한 나 자신이 그 억지 논리를 비웃고 있었다. 같은 설득이라도 교수들은 학장의 안전을 고려하는 반면 멤버들은 자기 형편밖에 생각하지 않는다. 객관적으로 봐서 어느 쪽이 통하는 논리인지는 아무나 붙잡고 물어도 다 안다. 하지만 들끓기 시작한 머리로 생각해 내는 논리는 대체로 어린 아이 수준이다.

"하지만 이사회에서는 이미."

"우리 앞날을 이사회에서 정하다니 말도 안 됩니다! 좋습니다. 지금 당장 저 혼자라도 학장님한테 가서 담판을 짓고 오겠어요."

"어, 유다이. 그럼 우리도 같이 가. 또 같이 갈 사람 없나?"

"너희, 잠깐 기다려."

스가키야 교수가 멤버들을 막아섰다.

"기다려서 되는 일이면 당연히 기다리겠는데, 그게 아니잖아요."

"우리 모두가 한목소리로 말씀드리면 학장님도 분명히 알아주실 겁니다."

사람은 감정의 동물이다. 어디선가 주워들은 말을 나는 그 자리에서 새삼 떠올렸다. 겉모습이 신중해 보이고 아무리 나이를 먹었어도 자신의 목소리에 흥분하는 사람은 분명히 존재하며 그런 사람이 집단 심리에 넘어가면 이성이 마비된다. 마치 그날 체육관에 간힌 사람들이 초조한 나머지 위험 지대로 뛰쳐나가려 한 것처럼.

아직 새파랗게 젊은 나로서도 단언할 수 있는 교훈이 하나 있다. 이성을 잃은 행동은 변변치 못한 결과만 낳는다는 것이다.

멤버들을 말려.

내 안에서 명령하는 자가 있었다.

하지만 어떻게?

무슨 말재주로 이 집단을 말리라는 걸까.

지푸라기라도 잡는 심정으로 다시 마이코를 봤지만 그녀는 체념한 얼굴로 고개를 가로저을 뿐이었다.

일촉즉발의 상황.

교수가 입을 한일자로 굳게 다물고, 유다이가 교수의 몸에 손대려는 그때였다.

"저어." 뜬금없이 말끝을 늘어뜨린 목소리가 들렸다.

모두 갑자기 물을 뒤집어쓴 것 같은 얼굴로 목소리의 주인을 찾자, 교수 뒤에서 그 사람이 나타났다.

"미사키 선생님⋯⋯."

"죄송합니다. 밖에 들리는 바람에. 교수님, 실은 한 가지 제안이 있습니다만."

"뭡니까? 하필 이런 상황에."

"라흐마니노프를 학장님이 아닌 다른 사람이 연주하면 어떻겠습니까?"

"네?"

스가키야 교수는 물론 따지고 대들던 멤버들도 하나같이 입을 딱 벌렸다.

"협박문을 잘 살펴보면 학장님이 피아노 앞에 앉으면 피를 볼 것이다, 라는 뉘앙스였거든요. 그리고 이사회는 학장님의 안전을 염려하고 있습니다. 그럼 학장님이 아닌 다른 사람이 연주하면 문제없지 않겠습니까?"

"드, 듣고 보니 그렇긴 합니다만……. 그런데 학장님의 피아노를 들을 수 있다는 것이 정기 연주회의 최대 강점이라."

"공식적으로 정해진 것도 아니지 않습니까."

"그야 그렇지만……. 지지난번 사건으로 아직 명기의 사용 허가도 떨어지지 않은 데다 학장님의 피아노 연주도 들을 수 없는 상황인데, 그런 연주회에 사람들이 와 줄지도 모르고."

"연주회가 수익을 따지는 행사라면 그렇겠지만 표면상으로는 단순한 학교 축제입니다. 게다가 원래 학생들의 성과를 발표하기 위한 무대이지 않느냐는 명분이라면 교수회와 이사회를 설득할 수 있을 것 같은데요."

오오, 하고 멤버들이 나직하게 환성을 질렀다.

"여기 있는 멤버들이 학장님이 뽑은 학생이라는 건 누구나 익히 알고 있습니다. 그리고 피아노 솔로가 그 유명한 쓰게 아키라가 아니라면 도리어 오케스트라의 실력이 한층 돋보이겠지요. 제가 스카우트하는 입장이라면 그 편이 훨씬 도움될 것 같은데요. 이미 학장님이 보증한 참가자들의 실력을 집중해서 음미할 수 있으니까요."

"으음."

"만약 연주회가 중지되면 여기 있는 선발 멤버들뿐만 아니라 기악과와 비르투오소과 연주자들도 그동안의 노력이 물거품이 됩니다. 학교에 대한 불신감도 커지겠지요. 그렇게 되면 당연히 학부모 협력회에도 영향이 미칠 겁니다."

"으, 으음."

스가키야 교수는 팔짱을 끼고 생각에 잠겼지만 완고한 태도는 이미 온데간데없이 사라진 후였다. 유다이 일행도 더이상 이빨을 드러내지 않았다.

"생각해 볼 만한 제안인 것 같군요. 하지만 말입니다. 가령 이사회에서 그 제안을 승낙한다 해도 도대체 누가 학장님 대신 그런 명곡을 연주한단 말입니까? 앗, 설마 미사키 선생님이 직접 대역을?"

"아뇨." 미사키 선생님이 미소를 지으며 부인했다. "학장님 대역은 그야말로 분에 넘치는 영광이지만 안타깝게도 저는 지휘를 맡기로 해서 그건 불가능합니다."

이번에는 몇몇이 놀라서 소리를 냈다. 나도 그중 하나였다.

"실은 아까 에조에 부교수님의 의뢰를 받았거든요. 갑작스러워서 그만 분수도 모르고 받아들이고 말았습니다. 방금 교수회에 보고하러 가려던 참이었습니다."

"아니, 그건 괜찮습니다만…… 그럼 도대체 누가 라흐마니노프를?"

"맡아 줄 사람이 있습니다."

"결국 에조에 부교수님이 미사키 선생님께 몽땅 맡기고 도망친 거네요." 병원에 가는 도중 나는 거리낌 없이 물었다. "학장님께 위험이 닥치면 바로 옆에 있는 교수님한테도 불똥이 튀니까요."

"그 말은 좀 듣기 불편한데." 미사키 선생님이 난감한 표정을 지으며 나를 나무랐다. "부교수님이 비르투오소과를 돌보느라 바쁘신 건 사실이고. 나도 반가운 제안이라 두말없이 오케이한 거야."

"어째서요?"

"알면서 묻기는. 음악가로서 지휘자가 되는 건 궁극적인 꿈이니까." 미사키 선생님이 아이 같은 얼굴로 대답했다.

"선생님은…… 정말 위험하다는 생각이 안 드세요?"

"물론."

전혀 문제될 것 없다는 말투에 나는 오히려 불안해졌다. 에조에 부교수라면 또 모를까 미사키 선생님만큼은 위험한 일을 당하지 않기를 바랐다.

"이사회에서는 아직도 경찰에 피해 신고를 하지 않았나 보더라고요. 그 난리를 겪었는데 말이에요."

"블로그 사건도 그거 하나만 보면 장난일 가능성이 크니까. 아직 학장님이 신고를 꺼리시는 모양이야. 범죄자가 교내에서 나오는 상황만큼은 피하고 싶으신 거지."

하쓰네가 긴급 입원을 하게 된 병원은 그녀의 아파트 근처인 후시미에 있었다. 스포츠의학으로 유명한 의사를 거느린 병원으로, 실은 팔 근육과 신경에 예민한 아이치 음대의 비공식 지정 병원이기도 하다.

접수처에서 안내해 준 2층 병실을 엿보니 낯익은 환자가 낯선 환자복을 입고 창밖을 보고 있었다.

"하쓰네 씨?"

대답이 없기에 다시 불러 봤다.

"아…… 아키라."

그제야 뒤돌아본 얼굴을 보고 나는 그 자리에 못 박혔다.

그녀의 눈은 죽어 있었다. 예전의 당돌한 빛도 불굴의 빛도 없이 절망에 사로잡힌 어두운 구멍이 뚫려 있었다.

"왜 그러고 서 있어? 죽은 사람이라도 보는 눈빛이네."

"아니, 저기."

"비슷하긴 하니까……. 아, 미사키 선생님도 같이 오셨군요. 들어오세요."

돌아보니 미사키 선생님의 표정도 싹 바뀌었다. 조금 전의 명랑함이 자취를 감추고 몹시 긴장한 듯했다.

"그럼 사양 않고 들어가겠습니다. 자, 어서 들어가."

뒤에서 떠밀리듯 병실에 들어갔다. 병문안 꽃다발을 가슴에 안고 있었지만 하쓰네가 꽃다발을 거들떠보지도 않아 당황한 나는 일단 의자에 앉았다.

잠시 어색한 침묵이 흐른 뒤 하쓰네가 나직이 중얼거렸다.

"아키라, 인폼드 콘센트 알아?"

"으음, 올바른 정보를 얻은 상태에서의 합의, 였나?"

"흐음, 아는구나. 난 처음 들었어. 정밀 검사도 이번이 처음이었고. 병원에서는 의사에게 병명과 치료법에 대한 설명을 충분히 들은 상태에서 동의하는 것을 말해. 오늘 아침에 담당의가 알려 주더라. 의무라고 하면서. 의사가 환자의 승낙 없이 멋대로 치료하지 않도록. 그런데 난 차라리 듣지 말 걸 그랬어."

다시 대화가 끊겼다. 나는 그녀의 입술이 자연히 열리기를 기다렸다.

"병명은 다발경화증이래."

말끝이 살짝 떨렸다.

내 가슴도 떨렸다.

"왜일까. 재클린 뒤 프레를 동경했는데, 설마 그녀와 똑같은 병에 걸리다니."

재클린 뒤 프레에 관해서는 하쓰네에게 여러 번 들어서 그녀의 목숨을 빼앗은 병에 관해서도 아는 바가 있었다.

다발경화증은 중추성 탈수질환의 하나로, 뇌와 척수, 시신경에 이상이 생겨 다양한 신경증상을 일으키는 질병이다. 아직까지 근본적인 치료법이 없고, 원인도 유전설, 감염설, 자기면역설 등 여러 설이 분분할 뿐 밝혀지지 않았다. 증상도 다양하다. 피로, 괄약근장애, 시각신경위축, 운동마비, 감각장애 등 여러 갈래에 걸쳐 있으며 반드시 특정 증상이 나타나는 것도 아니다.

재클린 뒤 프레를 덮친 것은 감각장애였다. 연주 중에 손끝의 감각이 둔해지더니 1973년 연주 여행 때 마침내 연주 불능이 되었다. 같은 해 가을에 그녀는 사실상 첼로 연주가를 은퇴하고 그로부터 14년 후에 병세가 악화되어 세상을 떠났다.

손끝 감각을 잃는 것. 그것은 하쓰네를 덮친 증상과 같았다. 그리고 기억해 냈다. 그날 케이크집에서 찻잔을 떨어뜨린 순간을. 그것이 전조였다.

"편리하기도 하지. 어제 MRI 검사를 했더니 금방 판명되었나 봐. 옛날 같았으면 뇌척수액과 혈액을 채취하고 며칠은 걸렸을 검사가 지금은 한나절이면 된다고 의사가 자랑처럼 말하더라. 생각해 보면 그 며칠간은 집행유예나 마찬가지인 셈이지. 그런데 나한테는 한나절도 허락되지 않았어. 아침에 눈을 떴더니 대뜸 사형 판결이 내려졌어."

하쓰네가 자조 섞인 웃음을 지었다. 자포자기의 심정으로 웃는 얼굴을 보고 있자니 가슴이 찌르듯이 아팠다.

"그래도…… 지금은 골수이식이 유망하다며. 하쓰네 씨가 전에 말했잖아."

"그건 골수에 병소가 있을 때 이야기야. 만약 뇌 이상 때문이면 효과 없음. 설마 뇌를 이식할 수는 없……고……."

말이 사라지고 잠시 무거운 침묵이 이어졌다.

"아아아악!" 돌연 그녀가 머리를 흩뜨리며 격분했다. "왜 나야! 왜 이 병이냐고! 도대체, 도대체 내가 뭘 잘못했다고."

"하쓰……."

그녀가 내게서 꽃다발을 빼앗아 바닥에 내동댕이쳤다.

"나한테는 재능이 있는데. 쓰게 아키라의 손녀인데. 누가 좀 대신해 줘. 돈이든 차든 뭐든 줄 테니."

"진정해. 응? 진정하라고!"

"바보. 이 바보야!"

하쓰네는 몸을 비틀어 목이 터져라 절규했다. 나는 그녀의 머리를 꽉 껴안고 애써 감쌌다.

"싫어! 싫다고!"

그녀가 힘없는 주먹으로 내 가슴을 수차례 때렸다.

아프지 않아서 더 아팠다.

나는 머리를 잡아 뜯겼다.

뺨도 얻어맞았다.

그런데도 그녀를 놔주지 않았다.

점점 저항이 작아지더니 이윽고 얌전해졌다. 천천히 힘을 빼자 그녀가 울다 지친 아이처럼 흐느꼈다.

"하쓰네 씨……."

"시끄러워."

마지막으로 내리친 주먹이 내 쇄골에 닿았다.

그녀는 여전히 내 품에서 떨고 있었다.

"쓰게 하쓰네 씨."

뒤쪽에서 냉정한, 그러나 결코 냉혹하지 않은 목소리가 들렸다.

"오늘 내가 같이 온 건 세 가지 전달 사항이 있어서란다. 우선 정기 연주회는 예정대로 진행하기로 했어. 오늘 이사회에서 정식 결정되었지. 두 번째는 자네의 참여가 불확실한 관계로 지난번 오디션에서 차점을 받은 사람을 채용하기로 했어. 세 번째, 사정에 따라 쓰게 학장님 대신 다른 사람이 피아노 솔로를 담당할 거다."

그 말을 들은 순간 하쓰네가 고개를 천천히 들었다.

"아무것도 걱정할 것 없어. 자네는 치료에 전념하도록. 자, 그만 갈까?"

"그래도."

"괜찮아, 어서 가자."

선생님이 내 팔을 붙잡아 끌고 나왔다. 기댈 곳을 잃은 그녀의 상반신이 앞으로 고꾸라졌다. 힘껏 손을 뻗었지만 그녀에게 닿지 않았다.

아니, 닿았어도 손만 닿을 뿐이었을 것이다. 지금 그녀에게 내 목소리는 닿지 않는다.

세게 잡아당기는 힘에 못 이겨 나는 병실에서 쫓겨 나왔다. 미사키 선생님은 일단 문 앞에서 멈춰 섰다.

"지난달, 어떤 노인에게 이런 말을 들었단다. 재앙은 사람을 가리지 않는다. 확실히 그 말이 맞아. 그런데 재앙에 어떻게 대처할지는 사람이 선택할 수 있지. 도망갈지, 아니면 싸울지."

"설교할 셈이에요?"

"나는 그럴 자격이 없어. 내가 가르칠 수 있는 건 피아노 연주법 정도지."

"이런 손으로 어떻게 싸우라는 거예요? 손가락을 쓰지 못하는 첼리스트라니, 죽은 거나 다름없다고요. 난 벌써 죽었다고요."

"하지만 재클린 뒤 프레는 죽지 않았어."

하쓰네가 멍한 얼굴로 비로소 미사키 선생님을 정면으로 바라봤다.

"그녀는 다발경화증 진단을 받고 첼로 연주가로서는 은퇴했어. 그런데 그로부터 세상을 뜨기 전까지 14년간 그녀는 첼로 교사로서 후진 양성에 힘썼지. 경화증은 완화와 재발을 거듭하는 병인데, 완화되었을 때 상태가 점점 악화되어 갔어. 오늘날과 달리 증상을 완화하는 약이 없었으니. 병의 진행과 함께 일상생활에도 지장을 주게 되었지. 그런데도 마지막까지 첼로에서 도망가려 하지 않았어. 왜냐하면 그것이 그녀가 싸우는 방식이었거든."

"그건…… 전부터 알고 있었어요."

"그렇지. 따라서 내 풋내 나는 설교보다 뒤 프레의 정열적인 연주를 듣는 편이 자네한테는 훨씬 유익하겠군."

"가세요."

"정말 미안했다, 그럼."

문이 닫히기 직전 그녀가 얼굴을 감싸는 것이 보였다.

가슴 언저리에서 치밀어 오르는 것이 있었다. 참아도 걸을 때마다 입에서 쏟아져 나올 것만 같아 복도를 제대로 걸을 수 없었다.

대신해 달라고?

그래, 대신할 수 있으면 그러고 싶어.

"잔인한 것 같아도, 지금 자네가 그녀에게 해 줄 수 있는 건 아무것도 없어."

"알아요……. 그나저나 왜 굳이 정기 연주회 개최랑 대역 이야기를 하신 거예요?"

"필요했으니까."

"그럼 왜 학장님 앞으로 협박문이 도착했다는 건 빼놓으신 건데요?"

"필요 없었으니까."

하긴, 안 그래도 자포자기한 상태인데 그녀가 존경하는 학장의 위험한 상황까지 알린다면 충격과 혼란에서 벗어나기 힘들 것이다.

연주가에게는 죽음보다 괴로운 것이 있다. 연주가가 아니면 이해할 수 없는 가혹한 운명. 그것이 지금 그녀의 신변에 일어났다.

그런데 나는 아무것도 할 수가 없다.

병원 현관을 나왔을 때 참아 왔던 눈물이 터졌다.

감정을 억눌렀다고 생각했는데 계속해서 뜨거운 덩어리가 넘쳐흘렀다.

미사키 선생님은 내게 눈길 한 번 주지 않은 채 그저 잠자코 있었다.

2

"같이 좀 가야겠는데." 이튿날 미사키 선생님이 내게 말했다. "지금 피아노 솔리스트를 스카우트하러 갈 거거든."

"지금이라면…… 아직 그 사람한테 말씀 안 하신 거예요?"

"콘서트마스터와 함께 가야 효과적일 것 같았거든. 그러니 어시스트 잘 부탁한다."

내가 대답하기도 전에 선생님이 홱 뒤돌았다. 하는 수 없다. 미사키 선생님은 지휘자가 되었고 그 명령에 따르는 것이 콘서트마스터의 역할이다.

미사키 선생님이 내 앞을 거침없이 걸어갔다. 그렇다는 것은 스카우트할 사람이 이 시간에 어디 있는지 알고 있다는 것이다.

본관 2층, 복도 양옆으로 늘어선 레슨실에서 다양한 선율이 새어 나와 불협화음의 탁류를 이루었다.

그 탁류 속에서도 선명한 윤곽을 드러내는 곡이 있었다. 리스트의 스케르초. 미사키 선생님이 그 곡이 새어 나오는 레슨실 문을 열었다.

선생님 뒤에 있던 나는 안에서 피아노 치는 사람을 보고 경악했다.

"갑자기 뭐야?"

"단도직입적으로 말하지. 쓰게 학장님 대신 자네가 라흐마니노프를 연주했으면 하는데, 시모스와 미스즈 씨."

시모스와 미스즈가 어이없어 하며 미사키 선생님을 쳐다봤다.

"진심이에요?"

"이시쿠라 학과장님이 허락하셨으니 자네만 승낙하면 돼. 다행히 자네가 기악과 연주회에 참여하지 않으니 일정이 겹치지도 않고."

"기가 막혀서. 기악과 연주회도 거절한 내가 당신들과 콘체르토를 할 것 같아요?"

"그때는 콩쿠르 출전과 겹쳐서가 아니었나?"

"맞아요. 연주회에서 실력을 선보이기보다 실적 하나라도 더 쌓는 편이 훨씬 유리하니까요. 독주 악기의 특권인데, 그 정도도 못해요?"

"정론이긴 하군. 그런데 다른 사람도 아니고 쓰게 학장님 대신이라면 이야기가 다르지. 그 불세출의 천재 피아니스트를 대신할 연주자가 어떤 사람일지 안팎으로 주목할 거다. 아사히나 피아노 콩쿠르 우승의 존재가 희미해질 만큼. 피아노 콩쿠르의 우승자는 얼마든지 있어. 그러나 쓰게 아키라를 대신할 사람은 흔치 않지. 전통 있는 정기 연주회에서 쓰게 아키라의 18번인 라흐마니노프를 연주한다면 자네 이름을 세상에 알리는 최고의 무대가 될 터. 쓰게 아키라의 이름과 영광을 아는 자라면 예외 없이 자네 이름을 기억에 새기겠지."

어떤 말에 반응했는지 시모스와 미스즈의 완고한 표정에 균열이 갔다.

"솔직히 말하지. 지금 이 음대에서 라흐마니노프 2번을 연주할 수 있는 사람은 자네밖에 없어."

"하, 하지만 연주회까지 시간이 한 달밖에 없잖아요."

"자네 레퍼토리가 리스트와 쇼팽이 전부는 아닐 텐데. 기악과 교수님이 작년 과제곡이 라흐마니노프였다고 직접 말씀하시더군. 자네의 피아노 감각이면 지금부터 연습해도 결코 늦지 않아."

"나한테 라흐마니노프는 안 맞는단 말이에요!"

"라흐마니노프가 아니라 협주곡이 안 맞는 것일 테지."

그녀가 화난 얼굴로 입을 꾹 다물었다.

"자네 피아노 감각이 출중한 건 사실이야. 만인이 인정하는 바지. 그런데 약점도 있어. 두드러진 피아노 감각, 바꿔 말하면 강렬한 개성이 합주 때는 마이너스로 작용하지. 자네 이수 기록을 살펴봤는데, 1학년 때 쇼팽 피아노 협주곡을 연주한 게 처음이자 마지막 합주였더군. 그 후에는 오직 독주곡만 연주하고 있고."

"단순한 우연일 뿐……."

"아니. 자네 스스로도 알고 있어. 자네 피아니즘은 개성이 너무 강해서 오케스트라와 앙상블을 이루지 못해. 억지로라도 어울리려면 개성을 죽일 수밖에 없는데, 그럼 음이 버티지 못하고 오케스트라 속에 매몰되지. 자네 특유의 음색을 최대한 발휘할 수 있는 건 독주밖에 없었어. 그런데 이런 뻔한 말은 하는 것도 듣는 것도 촌스럽지만, 합주가 불가능한 피아니스트는 팀플레이가 불가능한 야구 선수나 마찬가지야. 그 어떤 악단도 고용해 주지 않지. 아니면 애용하는 피아노를 짊어지고 떠돌이 피아노쟁이라도 할 셈인가?"

진지하지 못한 태도일지 몰라도 나는 무대 연극을 보는 기분으로 두 사람의 대화를 즐기고 있었다. 평소 화를 내거나 퉁명스럽게 구는 것이 전부였던 그녀의 표정이 미사키 선생님의 한마디로 동요에서 경악, 경악에서 당황, 그리고 당황에서 멈칫멈칫 물러나기까지하며 고양이 눈처럼 쉴 새 없이 바뀌었다.

"잘 생각해 봐. 이건 천재일우의 기회야. 자네 자신의 약점을 극복하고 한 단계 발전하기 위한 기회. 성공하면 어마어마한 포상이 기다릴 테지. 아마 자네가 지금 가장 원하는 것 말이야."

그녀가 잠시 골똘히 생각한 뒤 고개를 들었다.

"역시 안 되겠어요."

그러나 나는 그 얼굴에서 말과는 정반대의 진의를 본 듯한 기분이 들었다. 정말 자신이 없는 것이 아니라, 그녀는 격려를 바라고 있었다.

"자네 개성을 죽이지 않은 채 오케스트라와 앙상블을 이룰 방법이 있어. 알고 싶지 않나?"

그 순간 그녀의 눈이 빛나기 시작했다. 황당하게도 미사키 선생님은 그녀를 격려하는 것이 아니라 낚아 올리려 했다.

"전쟁터가 아니면 알지 못하는 것이 있지. 청중이 없으면 얻지 못하는 기술도 있어. 그 때문에 많은 연주자들이 불안을 감추고 무대라는 전쟁터로 올라가지. 자네는 이미 무기를 갖고 있고 나는 싸우는 법을 알고 있어. 자, 자네는 도망갈 건가, 아니면 나와 함께 싸울 건가?"

이 사람은 아무리 생각해도 메피스토펠레스다.

악마 앞에서는 이 여장부도 세상 물정 모르는 스물두 살짜리 여자일 뿐이다. 이윽고 미사키 선생님이 내민 오른손을 시모스와 미스즈가 조심스럽게 잡았다.

레슨실을 나와 미사키 선생님은 "이제 바빠지겠군" 하고 즐겁게 말했다.

"쓰게 학장님을 솔로로 모시는 것과는 또 다른 스릴이 있어. 잘 부탁해, 콘서트마스터."

"선생님, 늘 그런 식으로 협상하세요?"

"어? 그런 식이라니?"

"시모스와 씨의 불안과 자존심을 이용했잖아요. 옆에서 듣는 내내 놀라 자빠질 뻔했다고요."

"그거 고맙군."

"그런데 왜 이렇게 신경 쓰시는 거예요? 부담스럽거나 그런 게 아니라 정말 고마운데요."

그러자 미사키 선생님이 이상하다는 듯 나를 말끄러미 바라봤다.

"곤경에 처해 있었을 텐데?"

"네? 네, 그야 그렇죠."

"학생이 곤경에 처하면 교사로서 도우라고…… 말한 사람은 자네였지."

"그, 그렇긴 한데요."

"그럼 됐군."

그러고는 선생님은 복도 저쪽으로 사라졌다.

시모스와 미즈즈가 독주 피아노를 담당한다고 알리자 마이코를 제외한 모두가 놀라서 소리를 질렀다.

그다음에 찾아온 것은 당황과 불안과 혐오였다. 그중에서도 유다이와 유키는 한목소리로 시모스와 미즈즈의 인간성을 들먹였다.

"그 애의 피아노 실력이 대단한 건 인정해. 그런데 성격이 너무 나쁘잖아. 그 애의 독설에 상처받은 사람이 한둘이 아니라고."

"나도 예전에 당했어. 내 클라리넷에는 구멍이 하나 더 있어서 소리가 샌다고 하더라니까."

"듣기로는 콩쿠르에서 장애인 소녀한테도 독설을 퍼부었다고 하던데. 연주가 이전에 인간으로서 최악이야."

"아키라. 정말 미사키 선생님 본인이 미즈즈를 뽑은 거야?"

"응. 지금 우리 음대에서 라흐마니노프 2번을 칠 수 있는 사람은 시모스와 씨가 유일하다면서." 내가 그렇게 말하자 두 사람 모두 어안이 벙벙한 표정을 지었다.

"성격이야 어쨌든 선생님의 판단은 틀리지 않았어." 마이코가 억양 없는 말투로 평했다. "실적과 실력을 감안하면 당연한 선택이야. 전국 일본학생 음악 콩쿠르 초등학생부에서 1위, 일본 음악 콩쿠르 피아노부 2위, 나고야 국제 피아노 콩쿠르 3위, 아사히나 피아노 콩쿠르 2위……."

"그런 실적은 아무짝에도 쓸모없어. 하모니. 그래, 중요한 건 하모니야. 아무리 엄청난 피아노라도 오케스트라와 안 맞으면 의미가 없잖아." 유다이가 조금 득의양양하게 말했다. "다들 그렇게 생각하지 않아? 오케스트라의 진수는 하모니잖아. 조화의 정신이 없는데 합주를 어떻게 하나? 도대체가 그런."

"그런 유형, 유다이는 상대하기 어렵지? 사람을 재능으로만 판단하고, 빈말이나 아부도 통하지 않는 유형. 공격해도 꺾이지 않고 뭘 생각하는지 모르는, 네가 가장 어울리기 싫어하는 여자 유형. 그런데 그녀는 전혀 강하지 않아. 빈말이나 아부가 아니라 진지하게 평가하면 귀담아 듣기도 한다고."

"전혀 강하지 않다고? 웃기시네! 몸은 고릴라, 마음은 아르마딜로, 그건 괴물이야."

"아르마딜로는 맞는 것 같네. 그런데 등껍질이 딱딱한 동물은 대부분 그 속에 있는 피부가 약하다는 거 알아?"

"또 시작이네, 알아듣지 못할 말 좀 그만하고. 아무튼 나는 못해. 지휘자가 에조에 교수에서 미사키 선생님으로 바뀌었다 한들 시모스와가 연주한다면 앙상블은 불가능하다고."

"나도 사양할게, 이런 거지 같은 오케스트라!"

모두가 흠칫 놀라 돌아본 그 문 앞에 시모스와 미스즈가 팔짱을 끼고 서 있었다.

타이밍이 이렇게 나쁠 수가.

인왕상처럼 우뚝 서 있다는 말이 바로 이런 걸까. 그녀는 다리를 딱 버티고 서서 팔짱을 끼고 있었다. 폭발 직전의 표정에서는 혈관이 툭 불거져 나올 것만 같았다.

"오케스트라가 이렇게 형편이 없어서야 확실히 앙상블은 불가능하겠네. 학장님도 기권하신 게 정답이었어. 만약 연주했으면 만년을 오점으로 마무리할 뻔했잖아. 심사위원들은 오디션 심사 때 단체로 귀마개라도 꼈나?"

곧바로 유다이가 반격했다.

"잘 알지도 못하면서 막말하지 마. 만년 2등 천재 피아니스트야."

"……뭐라고?"

"콩쿠르 휩쓸기로 유명한가 본데 네가 우승한 건 중학교 때까지였잖아. 고등학교 때부터는 매번 2위에 머물렀지. 음대 교수인 아버지와 바이올린 연주자인 어머니 사이에서 태어난 서러브레드치고는 한심한 성적을 내는 바람에 이대로 가다가는 가치가 떨어질 테니 조급해져서 닥치는 대로 콩쿠르에 나가는 거잖아."

시모스와 미스즈의 얼굴이 순식간에 붉어졌다.

"두 사람 다 이왕 그렇게까지 말한 거, 아예 본심까지 털어놓지 그래?" 끓어오른 두 사람 사이에 차가운 마이코가 끼어들었다.

"본심이라니?"

"이제 와서 성격이 어떻고 연주 실력이 어떻고 할 필요 뭐 있어. 처음부터 다 알고 있었잖아. 그걸 말하기 시작하면 미스즈뿐만 아니라 55명에 대해서도 할 말이 많아. 확실히 말해야 오해가 없을 테니 그냥 말해 버려. 실은 연주하는 것보다 연주회에 나가는 것이 무섭다고."

그 말 한마디에 실내는 물을 끼얹은 듯 조용해졌다.

시모스와 미스즈는 입이 험한 건 맞지만 그 내용은 단순한 독설이다. 하지만 마이코의 말은 송곳처럼 촌철살인이었다. 비교할 것도 없이 이쪽이 훨씬 고약하다.

"이대로 범인이 손가락 빨고 보고만 있을 리 없어. 왜냐하면 그 녀석의 목적은 연주회를 방해하는 거니까. 이번에야말로 연주자에게 직접 손댈 확률이 높아. 그 피해자가 자신일지도 몰라. 그렇게 생각하면 무서운 것도 당연해. 나도 그렇거든. 하지만 보이지 않는 협박자를 겁내는 자신을 드러내기는 부끄럽지. 그래서 온갖 이유를 붙여서 어떻게든 연주회를 회피하고 싶은…… 그런 마음 아닌가?"

"무서워한다고? 내가? 잠꼬대 같은 소리 좀 작작해. 나는 딱히."

"그러게. 네 말이 맞아." 미스즈가 마이코의 해석을 선뜻 인정하는 것을 보고 그녀를 아는 멤버들은 모두 눈을 동그랗게 떴다.

"나도 교내에서 무슨 사건이 일어났는지 정도는 알아. 단순한 장난이나 유쾌범은 아니던데. 스트라디바리우스를 어떻게 훔쳤는지 아직도 알아내지 못했고, 피아노를 파손한 걸 보면 범인이 악기에 훤하다는 걸 알 수 있어. 협박문 사건은 학교 측 반응을 계산한 후에 실행했고. 이런 녀석의 표적이 되면 절대로 달아날 수 없어. 무엇보다 범인이 이 안에 있을 가능성이 있어. 무대 위 혹은 무대 밑일 수도 있고, 반드시 어디선가 기습을 당할 거야. 범인이 지휘자일지도, 콘서트마스터일지도 몰라. 아니, 나일지도 몰라. 그런 연주회에 누가 나가고 싶겠어?"

그 말은 모두의 마음을 그대로 대변해 주었다. 유다이조차 입을 다물고 그 말이 옳다는 것을 남몰래 인정했다.

"오늘도 거절하러 온 거야. 어제는 그 임시 강사한테 설득되었는데, 생각해 보니 호랑이 굴에 들어가는 것이나 다름없더라고."

범인은 이 안에 있다. 그야말로 최대 금기어였다. 임금님이 벌거벗었다고 외친 꼬마는 득의만면했겠지만, 그 말을 들은 수많은 사람들은 피가 얼어붙는 심정이었을 것이다. 진리가 가장 귀중한 건 아니다. 진실이 가장 우선시되지도 않는다.

의심을 품으면 있지도 않은 귀신이 보인다더니, 그 귀신의 형태가 가장 뚜렷하게 나타난 순간이었다. 멤버들 몇몇이 옆에 있는 동료를 흘끔거리며 훔쳐봤다.

이 녀석일지도 몰라.

아니, 저 녀석이 아닐까.

의혹과 공포를 품은 채 하모니를 어떻게 맞추겠는가.

"결국 학교는 체면밖에 안중에 없구나." 진득진득한 침묵을 깬 사람은 유키였다. "교내에서 체포자가 안 나왔으면 좋겠다며 말은 그럴싸하게 하는데, 이사회나 교수회는 자신들 안위만 생각하는 거야. 우리 안전은 뒷전인 거지. 그럼 우리가 경찰에 신고하면 되잖아! 스가키야 교수님 혼자 이리 뛰고 저리 뛰어 봤자 아무 소용없지만, 경찰이 수사하면 범인도 금방 잡힐 거야."

"맞아, 그렇지." 유다이도 찬성했다. "용의자가 불특정 다수도 아니고, 교내에 있는 사람으로 한정되면 범인을 금방 지목할 수 있을 거야."

"그렇지?"

유다이의 찬성에 마음이 좋아졌는지 유키의 목소리가 한껏 들떴다. 고개를 끄덕이는 멤버들도 있었다.

하지만 그 의견은 건설적인 듯 보이면서도 오케스트라의 신뢰 관계를 깨는 것이었다. 평소 같으면 그걸 알아차렸을 유키가 불안과 공포에 짓눌려 이성을 잃은 것이다.

"나는 찬성."

"나도."

"동감."

멤버들이 잇달아 손을 올렸다.

침묵 아래 축적되어 온 의심이 용암이 되어 분출되는 것 같았다.

불안이 불신으로, 의심이 잔혹함으로 바뀌어 폭력 예찬의 장이 되려 하고 있었다.

뜨거운 공기에 밀려나듯 한 사람이 "당장 경찰서로 가자" 하고 레슨실을 나가려는 순간이었다.

"나, 봤어."

유다이 근처에서 누군가 불쑥 내뱉었다. 멤버들이 목소리가 난 방향을 쳐다보자 거기에 시노하라가 있었다.

"피아노 아래에 있던 페트병에 지문을 묻혔어…… 아키라가."

모두의 시선이 일제히 내게 쏠렸다.

"범인이 손댄 증거물이잖아. 함부로 만지면 안 된다는 것쯤은 생무지인 나도 알아. 그런데 너, 가만히 지켜보고 있다가 페트병을 움켜쥐고 주워 올리더라."

유다이가 끼어들었다.

"아키라가 순간 깜빡했겠지. 충격을 받으면 누구나 설명이 안 되는 행동을 하잖아."

"충격을 받았다고? 아니, 전혀 충격 받은 모습이 아니었어. 반대야. 굉장히 냉정해 보였거든. 만지면 안 되는데 일부러 지문을 남기듯이 잡았다고. 그 모습을 미사키 선생님이 수상쩍게 보는 걸 확인하더니 페트병을 내려놨어…… 마치 목격해 달라는 것처럼. 아키라, 아니야?" 시노하라가 반응을 살피듯 나를 쳐다봤다. 반신반의, 그의 눈빛은 그렇게 말하고 있었다.

"왜, 미사키 선생님 눈앞에서 지문을 묻혀야 하는데?"

"학장님 피아노를 물바다로 만들 때, 페트병을 깜빡하고 맨손으로 만졌다는 걸 떠올린 거지. 만약 지문 채취를 당하면 제일 먼저 자신이 의심받을 테니까. 그래서 목격자가 있는 곳에서 보란 듯이 한 번 더 만진 거야. 나중에 자기 지문이 검출되어도 발뺌할 수 있으니까."

"와, 용케 그런 번거로운 수법을 생각해 내는구나. 야, 아키라. 시노하라한테 대답해 줘. 전부 네 착각이라고." 유다이가 시노하라의 의심을 일축하기 위해 내 대답을 기다렸다.

그러나 나는 곧바로 대답할 수 없었다.

거짓말이 서툰 것은 내가 가장 잘 알고 있기 때문이다.

어설프게 거짓말을 하기보다 잠자코 있는 편이 낫다.

"야, 대답해. 아키라."

유다이가 조바심을 내며 재촉했다. 그런데도 내가 입을 다물고 있자 유다이의 눈빛이 시노하라의 눈빛을 닮아 갔다.

"너 설마."

"아키라, 뭐라고 말 좀 해 봐." 유키가 끼어들었다. "가만히 있으면 네가 범인이 되잖아."

바싹 말라 버린 목구멍에서 겨우 한마디 짜낼 수 있었다.

"그럼 어쩔 건데?"

잠시 모두가 얼어붙었다.

시간도 얼어붙었다.

"어쩔 거냐고?"

이번에는 마이코가 끼어들었다. 목소리가 살짝 떨렸다. 그 냉정하던 마이코도 방금 한마디에 큰 충격을 받은 듯해 나는 잠시 유치한 승리감에 도취되었다.

"내 말이 맞았던 거야? 어차피 프로가 못 될 바에야 다 같이 망하자는 심보로……."

"역시 마이코는 예리해. 네 말은 항상 옳더라."

하지만, 하고 계속 말하려 하는 마이코를 유다이가 가로막았다.

"아키라, 널 잘못 봤어."

평소 소동을 재미있어 하던 가벼움은 털끝만큼도 없었다.

"너만은 믿었는데."

"그거 영광이네."

"장난하지 마! 나뿐만 아니라 여기 있는 모두가 널 인정하고 받아들였어. 그래서 네가 콘서트마스터로 뽑혔을 때 아무도 반대하지 않았다고. 나 하나 제멋대로 굴어도 네가 있으면 어떻게든 된다고 신뢰했다고. 그랬는데, 그랬는데……."

그건 미안하다, 유다이. 그런데 너는 정말이지 어린아이구나. 그 나이 먹고도 사람을 볼 줄 모르다니. 유키와 마이코의 마음도 모르고, 물론 내 마음도.

"배신자."

늘 내 뒤에 있던 고쿠보 씨가 내뱉듯이 말했다. 아, 너도 그런 얼굴로 사람을 탓할 때가 있구나.

"형편없는 놈."

"빨리 경찰에 넘기자."

경악이 증오로 바뀌려 하고 있었다.

분위기가 어둡고 무거워졌다.

약간의 후회, 그리고 안도와 절망을 가슴에 품고 누군가 손을 내밀어 주기를 기다렸다.

그러자.

"그건 좀 기다려 줘야겠는데."

이 분위기에 전혀 어울리지 않는 목소리.

어느새 미사키 선생님이 거기에 있었다.

"선생님. 기다리라니 뭘요?"

"다들 화난 마음은 알겠는데, 적어도 연주회가 끝날 때까지 참아 줬으면 한다."

"이 녀석이 범인이라고요, 연주회를 방해하려고 한. 그런데 왜 연주회까지 내버려 두라는 말씀이세요?"

"못 쓰게 된 악기는 대용품이 있지. 첼로 연주자와 지휘자도 대신할 사람을 찾아냈어. 그런데 이제 와서 콘서트마스터를 대신할 사람은 못 찾겠지. 얼마 전에 들었는데, 제법 조화로운 오케스트라가 되었더구나. 그런데 지금 섣불리 콘서트마스터를 바꾸면 도로 아미타불이 될 거다."

"하지만!"

"지금 최우선해야 할 건 연주회를 성공적으로 끝내는 것이지 범인을 규탄하는 것이 아니야. 안 그런가? 생각해 봐. 스트라디바리우스를 포함해 희소한 악기는 사용 불가, 학장님은 불참. 수중에 있는 무기라고 해 봐야 이제 겨우 형태가 잡힌 오케스트라뿐이지. 더 이상의 인재 유출은 상황을 악화할 뿐이다. 가난한 군대는 군인을 효율적으로 움직여야 하지. 그리고 정 불안하다면 콘서트마스터를 내 감시 아래 두는 건 어떨까? 아니면 내 감시로는 부족한가?"

속사포 같은 말에 유다이는 어떻게 대꾸해야 할지 몰랐다. 조금 전의 위세는 온데간데없이 불 꺼진 불꽃처럼 입을 다물었다.

"달리 대안 있는 사람 있나?"

이번에는 아무도 손을 들지 않았다.

"그럼 모두 승낙하겠다는 거군. 고맙다. 아, 그리고 이 일은 연주회가 무사히 끝날 때까지 여기 있는 57명의 비밀로 하지. 외부에 알려지면 그야말로 이사회나 경찰이 개입할지도 모르고, 그렇게 되면 연주회 개최가 정말 위태로워지니까."

모두 마지못해 고개를 끄덕였다.

"그나저나 괜한 일을 저질렀군." 미사키 선생님이 나를 가볍게 흘겨봤다.

나는 몰매를 맞지도 않고 그렇다고 용서를 받지도 못한 지극히 불안정하고 어중간한 상태였지만, 하나 확실한 것이 있었다.

이것은 집행유예다.

아직 연주할 수 있다.

설령 연주회까지 남은 시간이 짧을지언정 지금의 내게는 뜻밖의 기쁨이었다.

"알겠어요, 선생님께 맡길게요. 그 대신 가르쳐 주세요."

"뭘?"

"승산이 있는지 말이에요."

"승산이라. 설마 아사쿠라 군, 자네가 이런 일에 계산기를 두드리다니 의외로군. 승산과 상관없이 자기 생각대로 밀어붙이는 사람인 줄 알았는데."

미사키 선생님이 유다이에게 얼굴을 가까이 대고 거부할 수 없는 미소로 말했다.

"음악에, 사람을 감동시키는 일에 계산은 필수가 아니야.

노려서 되는 일은 뻔하지. 물론 연주의 기초는 중요하지만, 여러 불확정 요소가 쌓여서 전혀 상상도 못한 하모니가 태어나지. 계산은 불가능해. 그러니 승산이 있느냐고 물어도 대답할 길이 없군. 그런데 승산이 있으니까 하고, 없으면 하지 않는다는 건 옳은 것처럼 보여도 실은 틀렸어."

"어째서요?"

"계산 가능한 미래란 존재하지 않거든."

이튿날부터 재개한 연습에는 미사키 선생님과 시모스와 미즈즈가 합류해 내가 지시할 일이 거의 없었다. 어제 일로 멤버들에게 말을 걸기가 망설여졌던 터라 오히려 한시름 놓은 기분이었다.

첫 앙상블은 참혹하기 짝이 없었다. 미즈즈의 피아노를 솔로로 들었을 때는 훌륭했지만, 합주 부분이 되는 순간 오케스트라와 어울리지 못하고 도드라졌다. 미즈즈의 타건이 오케스트라 반주에 비해 너무 격한 것이다.

"흠." 미사키 선생님이 지휘봉을 멈추고 생각에 잠겼다. "시모스와 씨. 그 타건은 혹시 라흐마니노프를 따라한 건가?"

미즈즈가 놀란 얼굴로 선생님을 봤다.

"네. 오래전에 그가 직접 녹음한 음반을 들었어요……. 담담하게 치는데도 기복이 심해 강약이 뚜렷하게 들렸거든요."

"그래. 지금은 감미롭고 정서가 풍부한 연주가 대세인데,

라흐마니노프 자신은 로맨틱한 선율에 빠지는 일이 적었거든. 해석이 잘못되지 않았고 원점 회귀도 재미있군……. 좋아, 제1, 제2바이올린이 주법을 바꿔 볼까?"

"소리를 크게 내라는 말씀이신가요?"

"아니, 소리를 내는 법을 바꾸는 거다. 보아하니 자네들은 아우어의 보잉인 것 같군."

미사키 선생님의 지적이 맞았다. 아우어식은 활대를 집게 손가락 두 번째 마디로 세게 누르는 방법으로, 유연성이 다소 떨어지긴 해도 음색이 풍부해진다.

"그런데 아우어 주법으로 소리를 크게 내려면 내림활을 할 때 활을 현에 꽉 누르게 되기 십상이야. 그러면 아무래도 소리가 탁해지지. 큰 소리를 자연스럽게 내려면 팔과 활 자체의 무게로 매끄럽게 내리는 갈라미언 주법이 합리적일지도 모르겠군."

"아. 그런데 이제 와서 주법을 바꾸는 건."

"그리 어렵지 않아. 갈라미언의 보잉은 손가락과 손목을 유연하게 해서 손가락으로 활을 조절하는 것이 특징인데, 기본자세가 바뀌는 것도 아니고 유연성도 있지. 조금 연습하면 반드시 할 수 있을 거야. 그리고 곡에 따라 운궁을 바꾸는 걸 오히려 당연하게 여겼으면 하는데."

곡 하나를 위해 운궁법까지 바꾸라니, 전혀 상상도 못한 바이올린 멤버들은 하나같이 당황했다. 그런데 미사키 선생님이 시험 삼아 갈라미언 주법으로 몇 소절 연주해 보자 확실히 미스즈의 피아노에 버금가는 소리가 무리 없이 나서 납득할 수밖에 없었다. 나를 포함한 바이올린 멤버들은 흥미진진하게 갈라미언 주법을 시험 연주하기 시작했다.

한편 선생님은 미스즈에게도 조언을 아끼지 않았다.

"제시부의 끝부분 말인데, 일부러 한 박자 늦춰 볼까?"

"네? 왜 그런 짓을 해요?"

"변형된 두 번째 주제에서 피아노가 격렬해져. 포르테로 금관이 울린 직후, 피아노 카덴차에 들어가는 부분. 여기서 청중은 이미 감정이 고조된 상태야. 다음에 이어질 멜로디도 예측하고 있고. 그 시점에서 청중의 기대대로 쏙 들어가면 청중은 만족할 테지만 그러면 재미없잖아. 선입관에 따르면 상식적이긴 해도 심심하니까. 거기서 기대를 배신하고 한 박자 늦추는 거지. 애태운 다음에 만족시키는 거야. 그건 허용 범위 안에 있는 비상식인 데다 청중의 기대를 더 높이는 효과가 있어."

이윽고 미스즈가 시험 삼아 연주하자 그 말이 맞았다.

미사키 선생님의 지시는 매번 신선하고도 구체적이었다. 악보에 담긴 작곡자의 의도를 이해하면서도 결코 얽매이지 않았다.

"이 곡의 스토리를 떠올려 볼까? 곡상이라고 해도 좋아. 어떤 작곡자든 인간인 이상 그가 살았던 시대 분위기와 무관해서는 안 돼. 당시 러시아는 혁명 전야, 사람들은 황제의 압제 정치에 궁핍한 상황이었어. 비옥하지 않은 대지, 풍요롭지 못한 삶. 제1악장의 종소리로 시작되는 묵직한 선율이 그걸 상징하지."

그 설명을 들은 직후 미스즈의 피아노가 더 장중해졌다.

또한 미사키 선생님의 지휘는 명쾌하고 알기 쉬웠다. 첫날에 설정된 템포가 마지막까지 흔들리지 않고 어디부터 시작해도 늘 일정했다. 지휘자로서는 당연할지 몰라도 템포가 분명하지 않으면 모든 악기가 동요하기 때문에 멤버들은 항상 안심하고 연주에 집중할 수 있었다. 또 그 손짓과 몸짓도 명료해서 알기 쉬웠다. 탄력성과 순발력이 풍부한 지휘는 마치 실을 끌어당기듯 우리에게서 음을 끌어냈다. 어디서 어떻게 들어갈지는 얼굴 표정으로 감지할 수 있었다. 팔뿐만 아니라 온몸으로 음악을 표현하는 지휘는 피아노를 연주할 때와 조금도 다르지 않아 유키를 포함한 여학생들은 "카를로스 클라이버 같아" 하고 좋아하는 지휘자와 포개어 넋을 잃고 바라봤다. 아니, 이토록 음악을 즐겁게 연주하는 모습은 누구에게나 신선한 놀라움이었다. 본인은 지휘법을 독학으로 배웠다며 겸손해 했지만 멤버들은 아무도 그 말을 믿지 않았다.

미스즈의 피아노에도 변화가 생겼다. 오만불손한 태도는 여전했지만 피아노에 관해서는 오케스트라와 잘 어울리게 되었다. 일방적으로 상대의 발언을 막는 태도는 자취를 감추었고, 합주 부분에서는 긴밀한 경합을 이어 나가다 단숨에 투티로 돌입했다. 지금까지 그런 연주 경험이 없었는지 악장을 오케스트라와 동시에 끝냈을 때 그녀는 뜻밖이라는 듯 자신의 손을 쳐다봤다.

성격이 다른 두 가지 물질에 화학반응을 일으키는 촉매제. 마이코는 미사키 선생님을 그렇게 평가했다.

그 말은 나와 오케스트라 사이에도 통용되었다. 자백 이후 나와 그들 사이에는 메울 수 없는 깊은 틈이 생겼다. 나를 향한 시선은 늘 차가웠다. 그런데도 미사키 선생님이 지휘봉을 흔든 순간 나는 모두와 하나가 될 수 있었다.

연주회가 끝나는 대로 내 처분을 이사회 재량에 맡기는 것. 그것이 멤버들이 내린 결론이었다. 그렇게 되면 더 이상 내게 연주 기회는 주어지지 않는다. 졸업하기도 전에 퇴학당할 것이 뻔하다. 음악계가 워낙 좁은 곳이라 음대에서 제적당한 사람에게 일거리를 줄 만한 괴짜는 없다. 결국 이번이 내 마지막 연주가 될 것이다.

괴롭지만 어쩔 수 없다. 그대로 경찰이 개입해 연주회가 중지되거나, 혹은 나만 오케스트라에서 퇴출되었다면 어차피 활을 긋지도 못했을 테니 그나마 나았다. 이번이 마지막이라고 생각하면 연주에 미친 듯이 집중할 수 있었다.

미사키 선생님이 요구하는 것은 치밀하고 논리적이면서도 터무니없었다. 처음에는 그 의도에 오케스트라 멤버들도 반은 어이없어했지만, 연습이 진행될수록 꼭 불가능한 것만은 아니라는 생각이 들더니 자신감으로 발전해 집중도가 높아져 갔다.

어제보다 향상된 연주가 흥분을 낳는다. 그 흥분이 실력을 더 향상시킨다. 나날이 수준 높아지는 연주에 너나없이 말려들었다. 자연히 연습 시간은 모두의 의지로 연장되고 내 아르바이트 시간은 자연히 제로가 되었다. 기숙생들은 통금 시간을 어기기 일쑤였다.

이리하여 미스즈와 오케스트라 멤버가 쓸데없는 생각을 할 여유도 없이 협주곡과 격투를 벌이고 있자 하루하루가 순식간에 지나갔다. 어느덧 매미 울음소리가 사라지고 길을 오가는 사람들은 긴팔 옷을 입고 있었다. 그리고 거리의 바람이 날카로워졌을 무렵 그날이 왔다.

3

10월 2일, 연주회 당일.

날씨가 흐리고 공기는 건조했다.

정기 연주회는 음대 축제와 같은 날 개최되므로 캠퍼스는 동아리 행사와 포장마차로 떠들썩했다. 이 날만은 흥에 겨워 객기를 부려도 아무도 뭐라 하지 않는다.

다만 콘서트홀은 별개였다. 객기는커녕 오늘 여기서는 일

거수일투족을 조심해야 하며 그 어떤 사소한 실수도 허락되지 않는다.

연주회 곡목은 다음과 같다.

제1막 기악과의 힌데미트 〈관현악을 위한 협주곡〉

제2막 비르투오소과의 슈베르트 〈피아노 오중주곡 송어〉

제3막 선발 멤버의 라흐마니노프 〈피아노 협주곡 제2번〉

나는 무대 가장자리에서 관람석을 바라봤다. 관람석 수 천 2백 석인 홀에는 초대 손님과 일반객이 모여들어 기대와 불안으로 분위기를 농밀하게 하고 있다. 기대는 쓰게 아키라가 뽑은 젊은 연주자들이 어떤 퍼포먼스를 보일지에 대한 것이며, 불안은 과연 쓰게 아키라 없는 피아노 협주곡이 성공할지에 대한 것이다.

정기 연주회의 백미인 쓰게 아키라가 불참하게 되자 역시 대부분의 초대 손님이 실망했다. 하지만 이사회에서 걱정한 만큼 거부 반응이 크지 않아 초대 손님의 70퍼센트가 초대에 응했다고 한다.

임원석에는 쓰게 학장의 모습도 보였다. 안색이 나쁜 건 최근 며칠간의 일로 마음고생을 많이 해서일까. 그런데도 무리해서 여기까지 발걸음 한 만큼 반드시 보답해야 한다. 그와 하쓰네를 위해.

비르투오소과의 오케스트라가 슈베르트 연주에 한창일 때 우리는 무대 뒤에서 순서를 기다렸다.

나는 모두와 떨어진 곳에서 홀로 의자에 앉아 있었다. 오랫동안 애용해 온 치칠리아티를 쓰다듬었다. 겹겹이 칠해진 바니시가 사람 피부처럼 따뜻하다. 많은 사람들 앞에서 이 바이올린을 연주하는 것은 오늘이 마지막이다. 그렇게 생각하니 괜히 더 사랑스러워졌다.

짧은 기간이었지만 스트라디바리우스가 가르쳐 주었다. 자신의 악기 소리에 귀 기울이라고.

지금은 이 악기가 뭘 원하고 무슨 노래를 하고 싶은지 훤히 안다.

마지막에 켜는 악기가 너라서 정말 다행이구나.

후회되는 일도 무척 많았다. 내가 연주하고 싶은 음이 과연 나올까 불안하기도 하다. 아르바이트를 쉬고 더 연습에 집중했어야 했다. 발버둥쳐서 시간을 되돌릴 수만 있다면 얼마든지 발버둥치겠다.

그런데도 오늘이 왔다. 지금 내가 할 수 있는 것은 이 바이올린에 활의 모든 것을 불어넣는 것뿐이다. 설령 그것이 미완성이고 꼴사나우며 결점투성이일지라도.

호흡을 가다듬고 있는데 누군가 눈앞에 우뚝 섰다. 유다이였다.

"난 네가 한 짓을 용서 못해." 목소리가 쌀쌀맞았다. 그래도 눈길은 따뜻했다. "그런데 이 연주에서 위축되거나 하면 더 용서 못해. 널 따라갈 테니 제대로 완주해."

내 대답도 기다리지 않은 채 등을 돌려 가 버렸다.

잠시 후 이번에는 미스즈가 와 나를 거만하게 내려다봤다.

"난 널 딱히 원망하지는 않는데, 하고 싶은 말은 저 녀석과 똑같아. 오케스트라를 제대로 끌고 나가. 만약 네 실수 때문에 곡을 망치면 그때는 정말 욕설을 퍼부어 줄 거야."

낮고 험한 말투. 하지만 이것이 그녀 나름의 격려임을 알아차리는 데 시간은 걸리지 않았다.

"알겠어…… 고마워."

그 말을 하자 미스즈가 몹시 놀란 얼굴을 하고 허둥지둥 자리를 떠났다.

그리고 장내 안내 방송이 3막의 시작을 알리자 미사키 선생님이 나타났다.

"자, 여러분. 더는 아무 말도 하지 않으마. 건투를……."

"잠깐만요, 선생님." 유키가 끼어들었다. "용기가 날 만한 말씀을 해 주세요. 지금 우리 56명을 호랑이 굴로 보내는 거잖아요."

여럿이 동의를 표하며 고개를 끄덕였다.

"으음…… 그럼 하나만. 너희가 가장 소중히 여기는 사람을 떠올리렴." 나는 바로 어머니와 하쓰네를 생각했다. "지금부터 너희들 한 명 한 명은 소중한 사람을 향해 연주하는 거다. 그 사람에게 들리도록. 그 사람의 가슴에 가닿도록. 그 사람과 이야기를 하고 즐겁게 하는 것, 그리고 그 사람을 위로

하는 것. 그것이 음악의 원점이거든. 그럼…… 레디?"

"고오오오!"

멤버들을 두 줄씩 무대 위로 올려보내고 내가 맨 끝을 맡
았다.

천장이 높은데도 조명이 유난히 눈부셨다. 그 탓인지 관람
석은 반대로 어두컴컴해서 관객의 얼굴이 구별되지 않았다.
오히려 그 편이 나았다.

멤버들이 정 위치에 앉은 것을 확인한 뒤 나는 일어나서
개방현을 울렸다.

A현부터 시작하는 튜닝. 54명의 귀가 이 음에 집중한다.
모두 악기를 조율하면서 긴장이 높아지는 것이 피부로 느껴
진다.

집중하자.

집중.

어느덧 불안이 사라지고 긴장과 사명감이 정신과 육체를
지배한다.

지금 이 순간 나는 모두에게 전폭적인 신뢰를 받고 있다.

이윽고 미사키 선생님이 미스즈와 함께 나타났다. 다소 소
극적인 박수가 일었지만 그것도 당연하다. 피아니스트로서
는 이름이 알려지기 시작한 미사키 요스케도 오늘 무대에서
는 지휘자다. 그리고 예정되었던 음악계의 보석 쓰게 아키라

를 대신할 사람은 무명의 학생이다.

지휘대에 선 미사키 선생님이 모두의 얼굴을 훑어본 뒤, 뒤돌아서 미스즈에게 눈으로 묻는다. 의자 높이를 조절한 미스즈가 눈으로 대답한다.

그리고 조용히 미소 지었나 싶은 순간 미사키 선생님이 지휘봉을 올렸다.

제1악장 모데라토, 다단조, 2분의 2박자.

미스즈가 천천히 첫 음을 자아냈다.

저편에서 서서히 다가오는 러시아 정교회의 종소리가 가슴에 꽂힌다. 여덟 소절에 걸친 화음의 연타가 음울한 정열과 긴장을 더한다. 이 연타는 한 번에 10도의 간격으로 손을 벌려야 해서 손이 작은 연주자는 아르페지오로 치는 것이 통례인데, 워낙에 체격과 손이 큼직한 미스즈는 별 무리 없이 해낸다. 건반을 누르며 가라앉아도 다시 뜨지 않는 손가락. 그러나 음은 끊김 없이 또 다음 음으로 이어진다. 때로는 건반에 휘감겨 붙었다가 때로는 높이 뛰어오르는 손가락이 분산화음을 거듭해 크레셴도로 이어 나간다.

돌연 오케스트라가 첫 번째 주제를 제시했다.

다단조로 물든 고통과 인내의 선율이 땅을 기듯이 울린다. 우리 제1, 제2바이올린은 연습대로 손가락 힘을 주체로 활을 긋는다.

첫 번째 주제의 제시는 현악기가 주도권을 쥐되 피아노는 그 주선율을 받치는 식으로 연주한다. 따라서 현악기 합주에 섞여 눈에 띄지는 않더라도 피아노는 그사이 아르페지오를 즐겨 쓴 초절기교를 구사한다. 내 자리에서는 미스즈의 운지가 훤히 보이는데, 길고 큰 손가락이 이리저리 얽히고 교차하며 바삐 뛰어다니는 모습이 마치 복잡한 실뜨기를 하는 것처럼 보였다.

주선율이 첼로를 시작으로 차츰 음형을 바꾸어 나가면 피아노가 아르페지오를 계속하면서 첫 번째 주제를 이어받는다. 미스즈가 자아내는 주제는 오케스트라의 장중함에 대응해 고독과 인내를 노래한다. 그것은 오롯이 그녀 자신의 주제이기도 하다.

그녀의 피아노를 가까이서 듣다 보니 알게 된 것이 있다. 수많은 콩쿠르에 입상하며 눈부시게 활약하는 것처럼 보였던 그녀도 실은 적을 두려워하며 주변 사람들의 높은 기대를 묵묵히 견뎌 왔다는 사실이다. 물론 그녀가 직접 말한 것은 아니지만 피아노를 듣고 있으면 감추어진 심정이 느껴진다.

그 피아노가 지금은 변하고 있었다. 고독한 건 마찬가지이나 타인을 내치는 날카로움은 더 이상 없다. 그리움에 사무쳐 타인의 손을 갈구하는 광기로 변하고 있었다.

피아노 독주가 한차례 이어졌다. 서정적이고 애절한 멜로디. 예전 같았으면 매끄럽게 넘어갔을 선율을, 미스즈는 진득하게 물고 늘어져 끊김 없이 이어 나간다. 차츰 템포가 빨라지며 포르티시모까지 도달하자 그 순간 모든 악기가 폭발하듯 밀어닥쳐 첫 번째 주제부를 마무리했다.

곧바로 비올라에 이끌린 피아노가 내림마장조의 두 번째 주제를 제시한다. 어둡고 장중한 첫 번째 주제와 달리 두 번째 주제는 감미롭고 센티멘털한 곡조다. 감상적인 멜로디인 만큼 피아노의 독무대가 펼쳐진다. 첫 번째 주제와 달리 피아노가 두 번째 주제를 맡은 것은 그런 이유에서다.

연인에게 속삭이듯 다정하고 온화하게. 이 우아한 선율은 라흐마니노프의 개성을 고스란히 구현하고 있다. 강이 흐르고 때로는 물결치는 듯한 피아노.

이윽고 두 번째 주제가 변형되고 피아노가 격렬함을 더하자 오보에와 클라리넷, 그리고 바순의 관악기가 힘차게 취주했다. 마이코와 유키가 나란히 오보에와 클라리넷을 불고 있다. 평소 유다이를 놓고 서로 미워하던 두 사람이 이 순간은 호흡이 맞는 자매처럼 조화로운 음을 빚어낸다.

피아노 카덴차에서 음형이 진행되다 이윽고 관악기의 팡파르와 함께 곡은 전개부에 접어든다. 유다이의 트럼펫이 주변 소리와 동떨어지지 않고 잘 녹아들었다.

돌연 미스즈의 피아노가 독주를 시작한다. 완만한 움직임에서 차츰 걸음을 서둘러 이윽고 내달렸다.

질주하는 멜로디.

상향하는 리듬.

미스즈의 운지가 눈으로 좇을 수도 없이 빠르고 강렬해진다. 둔중한 육체의 멍에를 내던지고 날개를 펼친 미스즈의 영혼이 하늘을 날아다닌다. 함께 연주하는 사람이라면 알 수 있다. 그녀 자신도 해방된 기쁨에 전율하고 있다는 것을. 그녀는 과거의 피아노에는 없었던 해방감을 터득했다.

미사키 선생님의 몸짓이 한층 커졌다. 지휘봉 끝으로 하늘을 찌르며 질풍노도의 신호를 알린다.

각 악기가 온 힘을 다해 음역을 넓혀 간다. 사납고 빠르게 흐르는 음의 격류는 알레그로의 형식을 취해 마치 돌진하는 듯한 리듬으로 변모한다.

미스즈는 이때부터 파도가 휘몰아치듯 건반을 새겼다. 한계까지 벌린 손가락을 날카로운 손톱으로 바꿔 피아노에 덤벼들었다. 포르티시모와 피아니시모를 번갈아 연주하며 거대한 파도를 형성한다.

숨이 차오른다.

심장이 펄떡거린다.

그리고 너울거리는 오케스트라와 피아노의 격류가 얽히면서 정점으로 치달아 겨우 클라이맥스에 도달했다.

그러나 거기서 숨 쉴 틈도 없이 재현부가 시작되었다.

나는 비축해 둔 힘을 손끝에 집중해 첫 번째 주제를 재현한다. 그러자 곧바로 피아노가 화답하며 아까 첼로의 음형을 모방한다. 왈츠를 닮은 완만하게 춤추는 리듬.

바이올린으로 완만한 템포를 유지하며 트레몰로*로 두 번째 주제를 덮어씌우자 이제 호른이 음형을 마음껏 넓히며 연주한다.

사방에 평온한 공기가 흐른다. 하지만 그것도 오래가지 않았다. 호른의 음이 불온한 양상으로 바뀌더니 피아노를 향해 넘겨준다.

미사키 선생님이 상체를 앞으로 숙이고 양손을 움츠려 음을 누른다. 여기부터는 현악기의 반주를 받으며 피아노가 홀로 달려야 한다.

주위를 살피듯이 숨을 죽인 음. 미스즈는 가슴속에 간직한 격정을 억누르며 어디로 터뜨려야 할지 방향을 찾는다.

피아노가 방향을 정하고 템포를 빠르게 몰아친다. 우리는 옴짝달싹 못한 채 그 음의 거동과 미사키 선생님의 손끝에 의식을 집중한다. 어쩜 이렇게 긴박감 넘칠까. 두 사람의 긴장이 피부에 저릿저릿하게 전해진다. 미사키 선생님이 방향을 지시하면 미스즈가 따른다. 단 한순간도 늦거나 조금도 흐트러지지 않는다. 두 사람이 손을 잡고 정면 돌파를 시도한다. 그 모습에 나는 적잖이 질투를 느꼈다.

돌연 미스즈의 피아노가 내달리기 시작했다. 종종거리며 속도를 올려 달음질치면서 올라간다.

---

*　　tremolo. 음 또는 화음을 빠르게 떨리는 듯이 되풀이하는 주법.

가빠 오는 리듬.

포효하는 멜로디.

그리고 포르티시모의 강력한 타건과 내리치는 듯한 오케스트라로 악장이 끝났다.

거친 정적이 지나고 미사키 선생님이 왼손을 펼친 순간 멤버들 모두가 속박에서 풀린 듯 숨을 토해 냈다.

나는 아연실색했다.

뭐지? 방금 그 콘체르트는.

방금 그 오케스트라의 콘서트마스터가 나였다고? 설마!

하지만 조금 생각해 보고 알았다. 콘서트마스터가 누구든 관계없다. 이 오케스트레이션을 만들어 낸 사람은 저 지휘대에 서 있는 사람이다.

흥분이 가시지 않은 채 곧바로 선생님의 팔이 올라갔다.

제2악장, 아다지오 소스테누토, 마장조, 4분의 4박자.

우선 현악기와 클라리넷, 바순, 호른이 다단조의 주화음을 연주하면 곧바로 피아노가 셋잇단음표의 분산화음을 휘감아 왔다. 서정성 가득한 선율. 나는 달빛이 세상을 황황히 비추는 밤을 떠올렸다.

그 음형 위에 플루트가 살포시 포개어진다.

플루트가 자아내는 주제는 달밤에 산들산들 불어오는 바람 같다. 그 주제를 미스즈의 피아노가 부드럽게 받쳐 준다. 플루트 선율을 이윽고 클라리넷이 이어받아 애틋하고도 감미로운 선율을 빚어낸다.

그 선율을 이번에는 피아노가 이어받는다. 마치 선율의 바통 넘기기처럼. 게다가 바통이 건너갈 때마다 멜로디가 조금씩 달라진다. 피아노 주체가 된 주제는 한없이 달콤하면서도 얼마간의 슬픔을 간직한 채 흘러간다. 이 협주곡 중에서 라흐마니노프다움이 가장 잘 발휘된 부분이리라.

피아노 독주가 이어진다.

나는 분산화음을 피치카토로 튕기면서 하쓰네와 함께 보낸 나날을 회상했다. 그녀의 방에서 좋아하는 곡을 합주한 것. 공통된 친구 이야기를 하며 자지러지게 웃은 것. 그리고 서로 프로가 되면 어디서 뭘 연주할지 밤새 이야기한 것.

그리고 갑작스러운 운명을 버티지 못하고 얼굴을 감싼 하쓰네.

왜 그때 그녀를 혼자 두고 와 버렸을까. 미사키 선생님 말대로 나는 아무것도 할 수 없을지도 모른다. 그래도 혼자 두는 것이 아니었다. 얻어맞든 욕설을 듣든 그녀 곁에 있어야 했다. 그녀의 영혼은 고독했다. 존경하는 할아버지가 있어도, 아니 할아버지가 위대한 존재였기 때문에 더욱 고독했다. 의논할 아버지도 없고 학교에서도 그녀가 학장의 손녀라는 사실 때문에 마음을 터놓을 상대가 없었다.

나밖에 없었던 것이다. 할아버지와 발음이 똑같은 이름인, 학장의 손녀인 것도 연주자로서의 실력 차이도 전혀 신경 쓰지 않는 스스럼없는 친구가 나뿐이었다.

그런데 이제 나는 그녀에게 아무것도 해 주지 못한다.

중간부에 접어들었을 무렵 주제가 조바꿈되었다. 주제를 노래하는 피아노에 대해 바순이 대비 선율을 연주한다. 이후에는 거의 피아노의 독주 무대가 펼쳐지며 같은 주제를 토대로 선율이 한걸음 나아간다.

문득 노래가 정열적으로 바뀌었다. 격렬한 패시지가 유유히 어떤 대답을 갈구하듯 달려간다. 그 절실함이 듣는 이의 마음을 쥐고 놔주지 않는다. 연주자의 영혼을 흔들어 놓지 않고서는 견디지 못한다.

사람은 언제나 뭔가를 묻고 답을 구한다. 답을 얻기 위해 방황하고 버둥거리고 분개하고 탄식한다. 음악을 계속하는 것에 회의적이었던 나처럼.

하지만 지금 그 해답이 명백해지고 있다. 얄궂기도 하다. 마지막의 마지막이 되어서야 연주하는 의미를 깨닫다니.

망설이고 방황해 온 피아노가 급속히 상향해 미스즈가 최고음을 튕겨 냈다. 튀어 오른 손끝이 하늘을 뚫은 그 모습은 아까 미사키 선생님을 연상케 한다. 마치 그녀에게 미사키 선생님이 빙의한 듯 보인다.

건반이 부러질 듯한 강렬한 타건. 모순되는 것 같지만 그 움직임은 화려함 자체였다. 두 손이 다른 생물인 양 건반 위를 오간다. 격렬하게 움직이는가 싶으면 급정지하고 다시 곧바로 한 옥타브나 이동한다. 포르티시모를 연타하는가 싶으면 다음 순간에는 건반을 집듯이 피아니시모를 치고 있다.

그러나 화려한 피아노 춤이 끝나고 짧은 카덴차가 시작된 그때.

지휘대의 미사키 선생님에게 이변이 일었다.

균형을 잃고 머리를 왼쪽으로 살짝 기우뚱한 것이다.

앗, 싫었다. 다행히 아슬아슬한 찰나 왼발에 힘을 주고 버텼다.

오케스트라가 주제를 반복한다. 상냥하게 노래를 건네듯 피아노를 감싼다. 그러나 이는 코다로 가기 위한 준비인 만큼 오래가지는 않는다. 곧바로 피아노가 일어나 이번에는 오케스트라의 음형과 얽히며 춤추기 시작했다.

이것은 대위법적인 형식이 아닌 오케스트라와 피아노의 론도. 오케스트라는 상냥하게, 피아노는 격렬하게, 그리고 두 선율이 손을 맞잡고 달 밑에서 춤을 춘다.

연주하는 환희, 하모니의 희열에 내 몸이 충족감을 맛본다.

그것은 영원히 계속되는 시간 같았다.

끝나지 않길.

아직 끝나지 않길.

하지만 바람도 헛되어 이윽고 피아노는 춤을 멈추고 숨을 고르더니 가늘어졌다.

관람석에 어렴풋이 닿는 피아니시모. 그것도 차츰 간격이 벌어지더니 들리지 않게 된다.

그리고 가로눕듯이 종지부를 찍고, 이 악장은 끝을 알렸다.

나는 선생님의 얼굴을 훔쳐봤다. 적당한 긴장이 있을 뿐 당황하거나 난감한 기색은 전혀 없었다. 아니, 오히려 최종장에 돌입하기 직전의 흥분이 드러나는 바람에 내가 당황했을 정도다. 도대체 이 가냘픈 몸의 어디에 그런 투쟁심이 숨어 있는 걸까.

미사키 선생님은 멤버들의 얼굴을 쓱 훑어본 다음 지휘봉을 올렸다.

간다, 하고 들리지 않는 신호가 내려졌다.

제3악장, 알레그로 스케르찬도, 다장조, 2분의 2박자.

현악기가 주체가 되어 리드미컬한 약음을 뽑아낸다 싶었더니 돌연 모든 악기가 포효했다.

곧바로 피아노가 이어받아 유려하게, 그러면서도 격렬하게 연주한다. 글리산도*풍의 음형이다. 미스즈의 손가락이 벌겋게 달아오른 철판에 닿은 것처럼 건반 위를 통통 뛰어다닌다.

관현악기가 더해져 피아노와 리듬을 잘게 새긴다. 그 선율은 투쟁심 가득한 관현악의 제주**가 단락을 지었을 무렵 첫 번째 주제를 제시한다. 이 주제의 특징은 늠름함이다. 강인

---

*   glissando, 넓은 음역을 빠르게 미끄러지듯 연주하는 주법.

**   齊奏, 동시에 같은 선율을 연주.

한 정신력으로 어려움에 맞서 싸운다. 이는 작곡자 라흐마니노프의 심정을 대변한 것처럼 들린다. 수많은 비평가와 청중에게 비난을 받았음은 물론 존경하는 문호에게도 재능을 부정당한 라흐마니노프. 정신과 육체 전부 피폐해졌지만 그럼에도 불구하고 스스로를 질타하면서 이 대작을 완성했다.

몇 달 전이었다면 실소할 만한 이야기가 지금은 절실한 명제로써 내 뒤를 바싹 쫓는다.

언제부터였을까. 실패할 확률을 핑계로 도망가는 법을 익혔을 때가. 도전해도 안 될 것이 뻔하다. 헛된 수고는 다른 방향으로 돌리자. 그러니 이번에는 패스. 그 핑계를 대면서 피땀 흘리기를 아까워하기 일쑤였다. 도망가고 넘어가서 결국 도달한 곳은 불투명한 앞날을 남의 탓으로 돌리고 푸념하고 억지나 쓰는 나날이었다.

지금 여기서 바이올린을 켜면서 나는 이를 악물고 후회했다. 아르바이트 시간을 더 줄일 걸 그랬다. 생활비는 얼마든지 절약할 수 있었는데. 콩쿠르에 적극적으로 임했으면 좋았을 걸. 에조에 부교수에게 머리 좀 조아리면 어때서. 보잘것없는 만족, 쓸데없는 자존심 때문에 귀중한 시간과 기회를 희생해 온 것이다.

오보에와 비올라가 두 번째 주제를 노래한다. 늠름한 첫 번째 주제와 대조적인 로맨틱한 선율. 라흐마니노프의 최고 걸작으로 칭송되는 그 선율을 피아노가 받아서 반복한다. 피아노가 노래하는 두 번째 주제는 물 위에서 퐁퐁퐁 뛰노는 듯한 알레그로 스케르찬도. 빠르고 쾌활하게 연주하라는 속도 표시 그 자체다.

피아노는 셋잇단음표를 중심으로 잠시 경쾌하게 뛰어 다녔다. 오케스트라가 첫 번째 주제를 회상하는 음형을 되풀이하고, 팀파니의 트레몰로와 심벌즈가 그 뒤를 잇는다. 주변 상황을 살피듯이 낮은 리듬으로 떨어지는데, 이것은 다음에 올 대합주를 위한 준비다.

갑자기 피아노가 포르티시모로 건반을 내리치듯 노래하자 오케스트라가 첫 번째 주제의 변형을 프레스토*로 몰아친다. 그것은 닥쳐오는 폭풍처럼 청중의 마음을 거칠게 뒤흔들어 영혼을 농락한다.

온몸의 피가 끓어오른다.

나는 손끝에 온 힘을 담아 활을 그었다. 그때였다.

치링‼ 하는 소리가 돌연 귀에 울렸다.

오른쪽 시야에서 뭔가가 튀어 오르는 동시에 이마에 날카로운 통증이 엄습했다. 쓰라려서 순간 눈을 질끈 감고 다시 뜨자 끊어진 E현이 축 늘어져 있었다.

현이 끊어지다니!

하필 막판에 와서.

---

*   presto, 매우 빠르게 연주.

나는 사전에 협의한 대로 쓰지 못하게 된 치칠리아티를 뒤에 있는 고쿠보 씨에게 넘기고 대신 그녀의 바이올린을 받았다. 그녀는 다시 뒤에 있는 시모무라 씨와 바이올린을 교환했다.

바이올린을 교환할 때 내 얼굴을 본 고쿠보 씨가 눈을 휘둥그렇게 떴다.

왜 저러지?

이마가 쓰라려 반사적으로 뻗은 손등이 직선 모양의 피로 물들어 있었다. 생각보다 피가 많이 나는가 보다. 하지만 당연하게도 무대 위에는 반창고가 없다.

제길, 이런 거에 내가 신경이나 쓸 것 같으냐!

나는 줄줄 흐르는 피를 훔치지도 않고 오케스트라에 합류했다.

피아노와 오케스트라가 함께 돌진한다.

닥쳐오는 역경에 맞서 싸우기 위해 용기와 투지를 최대한 끌어내 무장한다.

미스즈가 강음으로 아리땁게 연주한다. 관현악기의 합주가 첫 번째와 두 번째 주제를 번갈아 내보낸다.

거기서 코다로 돌입했다.

미스즈가 파도가 넘실거리듯 두 번째 주제를 연주한다. 크고 작은 파도가 밀려왔다가 빠져나가는 리듬에 기대가 높아진다. 딱 한 템포 늦게 들어간 것이 다음에 찾아올 대합주에 대한 기대를 높인다.

곡상이 전개되는 가운데 내 활은 멈추지 않는다. 트레몰로, 스피카토, 레가토, 포르타토*. 습득한 모든 보잉을 총동원해 죽기 살기로 연주한다.

이마에서 땀이 뚝뚝 떨어진다. 아니, 땀이 아니다. 어깨 위로 떨어진 물방울은 새빨간 피다. 제일 가는 E현이 끊어져 깊이 베였는지 아까부터 상처가 욱신욱신 쑤신다. 옆에서 보면 분명히 끔찍할 것이다.

그게 뭐 어쨌다고.

여기서 멈추면 평생 후회한다.

피칠갑을 했든 붕대를 감았든 활을 긋는 데는 아무 문제없다. 이제 남은 시간 5분, 그때까지 양손이 움직여 준다면 아무것도 필요 없다. 그것만 가능하다면 다른 건 모조리 악마에게 내주어도 좋다.

곡상이 전개되는 가운데 나는 용맹한 첫 번째 주제를 화려하게 연주했다.

당신의 가슴에 가닿을까.

이것이 내 목소리다.

내 마지막 바이올린이다.

미스즈가 다시 포르티시모로 건반을 내리치듯 격렬히 연

---

*   portato, 음을 하나하나 부드럽게 끊어서 연주.

주한다. 강음을 난타하느라 머리가 헝클어지고 양팔은 미친 듯이 허공을 가른다.

이에 질세라 오케스트라가 큰 파도를 수차례 몰고 와 피아노를 정점으로 재촉한다.

더 크게.

더 격렬하게.

그 목소리에 응답한 피아노가 해일 같은 선율을 자아낸다. 미스즈의 상반신도 좌우로 크게 흔들린다. 그것은 광란의 무도였다. 연습할 때 그녀의 연주를 수없이 봐 왔지만 이토록 미친 듯한 피아노는 처음이었다.

이윽고 오케스트라가 피아노를 덮는다. 두 선율이 음의 격류가 되어 정점을 향해 몸부림친다.

미사키 선생님의 동작이 한층 커진다.

유키가 이를 악문다.

마이코가 뺨을 붉게 물들인다.

유다이가 트럼펫을 높이 쳐든다.

그리고 한 박자 쉬고.

마침내 두 번째 주제의 대합주에 돌입했다. 오케스트라의 최고조다. 우리는 마지막 힘을 쥐어짜 질주했다. 당당한 멜로디가 용기와 결의를 부르짖는다. 불안도 불화도 굉연한 파도에 휩쓸려 흔적도 없이 떠내려간다.

마음의 온도가 올라간다. 시야가 좁아져 이제 내 눈에는 미사키 선생님과 미스즈밖에 보이지 않는다.

백만의 적에게 혼자 도전해 나가는 만용. 용사의 가슴에는 한 치의 망설임도 없다. 그것이 자신의 유일한 길이기에. 그것이 자신이 살아 있는 이유이기에.

이제야 나는 깨달았다.

음악은 직업이 아니다.

음악은 삶의 방식이다.

연주로 생계를 꾸린다거나 과거에 명성을 떨쳤다거나 하는 문제가 아니다. 지금 이 순간 음악을 연주하고 있는지, 그 음악이 청중의 가슴에 닿았는지 그것만이 음악가의 증거다.

미스즈의 피아노가 최강음으로 장식한 뒤 더욱 속도를 낸다. 질풍처럼 방해물을 쓰러뜨리고 노도처럼 모든 것을 집어삼키며 매진한다.

끝없이 치닫는 강한 음. 멜로디가 거대한 용이 되어 천공으로 올라간다.

이제 여섯 소절.

이제 네 소절.

오케스트라와 함께 화음을 잇달아 네 번 강타하면서 최종 장이 끝났다.

미사키 선생님의 팔이 내려감과 동시에 미스즈의 두 손이 올라갔다.

잠깐의 공백 후.

"브라보ㅇㅇㅇㅇㅇ!"

그 첫 목소리를 신호로 홀 안에 환호성이 터져 나왔다. 우
렁차고 열띤 환호성에 압도되어 온몸이 구깃구깃해지는 것
만 같았다. 박수의 소용돌이란 이런 것이 아닐까.

순간 긴장의 끈이 끊어져 의자 위에 털썩 주저앉았다. 팔
이 조금도 올라가지 않았다. 기분 좋은 피로감에 우레 같은
박수가 들씌워졌다.

잠에서 깨자마자 보이는 것처럼 흐릿한 시야 속에서 미사
키 선생님이 다가왔다.

"굿 스피릿."

그러고는 손수건을 꺼내 내 이마에 갖다 댔다. 이어서 규
칙을 무시하고 미스즈보다 내 손을 먼저 잡았다. 순간 이래
도 되나 싶어 미스즈의 얼굴을 살폈지만 그녀는 넋이 나가서
날 신경 쓸 때가 아니었다.

옆에서는 유다이가 뺨이 붉게 물든 마이코의 손을 꽉 쥐고
웃고 있었다. 조금 떨어진 곳에서 유키가 칼이라도 꺼낼 듯
이 노려보고 있었다. 어휴, 저 웬수, 조심 좀 하지.

문득 위를 보니 조명에 빛이 번져 반짝였다. 가슴이 뜨겁
고 몸이 가볍다. 당장에라도 자리에서 붕 떠오를 것 같았다.

내 마지막 연주가 끝났다.

하지만 박수는 아직 끝나지 않았다.

홍분이 다소 가라앉고 막이 내리자 미스즈가 다가왔다.

"고맙다는 말은 안 할게." 여느 때와 같이 무뚝뚝했다. "익숙하지 않아서 안 하는 거야. 단지 이 멤버와 함께라면…… 그리고 네가 콘서트마스터라면 또 같이 연주하고 싶어."

그 말만 남기고 도망치듯 가 버렸다.

부끄럼을 잘 타는구나. 그렇게 생각하고 있는데 뒤에서 내 이름을 부르는 사람이 있었다.

미사키 선생님이었다.

"다친 곳은?"

"아. 꽤, 괜찮아요. 피도 멎었고요."

"그래도 흉 지면 안 되니까 보고가 끝나는 대로 보건실에 가도록."

"보고라뇨?"

"지금 학장님께 당사자를 데려가서 일련의 사건을 보고해야 해. 그게 오늘까지 처분을 미룬 조건이었거든."

아아, 하고 나는 속으로 탄식했다. 역시 좋은 일은 오래가지 않는다. 환희의 절정에서 이번에는 절망의 나락으로 떨어질 차례다.

"같이 갈 거지?"

"네……."

힘없이 대답하자 선생님이 앞장서서 무대에서 내려갔다. 내가 당연히 잠자코 따라갈 것을 의심조차 하지 않는다.

마침내 사형선고가 내려진다.

하필 그 사람의 입에서.

그 생각을 하자 심장이 오그라들고 걸음이 무거워졌다.

선생님은 무대에서 멀어지자 본관 학장실 쪽으로 가지 않고 그대로 뒤로 돌아 들어갔다.

"저, 학장실로 가는 거 아니었어요?"

"그래. 일전에 피아노가 놓여 있던 준비실에서 학장님이 기다리고 계셔. 아차, 그렇지. 이거 받아." 선생님이 명함을 하나 내밀었다. "자네에게 전해 달라고 하더군."

명함에 쓰인 이름을 보고 놀랐다.

유명한 교향악단의 관계자였던 것이다.

"연주가 끝나고 날 찾아왔더구나. 지금쯤 시모스와 씨를 포함해 몇몇은 개별 면담을 하고 있을 거야."

"스카우트……인가요?"

"하하하. 한달음에 그렇게 되면 좋겠지만 세상일이 그리 만만치 않거든. 아마 오디션을 받으러 오라고 권하고 있을 거야. 그래도 명백한 출전 통지이긴 하지. 결과가 어떻게 될지 몰라도 출발선에 도착하는 셈이니."

잠시 나는 명함을 뚫어지게 쳐다봤다.

"전화위복이라기보다는 실수가 오히려 좋은 결과를 낸 격이지. 그런 사고가 있었는데 당황하거나 허둥대지 않고 심지어 이마에 흐르는 피도 개의치 않고 연주를 계속하다니, 더

할 나위 없이 강한 인상을 받았다고 명함 주인이 말하더군. 물론 흠 잡을 데 없는 연주가 전제했고."

예상치 못한 일이라 몹시 기뻤지만 잠시뿐이었다.

"이 명함, 돌려드릴게요."

"왜지?"

"저한테는 이제 의미가 없으니까요."

미사키 선생님이 멈춰 서서 나를 똑바로 봤다.

"자네 혼자 전부 뒤집어쓰려고 하다니, 그쯤에서 멈추지 그래."

"네?"

"자기희생은 고귀한 것이지. 그런데 과연 본인이 그걸 바랄까? 이 사실을 알면 오히려 그 사람은 더 슬퍼할 텐데."

"아니, 저는."

"자네는 진범, 쓰게 하쓰네 씨를 감싸고 있는 거 아닌가?"

"무슨 말씀이세요! 제가 했다고 털어놨잖아요. 갑자기 하쓰네 씨 이야기가 왜 나오는 건데요!"

"그럼 밀실 상태인 악기 보관실에서 첼로가 사라진 사건을 자네는 어떻게 설명할 거지?"

"그건…… 그러니까……."

"그래. 분명히 자네는 설명할 수 있을 테지. 그런데 입 밖에 낼 수가 없어. 설명하면 자연히 자네가 아닌 그녀가 범인이라는 것을 증명해 버리니까."

"보관실은 밀실이었어요. 하쓰네 씨든 누구든 문이 잠긴
후에는 침입이 불가능했고 실제로 카메라에 아무것도 찍히
지 않았다고요."

"그럼 잠그기 전에 가지고 나오면 되지."

미사키 선생님이 주머니에서 손목시계를 꺼냈다. 두툼한
고급 시계였다.

"이거 뭘로 보이지?"

"……롤렉스잖아요."

"땡."

미사키 선생님이 대답과 동시에 손목시계를 두 손으로 냅
다 찌부러뜨렸다. 펼친 손바닥엔 납작해진 롤렉스가 있었다.

"속임수야. 광택이며 질감까지 진짜와 똑같이 만든 종이공
예지. 처음 봤을 때 어찌나 놀랍던지. 종이로 만들어졌다니
도저히 믿기지 않더군. 컬러 복사 기술의 진화와 더불어 종
이공예의 품질도 비약적으로 향상되었어. 내가 찾아간 공방
에는 디지털카메라와 키보드도 진열되어 있었는데 죄다 진
짜로 보이더군."

"공방에 다녀오셨군요."

"나고야 근방에 이렇게 정교한 물건을 만들 수 있는 공방
은 한 군데밖에 없었거든. 주문만 하면 그것이 정물인 이상
뭐든 만들어 낸다는 것이 그 공방의 선전 문구였어. 하쓰네

씨는 거기서 스트라디바리우스의 종이공예를 주문한 거야."

아아. 벌써 거기까지 알아내다니.

"방법은 이래. 연습을 마친 그녀가 진짜 스트라디바리우스를 어딘가에 숨기고 첼로 케이스 안에는 가짜를 담았어. 그걸 들고 태연하게 보관실 안에 들어가서 정해진 보관 장소에 가짜를 놓지. 물론 경비원이 뒤에서 지켜보고 있지만 색깔과 모양은 물론 광택과 질감까지 똑같다면 악기에 문외한인 사람이 분간하기는 어렵거든. 가짜가 진짜로 오인된 채 하룻밤이 지나고 이튿날 다시 그녀가 보관실에 들어가서 방금 내가 한 것처럼 가짜를 찌부러뜨리고 갈기갈기 찢은 거지. 작은 가위라도 있으면 작업은 순식간에 끝날 테지. 잔해가 종이라서 주머니든 어디에든 숨길 수 있어. 그리고 모든 일처리를 끝내고 나서 큰 소리로 경비원을 부르는 거야. 이렇게 해서 첼로가 감쪽같이 사라질 수 있었던 거지."

"마치 보신 것처럼 말씀하시네요. 그런데 그런 증거가 어디 있는데요?"

"처음에 자네가 나를 데려왔을 때 뿌연 손톱 같은 조각을 발견했지. 그건 마른 목공용 본드였어."

"본드요? ……."

"목공용이긴 해도 실제로 종이공예에서 이런 종류를 사용하는 모양이야. 설마 희소 악기 수리에 그런 접착제를 사용할 리는 없으니 발견했을 때부터 위화감이 느껴졌지. 아마도 찌부러뜨릴 때 벗겨져서 떨어졌을 거야. 깨끗하게 뒤처리한 줄 알았겠지만 진열장 바로 밑에 있어서 미처 보지 못하고 넘어갔어. 이 접착제 조각을 정밀하게 조사하면 스트라디바리우스와 똑같은 색의 도료가 채취되겠지."

"그, 그래도 그것만 가지고 하쓰네 씨가 범인이라고 단정할 수는 없어요."

"아니, 할 수 있어. 이 방법이 가능한 사람은 최소한 첼로 케이스 혹은 그보다 더 큰 악기 케이스를 가지고 다니는 사람으로 한정되니까."

"콘트라베이스도 있잖아요."

"알면서 시치미 떼기는. 원래 콘트라베이스는 악기 보관실에 놓여 있지도 않아. 그리고 첼로의 대출 허가를 받아서 첼로 케이스를 가지고 다닌 사람은 그녀뿐이었어. 전날 18시 12분, 마지막으로 문을 잠그기 전에 퇴실해서 사건 당일 아침 8시 25분에 문이 열린 직후 입실한 것도 악기를 바꿔치기 하기 전후로 멤버들이 목격하는 상황을 피하기 위해서였지. 멤버들이 보면 아무래도 가짜라는 걸 들킬 가능성이 있고, 그렇게 되면 그 직전에 입실한 그녀가 의심을 받을 테니. 그렇다면 가지고 나온 스트라디바리우스는 지금 어디 있을까? 매각이나 파괴되었을 가능성은 없어. 그 악기를 연주해 본 연주가라면 감히 그런 생각은 떠올리지도 못하지. 적절한 곳은 자신이 사는 아파트 정도. 자네도 도난 사건 이후 하쓰네 씨 집에는 가지 않았겠지. 악기가 워낙 커서 아파트에 숨길 만한 장소도 마땅치 않거든."

나는 한마디도 대꾸하지 못했다. 반박할 말 하나 떠오르지 않았다.

"피아노 파손에 대해 단정할 수는 없어도 어느 정도 범위를 좁힐 수는 있어. 현장에 방치되었던 페트병 두 개가 파손에 사용된 건 맞지만, 생각해 봐. 2리터짜리 페트병을 두 개나 들고 언제 준비실이 비는지, 어느 시점에 문이 열리는지 살피기 위해 현관 앞에서 서성대다니 말도 안 되지. 가장 효율적인 방법은 본인, 요컨대 쓰게 학장에게 직접 대략적인 스케줄을 알아내는 거야. 그리고 학장이 하루에도 몇 번씩 드나들면 어차피 다른 사람은 입실하지 않으니 자물쇠로 잠그지 않은 채 다녀도 된다고 자연스럽게 말하는 거야……. 이 일이 가능한 사람은 가족밖에 없어."

그렇다. 나도 똑같이 생각했다. 그래서 그녀에게 혐의가 가지 않도록 순식간에 떠오른 생각대로 페트병에 내 지문을 남겼다.

"이어서 자네는 하쓰네 씨가 왜 그랬을까 생각했어. 그리고 그날 그녀가 다발경화증에 걸렸다는 사실을 알고 납득이 되었지. 연주회 무대에서 경화증 증상이 발현되면 자신의 상품 가치가 없어지는 데다 할아버지가 피아노를 치는 연주회에서 손녀인 자신이 먼저 물러나겠다고 말하기도 어려워. 그래서 완치될 가망이 있을 때까지는 질병을 숨기고 싶은데 그러려면 연주회를 중지시켜야 해……. 또 한편으로는 자신이 병에 걸렸음을 알고 홧김에 이런 짓을 저질렀다는 추론도 성립하지. 어쨌든 궁지에 몰려 일으킨 범행. 그렇게 생각한 거 아닌가?"

"맞아요……."

미사키 선생님의 자선 음악회가 끝나고 집에 가는 길에 하쓰네는 기다리는 사람이 있다고 말했다. 뭘 그리 서두르는지 그때는 몰랐지만 그녀의 병명을 알고 나는 비로소 동기를 알아차렸다.

"그런데 자네가 잘못 생각했어."

"……네?"

"하쓰네 씨가 자신의 병을 안 것은 긴급 입원한 이튿날 의사에게 병명을 들었을 때야. 그전에는 상상조차 못했을 테지. 그래서 입원 전에 일으킨 범행과 그녀의 질병은 아무런 관계가 없어. 기억할 텐데? 그때 그녀는 정밀 검사를 처음 받는다고 말했지. 만약 거짓말이었다 해도 그녀가 병실에서 입고 있었던 옷은 병원 환자복이었어. 자신의 병을 아는 상태에서 병원에 가는 여성이라면 환자복을 직접 준비하지 않았을까? 그리고 그녀와 친한 자네라면 당연히 알겠지만, 그녀가 과연 자신의 병 때문에 연주회를 중지시키려고 했을까? 멤버들이 연주회에 거는 기대와 바람은 물론 자네의 열의를 아는데 말이야."

"그럼 하쓰네 씨가 왜 그런 짓을."

"그녀도 자네처럼 소중한 사람을 감싸기 위해서지. 그녀가 유일하게 존경하는 할아버지, 쓰게 아키라를 말이야. 그래, 그 역시 다발경화증에 걸렸거든."

"말도 안 돼······!"

"물론 그녀가 병에 걸리기 훨씬 전이었어. 자네도 오디션 때 쓰게 아키라를 봤을 거야. 그는 오디션 내내 손가락을 가늘게 떨고 있더군. 운동마비가 분명했지. 운동마비는 다발경화증의 두드러진 증상 중 하나인데, 물론 그것만으로 병명을 확정하기에는 성급해. 그런데 여기에 또 다른 원인이 더해지면 신빙성이 한층 높아져. 바로 미국발 마약 밀수 사건. 범인은 일리노이 주립 의대와 메일을 통해 마약 거래를 했는데, 그런 건 일반 학생이나 저쪽 대학에 한 번도 가지 않은 일개 교수로서는 도저히 불가능하지. 그런데 한편으로 그 대학과 자매결연을 맺는 데 기여한 사람이 쓰게 학장이었으니 그라면 뒷거래도 수월하지 않았을까? 주립 의대에서 학장 앞으로 정기적으로 우편물을 보내도 아무도 수상히 여기지 않고 말이야. 그 외의 경우는 반드시 눈길을 끌겠지만. 그리고 학장에게 마약이 필요했던 이유는 쾌락이 아닌 치료를 위해서였어. 주립 대학에서 밀수된 건 의료용 대마였는데, 미국의 여러 주에서는 다발경화증 환자가 의료용 대마를 사용하는 것은 이미 합법화되었어. 하지만 일본에서는 마약 및 향정신성의약품관리법 규제에 따라 설령 의료 목적이라 할지라도 사용, 수입, 소지가 일절 금지되어 있지. 고령이라 장기 여행조차 불가능한 학장이 의료용 대마를 입수하려면 밀수밖에는 달리 수단이 없었어. 학장의 병세와 일본 국내 상황을 고려해 봤을 때 일리노이 주립 의대의 직원도 어디까지나 인정과 도리로 밀수에 가담했을지도 모르지."

"세상에……."

"물론 증거가 없으니 내 억측에 지나지 않아. 중요한 건 하쓰네 씨가 그렇게 믿어 의심치 않았다는 사실이지. 사건이 보고된 건 7월이었지만 사용자 주변에는 당연히 그전에 마약의 존재가 아른거렸을 거야. 의료용 대마의 일반적인 사용법은 베이퍼라이저라는 기구로 건조 대마에서 대마 성분을 기화시켜 흡입하는 것인데, 이 기구가 큼직한 삼각뿔 모양이거든. 따라서 대학에 반입할 수도 없는 노릇이지. 사용한다면 장소는 오직 자택이었을 터. 하쓰네 씨가 아무리 집에 일주일에 한 번 들어간다 해도 집 안에서 마약을 흡입하면 그녀도 당연히 알아차렸겠지. 그리고 얄궂게도 그녀는 재클린 뒤 프레의 팬이기도 했어. 다발경화증에 걸려 은퇴할 수밖에 없었던 요절한 천재 첼리스트. 그녀의 팬이라면 다발경화증과 의료용 대마의 관련성, 그리고 일상생활에서 목격한 할아버지의 사소한 운동마비를 쉬이 결부시켰을 거다."

아, 그랬구나. 늦을 거라는 말은 자신이 아니라 학장을 가리키는 말이었다. 자신이 프로 연주가가 될 때까지 학장의 몸이 버티지 못한다는 의미였던 것이다.

"일리노이 주립 의대의 직원이 체포된 뒤 당연히 대마도 공급이 중단되었어. 약이 없는 탓에 경화증 증세는 눈에 띄게 악화되었고. 재클린 뒤 프레와 마찬가지로 아니, 그보다 더 쓰게 아키라를 존경하던 그녀가 나날이 쇠약해지는 그를 보는 건 지독한 공포였을 거야. 특히 정기 연주회 무대에서 병세가 발현되면 어떻게 될까? 연주 중단이 쓰게 아키라의 경력에 오점을 남기는 것도 심각하지만 병세가 알려지면 대마 밀수까지 밝혀지겠지. 그렇게 되면 쓰게 아키라가 쌓아 올린 명성은 단숨에 실추되는 거야. 병세가 악화될 위험도 있고. 만약 돌아가시면 그의 무덤에 침을 뱉는 자까지 나올 테지. 하쓰네 씨는 그런 사태를 용납할 수 없고 그리고 두려웠던 거야. 그러나 학장 본인은 연주회에서 물러날 생각이 털끝만큼도 없었기 때문에 그녀가 무슨 수를 써서라도 연주회를 중지시켜야 했어. 이것이 그녀의 범행 동기야."

나는 설명을 들으면서 시커먼 허공을 들여다보는 기분이 들었다. 이럴 수가. 나는 그녀를 보면서도 실은 전혀 보지 않았던 것이다.

"스트라디바리우스를 훔친 것도, 할아버지가 애용하는 피아노를 못 쓰게 만든 것도 음악을 사랑하는 그녀 입장에서는 살을 에는 듯한 고통이었을 거야. 그런데도 할아버지의 위신과 명예를 지키기 위해서는 어쩔 수 없었어. 그렇게 생각하면 공식 홈페이지에 보내온 협박문의 진의가 보이지. 정기 연주회가 개최되면 흰 건반은 쓰게 아키라의 피로 붉게 물들 것이다. 이건 학장의 살해 예고라기보다는 우회적으로 학장의 참여를 거부하는 거야. 이 또한 창피하게도 확증은 없지만 그녀의 소행이라고 보면 수긍이 가는 문장이지."

확증은 없다. 하지만 미사키 선생님의 설명으로 모든 것이 눈 녹듯이 분명해졌다. 병실에서 선생님과 하쓰네가 나누던 대화의 진의, 그녀가 왜 그런 반응을 했는지 이제야 이해가 된다.

그녀의 비통한 결의를 생각하니 가슴이 옥죄어 왔다.

"단 나도 한 가지 모르는 것이 있어. 자네가 그렇게까지 해서 그녀를 감싼 이유 말이야. 자네는 콩쿠르 출전 경험은 없어도 실력이 있지. 음악을 사랑하는 마음도 남다르고. 그 소중한 음악을 희생해서까지 왜 그녀를 지키려 한 거지?"

아, 그건.

"같은 오케스트라 동료라서? 아니, 아니야. 자네는 동료를 대할 때 늘 일정한 거리를 유지하더군. 그럼 그녀가 연인이라서? 이것도 만족스러운 이유는 아니었지. 아무리 연인을 감싸기 위해서라 해도 자네는 어머니와 약속을 했으니까. 20년간 계속해 온 바이올린을 내던지고 어머니와의 굳은 약속까지 깨는 동기로는 아무래도 납득이 가지 않더군. 그런데 두 사람의 대화와 자네가 그녀를 대하는 태도를 관찰하는 사이 둔한 나도 겨우 알아차렸어. 자네는 하쓰네 씨를 진심으로 사랑스러워해. 그…… 피붙이로서. 그녀의 삼촌으로서."

나는 작게 고개를 끄덕였다.

"자네 어머니, 기도 미유키 씨의 재적 기록이 아직 도토 필하모니에 남아 있더군. 입단한 건 23세 때. 같은 시기에 도토 필하모니의 상임 지휘자가 바로 쓰게 학장이었어. 그가 유럽 악단에 초청되어 상임 자리에서 내려왔을 때 그녀는 사람들에게 이유도 알리지 않은 채 퇴단해 고향으로 돌아갔지. 반년 후 자네가 태어났고. 확실한 증거는 없지만 무엇보다 그 특징적인 손바닥이 쓰게 학장의 손바닥과 유사해서 그렇게 가정해 봤지. 그랬더니 자네의 행동에 납득이 가더군. 쓰게 아키라가 자네의 아버지, 하쓰네 씨는 배다른 조카딸. 동갑내기인 소중한 피붙이. 그래서 자네는 어머니와의 약속을 어겨서라도 그녀와, 나아가서는 그녀의 할아버지이자 자신의 아버지인 쓰게 학장을 지키려 한 거야."

미사키 선생님의 말이 맞았다.

중학교에 입학했을 무렵 내 아버지가 그 유명한 쓰게 아키라임을 알게 되었다. 어머니에게 아버지는 왜 같이 살지 않느냐고 물었더니 그의 장래를 생각해서 스스로 물러났다는 대답이 돌아왔다. 당시 그에게는 하쓰네라는 손녀가 있었고, 어머니 자신과 내 존재를 밝히면 틀림없이 그가 추문에 시달렸을 거라고 했다. 어머니는 음악가 쓰게 아키라를 존경하고 그의 음악에 심취한 사람 중 하나였다. 내게 아버지와 발음이 똑같은 아키라라는 이름을 붙인 것은 그렇게나마 그리움을 견디기 위해서였다.

그래서 바이올린을 켜고 음악을 계속하는 것은 나와 어머니, 그리고 쓰게 아키라 세 사람의 인연을 확인하는 수단이었다. 음악에 가까이 갔을 때 나를 사이에 두고 양옆에 부모님이 있어 주는 듯한 기분이 들었기 때문이다.

지망 학교를 정할 때 이 음대를 목표로 한 가장 큰 이유는 아버지가 학장으로 있기 때문이었다. 어머니는 그 이야기를 듣고 아버지에 대한 언급은 없었지만 왠지 기뻐하는 모습이었다. 분명히 아버지와 아들이 언젠가 한 무대에 서기를 꿈꾸었던 것이다.

"자네는 학장님과의 관계를 밝히지 않기로 마음을 굳게 먹었나 보군."

"네…… 20년도 훨씬 지난 일인데, 이제 와서 제가 그 사람의 아들인 걸 밝혀 봤자 뭐가 달라지겠어요? 충격을 받은 하쓰네 씨는 학장님이나 저를 혹은 둘 다 꺼림칙하게 여기겠죠. 저한테는 자신 있게 말할 수 없는 간판이 하나 생길 뿐이고, 만약 그 간판 덕분에 바이올리니스트가 되었다 해도 어머니는 절대로 기뻐하시지 않을 거예요."

"그런데도 아버지를 그리워하는군. 정기 연주회에서 학장님과 공연하는 것이 자네에게 이중으로 의미가 있었던 거야. 스트라디바리우스의 소리에도 매료되었을 테고. 그런데 첼로 도난 때문에 스트라디바리우스를 연주하지 못하게 된 것도 모자라 학장님과 한 무대에 서지도 못하게 되었지. 자네 입장에서는 무대에 서는 두 가지 목적을 잃은 셈이야. 그래서 멤버들이 경찰에 신고하겠다고 나섰을 때 하쓰네 씨를 감싼다는 명분과 자포자기가 겹쳐서 그런 발언을 했지."

나는 다시 고개를 끄덕였다.

페트병에 지문을 남겼을 때는 깊은 생각 없이 그저 내게도 의심의 눈초리가 쏠리면 된다고 생각했다. 그래서 모두가 경찰에 신고하려고 했을 때 몹시 당황했는데, 그 광경을 목격한 시노하라가 멋대로 해석해 준 덕에 그대로 이용하기로 마음먹었다. 나는 그가 착각해서 내뱉는 말을 고맙게 듣고 부인만 하지 않으면 그걸로 충분했다.

하쓰네가 내게 호감을 품은 것은 금방 알아차렸다. 그러나 나는 아무것도 할 수 없었다. 배가 다르긴 해도 그녀는 내 조카딸이다. 감히 선을 넘지도 못한 채, 그렇다고 짐짓 냉담하게 대할 수도 없었다.

나 자신의 감정도 복잡했다. 쓰게 아키라의 축복받은 직계 자손. 같은 핏줄을 이어받았으면서 태생도 밝히지 못하고 매일같이 통장 잔고를 염려하는 나와 하쓰네는 하늘과 땅 차이였다. 처음에는 질투하고 선망하기도 했다. 그러나 그녀가 자아내는 음악은 그녀와 마찬가지로 다정하게 내 가슴 깊이 파고들었다. 상냥하고 재능이 풍부한 조카딸. 나는 어느덧 그녀의 수호자가 되리라 결심했다. 그래서 붙지도 떨어지지도 않고 그녀의 마음을 아는 듯 모르는 듯 얼버무리며 가까이서 지키는, 그런 애매한 태도를 취하는 것이 고작이었다.

"그래도." 미사키 선생님이 내 마음을 지우듯이 진지한 눈동자로 다가왔다. "이번 일은 자네의 독선이었어. 지난번에 괜한 일이라 말한 건 그런 뜻이었고. 하쓰네 씨는 분명히 슬퍼하고 몹시 분노하겠지. 자네가 그녀를 아끼듯이 그녀 또한 다른 형태로 자네를 아끼고 있으니 말이야. 그래서 병원에서 그런 식으로 참견한 거다."

"그럼……그럼 제가 한 일이 잘못되었던 거네요?"

"남의 죄를 대신 뒤집어쓰는 건 본인에게 속죄할 기회를 빼앗는 일이지. 자기희생이라는 말은 듣기 좋긴 해도 자기도취가 되기도 하는 법. 자기도취는 앞으로 나아갈 수 없게 된 사람이 도망칠 길밖에 되지 않아. 게다가 진실 하나를 숨기느라 다른 사실까지 숨겨 버리는 경우도 있지."

"네?"

이윽고 준비실 앞에 도착하자 미사키 선생님이 조금 긴장한 얼굴로 문을 노크했다.

"들어오게."

쉰 목소리에 이끌려 문을 열자마자 대형 그랜드피아노가 우리를 맞이했다. 태어난 지 얼마 안 된 눈부신 광택의 그랜드피아노였다.

"오늘 아침 스타인웨이에서 도착했네. 운이 좋은건지 나쁜건지."

흠칫 했다.

목소리 주인은 피아노 앞에 앉아 있었지만 예전의 정정하던 모습은 이제 어디에도 없었다. 연주회 직전에 무대 가장자리에서 멀찌가니 봤을 때는 안색이 나쁜 것밖에 알지 못했는데 가까이서 보니 그의 쇠락함이 한눈에 보였다. 눈빛에 힘이 없고 볼살이 움푹 들어가 있었다. 목소리도 겨우 쥐어짜 말하는지 말끝은 거의 잠겨 있었다.

의료용 대마를 투여하다 중단하면 경화증이 눈에 띄게 악화된다는 조금 전 설명을 구현한 모습 그 자체였다.

"과연 대단하군. 애용하던 모델과 전혀 차이가 없다니. 상아로 만든 건반이 아닌 것은 시대의 추세이니 단념해야겠지. 오오, 중요한 걸 잊을 뻔했군. 기도 군이라고 했나? 콘서트마스터 역할을 참으로 잘해 주었네. 바이올린 역시 훌륭하더군. 피아노도 그 나이 또래 연주자치고는 괄목할 만한 표현력이었네. 오케스트라가 전체적으로 좋았어. 게다가 미사키 선생, 지휘가 처음이라더니 혹 농담 아니었나? 지휘자를 넘을 잃고 보는 것이 참으로 오랜만이었거든."

"칭찬해 주셔서 영광입니다만…… 역시 익숙하지 않은 일
은 하면 안 되는가 봅니다. 제게는 자기 완결할 수 있는 피아
노가 적합한 듯합니다. 물론 학장님도 아시겠지요."

"흠…… 세상사 뜻대로 되지 않는군."

"약속대로 사건의 범인이라 자처하는 기도 군을 데려왔습
니다. 그런데 그는 범인이 아닙니다……."

이윽고 미사키 선생님은 내게 했던 설명을 되풀이했다. 학
장은 처음에 눈을 반쯤 뜨고 듣더니 이야기의 중심이 하쓰네
와 자신에게 옮겨 가자 "설마……" 하고 말을 잇지 못했다.

"물론 방금 말씀드린 내용은 추론에 불과합니다. 누구를
규탄할 만한 증거는 아무것도 없지요."

"미사키 선생…… 자네는 보면 볼수록 대단하군. 음악뿐만
아니라 그 방면으로도 재능이 있어. 좋아. 자네에게는 털어
놓도록 하지. 아주 똑똑히 봤네. 자네 말대로 나는 그 병에 걸
려 마약 밀수에 손을 댔네. 한데 이건 나 혼자의 책임이야. 일
리노이 대학 관계자는 내 사정을 알고서 위험을 무릅쓰고 협
조해 주었네. 나는 어김없이 벌을 받았지. 약을 중단하자마
자 병세가 순식간에 나빠지더군. 지금은 보다시피 제대로 걷
지도 못하네."

"하쓰네 씨의 행동을 눈치채셨습니까."

"아니…… 전혀 몰랐네. 그나저나 딱하게 되었군. 설마 하

쓰네까지 같은 병에 걸리다니. 이왕이면 그 불초의 애비가 걸렸으면 좋았을 것을. 젊은 재능이 안타깝기 그지없군. 아무리 날 위해 그랬다고는 하나 인과응보로군."

"다발경화증에는 유전설도 있더군요. 그런데…… 학장님, 정말 손녀분의 재능이 안타깝다고 생각하십니까?"

"음? 무슨 소린가. 당연한 것을. 이번 일은 불행했네. 희생자는 결국 직접 손을 쓴 본인뿐이었지. 비록 그 아이가 저지른 짓이네만 모든 책임은 나한테 있어."

"책임만 말입니까?"

"무슨 소리가 하고 싶은 건가?"

"쓰게 학장님, 이건 학장님의 범죄입니다. 학장님 자신이 바라고 하쓰네 씨는 그것을 실행했을 뿐입니다."

"……무슨 소린지 모르겠군. 자네는 내가 그 아이를 뒤에서 조종했다는 건가?"

"아니오, 그런 뜻이 아닙니다. 모든 것은 하쓰네 씨의 자발적인 행위이며 학장님의 지시가 있었다는 생각은 하지 않습니다. 다만 그녀의 행동을 전혀 눈치채지 못했고 아무것도 몰랐다는 말씀은 거짓입니다. 학장님은 모든 것을 알고 계셨지요. 학장님이 경화증을 앓고 위법한 약에 손대고 있다는 것을 알게 된 그녀가 무슨 생각을 하고, 또 어떤 행동에 나설지 속속들이 알고 계셨던 겁니다. 그리고 실제로 행동하려

했을 때도 말리지 않으셨지요. 왜냐하면 학장님이 바라던 일이기 때문입니다."

나는 어안이 벙벙해서 두 사람의 대화를 듣고 있었다.

말도 안 돼.

그럼 도대체 나는 무엇을 위해서.

"어렸을 때부터 하쓰네 씨는 학장님을 할아버지로, 또 음악의 선도자로 존경해 왔습니다. 학장님은 그녀의 심리를 손바닥 보듯이 훤히 아셨겠지요. 그녀는 학장님이 자택에서 대마를 흡입한다는 사실을 알고 일련의 행동을 떠올렸습니다만, 그건 그녀가 알아차리도록 학장님이 일부러 흔적을 남겼기 때문입니다. 제가 그 생각에 이른 까닭은 피아노 파손 사건 때문입니다. 아까 저는 이렇게 설명을 드렸습니다. 페트병을 두 개나 들고 문 앞에서 서성대기보다 학장님이 준비실에서 나가는 시간을 사전에 파악한 다음, 학장님께 문을 잠그지 않도록 말하는 것이 가장 확실하다고요. 그런데 그녀가 아무리 학장님 스케줄을 알아낸다 할지라도 학장님 자신이 시간대로 정확히 움직이지 않으면 의미가 없습니다. 심지어 문을 잠그거나 잠그지 않는 것은 기분의 문제입니다. 학장님이 준비실을 나간 것까지는 좋은데 만약 잠겨 있다면 소용이 없지요. 요컨대 하쓰네 씨가 학장님이 나가면서 문을 깜빡하고 잠그지 않은 준비실에 침입하려면 학장님의 적극적인 협력이 필요하다는 겁니다. 하쓰네 씨가 행동에 나서기 전날

넌지시 다음 날 스케줄에 대해 물었을 때 학장님은 그녀의 의도를 단박에 이해하셨습니다. 그래서 그녀에게 알린 그 시각에 준비실을 열어 그녀가 침입하길 유도한 겁니다. 네, 학장님은 주범이 알 수 없는 공범이었던 겁니다."

미사키 선생님이 거기서 말을 끊었다.

학장은 말없이 선생님을 보고 있었다.

나는 목이 바싹 말랐다.

"선생님…… 어째서요? 학장님이 도대체 무엇 때문에 그러시겠어요?"

"경화증과 대마 밀수 건이 발각되면 명예가 실추되고 세상의 질타를 받지……. 하쓰네 씨가 염려한 건 고스란히 학장님 본인이 두려워하던 것이었으니까. 그런데 실은 이유가 하나 더 있어."

이번에는 학장이 입을 열었다.

"하나 더 있다니, 그게 뭔가?"

"학장님의 예술원 입성을 이루기 위해서입니다. 이미 내정되었고 올 가을에 정식으로 발표된다고 하더군요. 그런데 예술원 입성도 이번 일이 알려지면 취소될 가능성이 크지요. 가령 대마 밀수가 치료를 위해서였다는 사정은 동정받을지 몰라도 이미 연주자로서의 생명이 끝났다는 걸 알면 지금도 현역에 있는 예술원 회원들이 학장님의 입회를 꺼릴 겁니다. 학장님이 가장 두려워한 상황이지요. 그래서 하쓰네 씨의 행동과 목적을 알았을 때 말리기는커녕 거들기까지 하신 겁니다. 학장님이 직접 말씀하지 못한 연주회 중지를 꾀해서 말입니다. 그래서 값비싼 스트라디바리우스가 도난당하든 애용하는 피아노가 무용지물이 되든 학교 홈페이지에 협박문이 올라오든 경찰의 개입을 완강히 거부한 겁니다. 아무리 하쓰네 씨가 처신을 잘해도 경찰을 상대로 하면 계속 숨기지 못한다는 것을 학장님 자신이 통감했기 때문입니다."

다시 두 사람은 침묵에 잠겼다.

잠시 후 선생님이 낙담한 듯 말했다.

"반론 안 하십니까……?"

학장은 잠든 것처럼 눈을 감고 있었다.

"가만히 듣고 있었더니 전부 자네의 억측이로군. 증거가 될 만한 것도 없고 말이네."

"맞습니다. 그리고 찾을 생각도 없습니다."

"왜인가?"

"저는 경찰도 탐정도 아닙니다. 아까 말씀드렸다시피 누구를 규탄할 생각도 없습니다. 그저 하쓰네 씨를 아끼고 그녀의 죄를 대신 뒤집어쓰려 한 이 학생에게 진실을 알리고 싶었습니다. 그러니 방금 말씀드린 시시한 이야기가 제 어리석은 억측이라면 그렇다고 단언해 주십시오."

"흠……."

학장이 탄식하더니 천천히 몸을 움직여 의자 높이를 조절하기 시작했다. 나른한 듯 손을 뻗어 다이얼을 돌리는 동작 하나가 몹시 버거워 보인다. 나는 참지 못하고 돌연 그 사실을 알려야겠다고 생각했다.

"학장님. 제 이름을 듣고 뭐 생각나시는 것 없습니까?"

"기도 군, 그건."

그러나 학장은 나를 흘깃 보더니 이렇게 말했다.

"아, 물론 자네를 처음 봤을 때부터 알아차렸네. 얼굴이 어머니를 닮았군. 기도 미유키가 남긴 아들 아닌가? 유럽에서 지냈을 때 딱 한 번 그녀가 자네 일로 내게 편지를 보낸 적이 있거든."

"그럼 하쓰네 씨가 저와 친하게 지내는 걸 알고도 왜 가만히 계셨어요?"

"조급히 굴지 말게. 예전에 기도 미유키와 관계한 것은 맞네만 그렇다고 자네가 내 아들이라는 보장은 없지 않은가? 아니면 요즘 유행하는 DNA 감정으로 부자 관계를 증명이라도 할 텐가? 결과가 어떻든 나는 아무 상관도 없네만."

믿기지 않을 만큼 사무적인 말투였다.

"뭐, 좋을 대로 하게. 내 아들이라는 관을 쓴다 해도 진정한 음악가가 된다는 보장은 없으니."

나는 얼굴이 화끈거렸다. 부끄러워서가 아니다. 고작 이런 불성실한 사람을 남몰래 그리워하던 나 자신에게 화가 났기 때문이다. 감동적인 부자 상봉은 처음부터 기대하지 않았지만, 이렇게까지 냉대를 받을 줄은 상상도 못했다.

"한데 자네 앞으로 어쩔 건가? 역시 바이올리니스트를 노릴 작정인가?"

한심하게도 바로 대답할 수가 없었다.

"그만한 연주 실력이면 당연히 그럴 테지. 그럼 미리 충고 하나 하지. 일단 프로가 된 이상 정체나 태만은 용납되지 않네. 매일 뼈를 깎는 노력과 전진만이 있을 뿐이야. 한 명이라도 더 많은 작곡가의 영혼을 접하고, 한 곡이라도 더 많이 곡에 깃든 정신을 지켜야 하네. 여기 있는 미사키 선생도 뼈저리게 느끼고 있을 터."

"……네."

"모든 양심적인 연주가는 정점을 목표로 하네. 높은 곳에 오르면 실력이 반드시 향상되거든. 한데 높은 곳을 노릴수록 연주가는 외톨이가 되지. 오르기 시작했을 때는 옆에 있던 수많은 벗이 하나둘 줄더니 어느새 죄다 없어지고 말아. 정상에 오른 자는 더 고독하다네. 같은 풍경을 보는 자도, 이야기를 나눌 자도 없지. 그래서 공연히 사람을 그리워하게 되거나 아니면 반대로 사람을 멀리하게 되네."

미사키 선생님은 꿈쩍도 않고 학장을 똑바로 보고 있었다.

"라흐마니노프 음악에 모든 것을 바치고 열심히 추구한 끝에 나는 음악의 신에게 몸을 의탁할 수 있었네. 그런데 음악의 신은 동시에 악마이기도 하더군. 내게 하찮은 재능을 준

대가로 평범한 행복과 인간다운 감정을 빼앗아 갔지. 나는 재능을 사랑할 수는 있어도 그 소유자를 사랑하지는 못하거든. 아들인 료헤이도 그랬고 손녀인 하쓰네 또한 그랬지. 그리하여 두 사람의 재능에 한계가 보인 순간 둘에 대한 관심도 함께 잃었네."

"하쓰네 씨도요? 당신을, 당신을 도우려 했는데."

내 목소리는 반은 울부짖고 있었다.

"나와 똑같은 병에 걸린 건 안타깝지만 어차피 그 아이의 재능은 한계에 다다랐네. 가엾지만 그대로 계속했어도 발전 가능성이 그리 크지 않지. 차라리 자신의 한계를 남을 통해 깨닫기보다 존경하는 선도자와 같은 병으로 인생을 마감하는 편이 그 아이한테도 행복할 테지. 하나 나는 다르네. 평범한 것을 모조리 빼앗긴 마당에 피아니스트의 명성까지 잃는다면 내게는 남은 것이 아무것도 없어."

"당신은 지독한 사람이군요."

"부인은 하지 않겠네. 어떤 수준을 넘으면 인간성과 음악성은 별개가 되네. 그건 과거의 위대한 음악가들이 몸소 보여 주었지. 뛰어난 예술가일수록 그에 합당한 뭔가를 바쳐야만 할 테지."

쓰게 아키라는 눈앞에 펼쳐진 건반의 배열을 한차례 바라본 뒤 고개를 숙였다.

"한데 내가 그걸 말할 자격은 없을지도 모르겠군. 정상에 올랐다고 생각한 적은 한순간이었네. 정신을 차리고 보니 머리 위에 떠 있는 구름 위에 길이 끝없이 뻗어 있더군. 생각해보면 뭔가를 만들어서 표현하는 자에게 정점이나 종착점은 없네. 통과점만 있을 뿐이지. 그걸 깨달았을 때는 더 이상 내게 남은 시간이 없더군……."

말끝은 잠겨서 목소리가 잘 들리지 않았다. 숨 쉬기조차 괴로워 보였다. 미사키 선생님이 도우려 했지만 쓰게 아키라는 그걸 손으로 막아 우리가 가까이 가지 못하게 했다.

"그것이 음악의 신이 내린 신탁인지 아닌지는 모르네. 다만 세상에는 신의 의도 말고도 도덕률이라는 시시한 것이 있거든. 인간성을 팔아넘긴 자에게는 그에 합당한 보수가 마련되어 있지."

쓰게 아키라가 그때 자신의 오른 손등을 하얗게 질리도록 세게 쥐었다. 가늘게 떨던 손가락이 점점 진정을 되찾았다.

"미사키 선생."

"네."

"같은 말을 또 하자면 아까 지휘는 무척 훌륭했네. 내용도 그렇지만 특히 자네가 음악을 대하는 자세에 감동받았지. 자네, 제2악장 후반부에 잠시 균형을 잃었더군. 그리고 그 순간만 템포가 어긋났지. 갑자기 왼쪽 귀가 안 들린 것 같던데, 결국 자네도 나와 비슷한 병에 걸렸나 보군."

소스라치게 놀란 나는 미사키 선생님을 쳐다봤다.

선생님이 난청이라고?

"역시 알고 계셨군요."

"음악가로서 치명적인 병을 앓으면서도 계속 무대에 서다니 정말 훌륭하군. 그걸 보고 내가 얼마나 보잘것없는지 깨달았네. 그 답례로 한 곡 들려주지. 이 늙어 빠진 손가락이 내 말을 어디까지 들어줄지 모르네만, 한때 작곡자의 의도를 온전히 전달한다고 칭송받은 피아노를 들어주게."

갑자기 웬 뚱딴지같은 소린가 싶어 내가 발을 내디딘 순간 미사키 선생님이 내 어깨를 붙들었다. 선생님이 묘하게 굳은 얼굴로 고개를 가로저었다.

"미사키 선생. 자네는 참으로 강인한 사람이군. 그 불편한 귀로 여기까지 오다니. 한데 자네도 손가락이 굳고 근력을 완전히 잃으면 나처럼 겁이 날 걸세. 음악을 받들어 청중을 취하게 한 결과가 고작 절망이라는 걸 깨달았을 때 반드시 이 세상을 저주할 걸세."

"아니오." 미사키 선생님이 단칼에 부인했다. "저는 아무도, 저 자신도 저주하지 않습니다. 그 전에 제가 누구인지 끊임없이 물을 뿐입니다."

"흠…… 가능하면 그 모습을 지켜보고 싶었네만."

쓰게 아키라는 그 말을 마지막으로 입을 다물었다. 우리 두 사람을 청중으로 여기는지 조용히 건반에 손가락을 드리웠다.

돌연 포르티시모 3음 모티프가 귀를 덮쳤다. 고음부와 저음부의 제주. 종소리를 연상케 하는 시작 화음을 듣고 곡명을 바로 알 수 있었다.

라흐마니노프의 〈전주곡 올림다단조〉. 그의 피아노곡 중 가장 유명하며 쓰게 아키라의 18번인 4분이 조금 안 되는 소품곡이었다.

크렘린궁전의 종소리를 표현한 크고 작은 화음이 교차한다. 울려 퍼지듯 힘차면서도 우울한 타건. 조금 전까지 떨리던 손가락이 내는 음이라는 것이 도저히 믿기지 않는다. 나는 가위에 눌린 것처럼 그 자리에 우뚝 멈춰 섰다.

세 번째 소절에서 음량이 피아니시모로 바뀌고 암담한 주제가 제시되었다. 묵직한 토대. 그에 대한 화음은 음침함을 밝게 비추는 듯해 서로 대비를 이룬다. 문득 러시아의 정경이 떠올랐다. 차디찬 바람이 휘몰아치는 포장도로를 노인이 홀로 걸어간다. 노인은 바로 쓰게 아키라였다. 그에게 아무도 다가가지 않아 그는 고독 속에 있다.

불현듯 그가 걸음을 멈추었다. 하늘을 올려다보니 묵직하고 검은 구름이 노인을 덮쳐누른다. 한때 이 하늘은 푸르렀다. 태양도 눈부시게 비쳤다. 하지만 그 푸르름과 태양은 검은 구름 저편에 있어 더 이상 그를 내리쬐지 않는다. 잃어버린 것에 대한 미련과 석별로 그의 가슴은 더욱 무거워진다.

거칠고 사나운 화음의 연타는 격렬함 속에 절망을 부각시킨다. 열심히 추구해도 잃어버린 것은 두 번 다시 돌아오지 않는다. 이미 그는 대가로 다른 것을 받았기 때문이다. 설령 그 대가가 지금은 닳도록 소비되어 가치가 떨어졌어도 그것은 그가 스스로 선택한 길이다.

선율을 하향하면서 그는 절망의 감옥에서 달아나려 애쓴다. 화음에 의한 셋잇단음표가 얽히며 어두운 정열을 불러일으킨다.

거침없이 나아가고 또 나아간다. 하지만 사방이 어둠에 휩싸여 아무리 달려도 불빛 한 점 보이지 않는다. 그는 고통에 몸부림치면서도 앞으로 나아간다.

정점을 목표로 한다는 것은 고독을 향해 나아가는 것이다. 미사키 선생님도 나도 음악을 계속하는 이상 그 섭리에서 도망칠 수 없다. 그런데도 너희는 음악을 계속하겠느냐고, 쓰게 아키라가 묻는 듯한 기분이 들었다.

그제야 나는 깨달았다.

이것은 백조의 노래다. 백조가 마지막 순간에, 세상과 인연을 끊을 때 부르는 절세의 노래가 바로 이것이다.

70세의 생일을 앞두고 은퇴를 생각한 라흐마니노프는 마지막이라고 결정한 연주회로 향하는 기차 안에서 쓰러져 그대로 불귀의 객이 되었다. 만약 그 연주회가 개최되었다면 분명 이런 연주였을 것이다.

쓰게 아키라는 의식을 손끝에 집중했다. 조금 남은 모든 체력과 정신력을 동원해 손가락 열 개를 움직이고 있었다. 얼굴에는 핏기가 없었다. 눈은 반쯤 감은 채 입술은 한일자로 굳게 다물었다. 엄청난 집중력에 나는 놀라워할 수조차 없었다.

미사키 선생님도 조각상처럼 움직이지 않았다. 두 손은 주먹을 쥐고 가만히 뭔가를 견디고 있었다. 선생님도 쓰게 아키라의 비명을 듣고 있는 것이다. 이 고통을 견딜 수 있느냐는 질문을 받고 있다.

곡은 재현부로 돌입했다. 옥타브로 증폭된 주제가 격렬한 화음을 이룬다. 제시부보다 느린 템포가 곡에 확장과 위엄을 형성한다. 일곱 번째 소절부터 데크레셴도*로 바뀌었음을 분명히 알 수 있다.

이것이 쓰게 아키라의 마지막 연주다.

나와 미사키 선생님은 그 사실을 공유하고 그의 죽음에 자리를 지키고 있다.

마지막 포효. 그것은 촛불이 꺼지기 직전에 활활 타오르는 모습과 비슷했다.

이윽고 음은 조용히 떨어진다.

일곱 소절의 짧은 코다가 시작된다. 종소리가 여운을 끌듯이 길게 흐른다.

---

*   decrescendo, 점점 여리게 연주.

피아니스트는 고개를 떨구고 팔꿈치에서 손끝까지만 움직였다.

백조의 힘이 다하려 한다.

좌우 손가락이 내성內聲으로 끊어질 듯한 화음을 자아낸다.

숨이 가늘어지고,

잠겨 가고,

마지막 한 음이 공기로 사라졌다.

그리고 이 늙은 피아니스트는 잠든 것처럼 더 이상 움직이지 않았다.

손가락이 들려주는 이야기

때로는 손이 입보다 더 많은 것을 이야기한다. 손짓은 소리를 필요로 하지 않지만 말보다 더 수다스러울 때가 있다. 어깨와 등을 쓰다듬는 손길이 열 마디 말보다 더 위로가 되곤 한다.

음대에서 바이올린을 전공하는 기도 아키라는 가을에 열리는 정기 연주회를 앞두고 연습에 여념이 없다. 그는 콘서트마스터로 뽑혀 세계적인 명기 스트라디바리우스 바이올린을 연주할 수 있는 행운까지 안는다. 그런데 밀실인 악기 보관실에서 시가 2억 엔 상당의 스트라디바리우스 첼로가 사라진다. 불길한 사건은 거기에서 그치지 않고 오케스트라 멤버들의 안전까지 위협하기에 이른다. 급기야 멤버들은 서로를 의심하느라 연습에 집중하지 못하고 콘서트마스터인 아키라는 어떻게든 멤버들을 다독이려 노력한다.

『잘 자요, 라흐마니노프』는 피아니스트 탐정 미사키 요스케 시리즈의 두 번째 소설이다. 전작『안녕, 드뷔시』가 화재에서 살아남은 어린 상속녀의 피아노 콩쿠르 우승을 향한 고군분투였다면,『잘 자요, 라흐마니노프』는 평범한 대학생이 졸업반 친구들과 함께 마지막 기회를 향해 달려가는 이야기다. 아키라는 학비를 마련하느라 아르바이트에 시간을 쏟아부어 정작 중요한 바이올린 연습을 소홀히 하는가 하면, 졸업 후 취업 걱정에 꿈과 현실 사이에서 고민을 하기도 한다. 담당 교수의 눈에 들지 못해 콩쿠르는 꿈도 못 꿨던 아키라에게 정기 연주회는 더 이상 학비 미납 독촉에 시달리지 않아도 되는 기회이자 오케스트라 입단을 위해 놓쳐서는 안 될 마지막 발판이다. 소위 말하는 '짠내나는' 주인공의 처지에 왠지 우리 주변 어딘가에서 실제로 이런 일이 벌어지는 듯한 친근감과 현실감마저 느껴졌다.

집중호우라는 무시무시한 자연 재해 속에서도 아키라는 무의식적으로 바이올린을 소중히 챙겨 대피한다. 소란스럽고 후텁지근한 체육관 안에서 아키라는 미사키 선생님의 도움으로 바이올린을 연주해 불안에 떠는 사람들의 마음을 어루만져 준다. 지독한 현실 속에 마치 음악의 신이 낭만 하나를 똑 떨궈 준 것처럼 그렇게 아키라는 사람들의 가슴에 희망과 안식의 등불을 켠다. 그로 인해 사람들은 잠시 현실을 잊고, 더 나아가서는 진흙투성이가 된 살림살이를 정리하고 다시 일어서는 힘을 얻게 된 것이다.

미사키 요스케는 이번에도 조연으로 등장해 아키라와 오케스트라 멤버들을 돕는다. 그뿐만 아니라 『안녕, 드뷔시』에서 마냥 얄밉게만 보였던 시모스와 미스즈가 다시 등장한다. 전작에서 그녀는 체격이 큰 인물로 소개된다. 라흐마니노프는 키 190센티미터에, 손가락을 쫙 폈을 때 손 길이가 30센티미터에 달해 피아노를 연주할 때 한 옥타브를 넘어서 무려 13도의 음정을 소화했다고 한다. 그런 그의 피아노곡을 연주하는 데 시모스와 미스즈의 큰 체격과, 큼직하고 길쭉할 것으로 짐작되는 손과 손가락이 도움이 되었던 것은 아닐까. 『잘 자요, 라흐마니노프』를 통해 시모스와 미스즈의 본모습을 좀 더 들여다보는 재미는 물론 그녀의 활약도 마음껏 즐길 수 있었다.

이번 작품 『잘 자요, 라흐마니노프』에서도 전작에서처럼 감탄을 자아냈던 아름다운 클래식 음악과 곡에 대한 나카야마 시치리만의 독특하고 유려한 표현이 등장한다. 독자들도 한 자 한 자 읽어 나가며 머릿속에서 음표와 선율을 상상하는 묘미와 그 곡을 실제로 찾아 듣고 동영상을 보면서 다시금 음미하는 별미를 꼭 맛보길 바란다.

이 작품을 번역하는 과정에서 관련 곡을 수십 번 듣고, 영화와 드라마를 참고하기도 했다. 아키라와 이루마가 오디션에서 연주하는 파가니니의 곡과 쇼맨십 기질이 다분한 파가니니가 G현 하나만 가지고 곡을 연주한 장면을 보고 싶다면 영화 〈파가니니 악마의 바이올리니스트〉를 소개하고 싶다. 만약 젊은 바이올리니스트들의 고민과 콩쿠르 합숙 및 현장이 궁금하다면 다큐멘터리 〈파이널리스트〉를 추천한다. 그리고 콘서트마스터인 아키라가 저마다 따로 노는 오케스트라 멤버들을 한데 모으느라 고군분투하는 모습과, 지휘자로 변한 미사키 요스케의 모습을 조금이나마 상상하고 싶다면, 또 이 작품의 클라이맥스인 〈라흐마니노프 피아노 협주곡 제2번〉의 공연 모습이 궁금하다면 일본 드라마 〈노다메 칸타빌레〉를 추천한다.

피아니스트 탐정 미사키 요스케 시리즈의 세 번째 소설은 『언제까지나 쇼팽』이다. 쇼팽 콩쿠르에 출전하기 위해 폴란드로 향한 피아니스트 미사키 요스케의 여정이 그려지는데, 콩쿠르 회장에서 손가락 열 개가 전부 잘린 채 형사가 살해되는 사건이 발생한다. 미사키 요스케는 예리한 통찰력으로 살해 현장을 은밀히 검증하고 사건을 해결한다. 이 시리즈는 『언제까지나 쇼팽』에 이어 『어디선가 베토벤』과 『다시 한번 베토벤』으로 이어진다.

피아니스트 탐정 미사키 요스케 시리즈의 주인공들은 손

으로 피아노 건반을 짚거나 바이올린 현을 짚고 활을 그으며 청중에게 말을 건넨다. 그들이 손가락으로 들려주는 이야기를 청중이 저마다 다르게 해석하는 일은 있어도 그곳에 오해란 존재하지 않는다. 입에서 나오는 진실하지 못한 말, 혹은 본의 아니게 애매모호해진 말과 달리 손가락이 빚어내는 연주에는 진심이 담겨 있기 때문이다. 때로 입이 아닌 손이 우리를 진실로 이끌기도 한다.

2019년 봄

이정민